GRAHAM GREENE
Short Stories

Two Gentle People / Deux êtres délicats

The Destructors / Les destructeurs

The Blue Film / Film X

Special Duties / Mission spéciale

The Innocent / Innocence

Choix, traduction et notes par
Henri Yvinec
Professeur agrégé d'anglais

LANGUES POUR TOUS

Collection dirigée par Jean-Pierre Berman, Michel Marcheteau et Michel Savio

ANGLAIS
Langue générale

□ Pour s'initier avec un « tout en un » :
- **40 leçons pour parler anglais** ●● (CD)

□ Pour se perfectionner et connaître l'environnement :
- **Pratiquez l'anglais britannique en 40 leçons** ●● (CD)
- **Pratiquez l'américain en 40 leçons** ●● (CD)

□ Pour se débrouiller rapidement :
- **L'anglais tout de suite !** (CD)

□ Pour s'initier à l'anglais avant la 6e :
- **l'anglais pour les 3-6 ans** (CD)
- **l'anglais pour les 5-8 ans** (CD)
- **40 leçons Juniors (8-11 ans)** (CD)

□ Pour mieux s'exprimer et mieux comprendre :
- **Communiquez en anglais** (CD)

□ Pour évaluer et améliorer votre niveau :
- **Score anglais : testez votre niveau**

□ Pour s'aider d'ouvrages de référence :
- **Dictionnaire de l'anglais d'aujourd'hui**
- **Grammaire anglaise pour tous** (débutants)
- **Grammaire de l'anglais d'aujourd'hui** (2e cycle)
- **Correspondance pratique pour tous**
- **L'anglais sans fautes**
- **La prononciation de l'anglais** (CD)
- **Dictionnaire bilingue de l'argot d'aujourd'hui**
- **Vocabulaire de l'anglais moderne**

□ Pour prendre contact avec des œuvres en version originale :
- **Série bilingue** (extrait du catalogue **avec plus de 45 ouvrages**) :

➡ Niveaux : □ facile (1er cycle) □□ moyen (2e cycle) □□□ avancé

■ *À thème :*
- **L'humour anglo-saxon** □□
- **Nouvelles Science-fiction américaines** □□
- **Les grands maîtres du fantastique** □□
- **L'anglais par les chansons**

■ *Auteurs anglais :*

Carroll (L.) □□	Mansfield (K.) □□
Dickens (Ch.) □□	Masterton (Gr.) □□
Doyle (A.C.) □□	Shakespeare (W.) □□□
Greene (G.) □□	Wilde (O.) □
Fleming (I.) □□	
Nouvelles anglaises et américaines 1 et 2 □□	

■ *Auteurs américains :*

Bradbury (R.) □□	James (H.) □□□
Chandler (R.) □□	King (Stephen) □□
Columbo □□	London (Jacques) □□
Hammett (D.) □□	Nouvelles classiques □□
Hitchcock (A.) □□	Twain (M.) □□

●● (CD) = Existence d'un coffret : Livre + K7 et/ou CD
Attention ! Les cassettes ne peuvent être vendues séparément du livre.

Également :
ALLEMAND - ARABE - CHINOIS - CORÉEN - ESPAGNOL - FRANÇAIS - GREC - HÉBREU - ITALIEN - JAPONAIS
LATIN - NÉERLANDAIS - OCCITAN - POLONAIS - PORTUGAIS - RUSSE - TCHÈQUE - TURC - VIETNAMIEN

Sommaire

■ Comment utiliser la série « Bilingue » ? 5
■ Prononciation – Signes et abréviations 6
■ Introduction 7
■ Chronologie de Graham Greene 9
■ Filmographie...13

Two Gentle People
    Deux êtres délicats 15

The Destructors
    Les destructeurs 43

The Blue Film
    Film X 103

Special Duties
    Mission spéciale 121

The Innocent
    Innocence 145

■ Vocabulaire anglais-français.............................203

L'AUTEUR

Professeur agrégé d'anglais, Henri YVINEC a enseigné au lycée Hector-Berlioz de Vincennes et à Paris IV-Sorbonne. Il est également lecteur aux Éditions Gallimard, dans le domaine anglo-saxon.

Il a publié à ce jour :

Life in a big town (Éditions Hachette).

Dictionnaire de l'anglais d'aujourd'hui, en collaboration (Pocket, coll. « Langues pour Tous »).

Petite Grammaire pratique de l'anglais (Éditions Didier où H. Yvinec dirige la collection des « Petites Grammaires pratiques » [allemand, espagnol, latin…]).

Nouvelles anglaises et américaines d'aujourd'hui (volume II), édition bilingue annotée, (Pocket, coll. « Langues pour Tous »).

Nouvelles de Graham Greene, édition bilingue annotée (Pocket, coll. « Langues pour Tous »).

Il dirige la collection monolingue *« Lire… en… »* au livre de Poche Hachette.

Il a également publié *« l'anglais par l'humour »* dans la collection Assimil.

Les traductions présentées dans cette édition ont un caractère pédagogique. Les lecteurs désireux d'avoir une traduction plus littéraire pourront se reporter au recueil intitulé *Seize Nouvelles* paru aux Éditions Robert Laffont en 1958.

© Graham Greene 1947/1954
Traduction française Éditions Robert Laffont, Paris, 1958.
© Langues pour Tous/Pocket, Département Univers Poche, 1987
pour présente la traduction, la présentation et les notes.
Nouvelle édition 2004
ISBN : 2-266-13982-7

Comment utiliser la série « Bilingue » ?

Cet ouvrage de la série « Bilingue » permet aux lecteurs :
• d'avoir accès aux versions originales de textes célèbres en anglais, en l'occurrence, ici, des nouvelles de **Graham Greene**, et d'en apprécier, dans les détails, la forme et le fond ;
• d'améliorer leur connaissance de l'anglais, en particulier dans le domaine du vocabulaire dont l'acquisition est facilitée par l'intérêt même du récit, et le fait que mots et expressions apparaissent en situation dans un contexte, ce qui aide à bien cerner leur sens.
Cette série constitue donc une véritable méthode d'auto-enseignement, dont le contenu est le suivant :
• page de gauche, le texte en anglais ;
• page de droite, la traduction française ;
• bas des pages de gauche et de droite, une série de notes explicatives (vocabulaire, grammaire, etc.).
Les notes de bas de page aident le lecteur à distinguer les mots et expressions idiomatiques d'un usage courant et qu'il lui faut mémoriser, de ce qui peut être trop exclusivement lié aux événements et à l'art de l'auteur.
Il est conseillé au lecteur de lire d'abord l'anglais, de se reporter aux notes et de ne passer qu'ensuite à la traduction ; sauf, bien entendu, s'il éprouve de trop grandes difficultés à suivre le texte dans ses détails, auquel cas il lui faut se concentrer davantage sur la traduction, pour revenir finalement au texte anglais, en s'assurant bien qu'il en a maintenant maîtrisé le sens.

Prononciation

Elle est donnée dans la nouvelle transcription — Alphabet Phonétique International modifié — adoptée par A.C. GIMSON dans la 14e édition de l'*English Pronoucing Dictionnary* de Daniel JONES (Dent, London).

Sons voyelles

[ɪ] **pit**, un peu comme le *i* de *site*

[æ] **flat**, un peu comme le *a* de *patte*

[ɒ] ou [ɔ] **not**, un peu comme le *o* de *botte*

[ʊ] ou [u] **put**, un peu comme le *ou* de *coup*

[e] **lend**, un peu comme le *è* de *très*

[ʌ] **but**, entre le *a* de *patte* et le *eu* de *neuf*

[ə] jamais accentué, un peu comme le *e* de *le*

Voyelles longues

[i:] **meet** [mi:t] cf. *i* de *mie*

[ɑ:] **farm** [fɑ:m] cf. *a* de *larme*

[ɔ:] **board** [bɔ:d] cf. *o* de *gorge*

[u:] **cool** [ku:l] cf. *ou* de *mou*

[ɜ:] ou [ə:] **firm** [fə:m] cf. *e* de *peur*

Semi-voyelle :

[j] **due** [dju:], un peu comme *diou...*

Diphtongues (voyelles doubles)

[aɪ] **my** [maɪ], cf. *aïe !*

[ɔɪ] **boy**, cf. *oyez !*

[eɪ] **blame** [bleɪm] cf. *eille* dans *bouteille*

[aʊ] **now** [naʊ] cf. *aou* dans *caoutchouc*

[əʊ] ou [əu] **no** [nəʊ], cf. *e* + *ou*

[ɪə] **here** [hɪə] cf. *i* + *e*

[eə] **dare** [deə] cf. *é* + *e*

[ʊə] ou [uə] **tour** [tʊə] cf. *ou* + *e*

Consonnes

[θ] **thin** [θɪn], cf. *s* sifflé (langue entre les dents)

[ð] **that** [ðæt], cf. *z* zézayé (langue entre les dents)

[ʃ] **she** [ʃi:], cf. *ch* de *chute*

[ŋ] **bring** [brɪŋ], cf. *ng* dans *ping-pong*

[ʒ] **measure** ['meʒə], cf. le *j* de *jeu*

[h] le *h* se prononce ; il est nettement <u>expiré</u>

Introduction

Infatigable voyageur, Graham Greene est tour à tour journaliste, critique littéraire et cinématographique, attaché au Foreign Office, directeur littéraire de maisons d'édition. De ces pérégrinations à travers le monde il tire des récits de voyage comme **Journey Without Maps** ou **The Lawless Roads**... et des romans intimement liés à l'actualité comme **The Comedians**, tableau de Haïti sous le régime de Papa Doc Duvalier, pour ne citer qu'un seul exemple.

Parmi ses romans, l'auteur lui-même distingue les romans proprement dits des « divertissements » (*entertainments*) comme **Stamboul Train**, **The Third Man**, **Our man in Havana**... qui, par l'action, le suspense, l'atmosphère, s'apparentent au genre policier mais n'en contiennent pas moins des résonances psychologiques et morales profondes. Quant aux romans, **Brighton Rock**, **The Power and the Glory**, **The Heart of the Matter**, **The End of the Affair**... ils sont souvent inspirés par la foi catholique ; ils traitent de la grâce divine et de la rédemption, de la tentation et de la trahison ; les personnages sont des tourmentés, constamment écartelés entre le bien et le mal ; l'humanité est peinte sans illusion aucune, mais Dieu la poursuit sans relâche pour la sauver.

Aux romans s'ajoutent des pièces de théâtre (assez bien accueillies), des scénarios de films, des essais critiques, une autobiographie, des livres pour enfants, des nouvelles qui attestent l'abondance et la variété de l'œuvre.

Cette étonnante diversité des talents de l'auteur se révèle aussi dans ses quelque quarante nouvelles. On y trouve, comme dans les autres ouvrages, un vaste choix dans les sujets traités, une parfaite économie dans l'expression, « un certain sens (bien à lui) du réel », (pour reprendre le titre de son autobiographie), plein de cette « grande méchanceté » que Graham Greene admirait chez François Mauriac.

Peut-être est-ce là le trait commun aux cinq nouvelles ici choisies, cette impitoyable acuité du regard posé par le satiriste sur les êtres humains.

On trouvera les *Œuvres complètes* de Graham Greene aux Éditions Bodley Head et Heinemann (Londres). Elles existent également, pour la plupart, en livres de poche anglais (Penguin Books). Presque toutes ont été traduites en français aux Éditions Laffont.

S'agissant des nouvelles, elles sont réunies dans le volume 8, **Collected Stories**, de **The Collected Edition** publiée par Bodley Head et Heinemann. Ce livre contient trois recueils : **A Sense of Reality, May we borrow your husband ?, Twenty-One Stories** ; les deux derniers se trouvent également en Penguin Books.

DE VOYAGE EN LIVRE ET DE LIVRE EN VOYAGE : CHRONOLOGIE DE GRAHAM GREENE

1904 (2 octobre) : naissance à Berkamsted, Hertfordshire.

1912-1922 : études à Berkamsted School où son père est professeur d'histoire et de lettres classiques, puis directeur.

1922-1925 : études supérieures (histoire moderne) à Balliol College, Oxford. Responsable du journal étudiant *Oxford Outlook*. **Babbling April**, poèmes (1925).

Février 1926 : à Nottingham, journaliste au *Nottingham Journal*. Se convertit au catholicisme.

1926-1930 : secrétaire de rédaction au journal *The Times* (section littéraire). Épouse Vivien Dayrell-Browning (octobre 1927). Ils auront deux enfants. **The Man Within**, récit historique.

1930-1931 : **The Name of Action** et **Rumour at Nightfall**, roman.

1932-1934 : critique littéraire pour *The Spectator* jusqu'au début des années 40. **Stamboul Train** (1932) ou **Orient Express** (titre américain), roman « divertissement ». **It's a Battlefield** (1934), roman. **The Old School** (1934), présenté par Graham Greene avec une préface et un essai sur Berkamsted School (livre réédité en 1984 par Oxford University Press).

Hiver 1934-1935 : premier voyage en Afrique (Liberia et Sierra Leone). **England Made Me** (1935), roman. **The Basement Room and Other Stories** (1935), nouvelles.

1935-1940 : critique cinématographique pour *The Spectator* jusqu'en 1940. Voyage au Mexique (hiver 1937-1938). Écrit ses premiers scénarios de films. Directeur littéraire et critique de théâtre pour *The Spectator*. Au Ministry of Information à Londres au début de la guerre. **The Pleasure Dome : The Collected Film Criticisms** (1935-1940). **A Gun for Sale** (1936) ou **The Gun for Hire** (titre américain), roman « divertissement ». **Journey Without Maps** (1936), récit de voyage (en Afrique). Participe avec Evelyn Waugh et Elizabeth Bowen à la rédaction d'un nouveau magazine, *Night and Day* : Graham Greene y assure la critique cinématographique (de juillet à décembre 1937). **Brighton Rock** (1938), premier roman d'inspiration catholique. **The Confidential Agent**, roman « divertissement » (1939). **Lawless Roads** (1939) ou **Another Mexico** (titre américain), récit de voyage. **The Power and the Glory** (1940), deuxième roman « catholique ».

1941-1944 : Graham Greene obtient le Hawthornden Prize pour **The Power and the Glory**. Au Foreign Office en Afrique-Occidentale (Sierra Leone) de 1941 à 1943, pour le compte des services secrets britanniques. Au Foreign Office à Londres en 1943-1944. **British Dramatists** (1942), essais. **The Ministry of Fear** (1943), roman « divertissement ».

1944-1950 : directeur littéraire aux Éditions Eyre & Spottiswoode de 1944 à 1948. Critique littéraire pour *The Evening Standard* de juin à octobre 1945. Participe avec François Mauriac aux Grandes Conférences Catholiques de Bruxelles. Voyage en Tchécoslovaquie et à Vienne. **The Little Train** (1946), livre pour enfants. **Nineteen Stories** (1947), nouvelles. **The Heart of the Matter** (1948), roman ; **Why do I write ?** (1948), échange de vues entre Elizabeth Bowen, Graham Greene et V.S. Pritchett. **The Third man** (1950), roman « divertissement », **The Fallen Idol** (1950), nouvelle, publiée à l'origine en 1935 sous le titre **The Basement Room** : ces deux œuvres servent de canevas à deux films dont le premier est célèbre, avec l'air de Harry Lime, héros de l'histoire, interprété par Orson Welles (cf. filmographie).

1951 : en Malaisie pour le magazine *Life*. Voyage en Indochine. **The Lost Childhood**, essais. **The End of the Affair**, roman. **The Little Fire Engine**, livre pour enfants.

1952 : en Indochine pour *Paris-Match*. **The Little Horse Bus**, livre pour enfants.

1953 : au Kenya pour *The Sunday Times*. **The Living Room**, première pièce de théâtre. **Essais catholiques** (Éditions du Seuil : six textes dont trois sont inédits en Angleterre). **The Little Steam Roller**, livre pour enfants.

1954 : en Indochine pour *The Sunday Times* et *Le Figaro*. Voyages à Cuba et en Haïti. **Twenty-one Stories**, d'abord publié en 1947 sous le titre **Nineteen Stories**.

1955 : en Indochine et en Pologne pour *The Sunday Times* et *Le Figaro*. **Loser Takes All**, roman « divertissement ». **The Quiet American**, roman.

1956 : séjour en Haïti.

1957 : voyages à Cuba, en Chine et en URSS (à deux reprises). **The Potting Shed**, pièce de théâtre.

1958 : séjour à Cuba. Directeur des Éditions Bodley Head jusqu'en 1968. **Our Man in Havana**, roman « divertissement ».

1959 : voyages à Cuba et au Congo belge où il séjourne dans une léproserie. **The Complaisant Lover**, pièce de théâtre.

1960 : voyage en URSS. Au Brésil pour *PEN*. Lettre ouverte à André Malraux pour dénoncer la torture en Algérie et le procès Alleg.

1961 : membre honoraire de l'American Institute of Arts and Letters (démissionne en 1970). Séjour à Tunis. **A Burnt-Out Case**, roman. **In Search of a Character**, récit de voyage (en Afrique).

1962 : docteur *honoris causa* de l'Université de Cambridge. Voyage en Roumanie.

1963 : nommé « Fellow » à titre honoraire de Balliol College, Oxford. A Cuba et en Haïti pour *The Sunday Telegraph*. A Goa pour *The Sunday Times*. Séjours à Berlin et en Allemagne de l'Est. **A Sense of Reality**, nouvelles.

1964 : **Carving a Statue**, pièce de théâtre.

1965 : à Saint-Domingue.

1966 : nommé « Companion of Honour ». A Cuba pour *The Sunday Telegraph*. S'installe en France (à Antibes et à Paris). **The Comedians**, roman.

1967 : docteur *honoris causa* de l'Université d'Edimbourg. En Israël pour *The Sunday Times*. En Afrique-Occidentale (Sierra Leone) pour *The Observer*. Au Dahomey. **May we borrow your husband** ? nouvelles.

1968 : obtient le Shakespeare Prize, à Hambourg. Travaille à Istanbul pour la B.B.C.

1969 : chevalier de la Légion d'honneur. Au Paraguay pour *The Sunday Telegraph*. Voyages en Argentine et en Tchécoslovaquie. **Travels with my Aunt**, roman. **Collected Essays**.

1970 : séjour en Argentine.

1971 : au Chili pour **The Observer**. En Argentine. Protestation contre la torture en Irlande du Nord. **A Sort of Life**, autobiographie.

1973 : **The Honorary Consul**, roman.

1974 : **Lord Rochester's Monkey**, biographie.

1975 : **The Return of A.J. Raffles**, pièce de théâtre. Présentation de **An Impossible Woman, the Memories of Dottoressa Moore of Capri**.

1976 : au Panama.

1978 : **The Human Factor,** roman.

1980 : **Doctor Fischer of Geneva, or The Bomb Party,** roman. **Ways of Escape,** autobiographie.

1982 : prix Europa de littérature. Campagne contre la « mafia » de Nice. **J'accuse ! The dark Side of Nice,** pamphlet bilingue. **Monsignor Quixote,** roman.

1983 : **The Other man : Conversations with Graham Greene,** d'abord paru en France sous le titre **L'autre et son double** de Marie-Françoise Allain, aux éditions Belfond, en 1981. **Yes and No** et **For whom the bell chimes,** deux pièces de théâtre à tirage limité (750 exemplaires signés).

1984 : fait « Companion of Literature » et, le 11 décembre, Commandeur des Arts et Lettres. **Getting to know the General,** livre sur l'Amérique Centrale, en hommage à son ami du Panama, le général Omar Torrijos.

1985 : voyages au Nicaragua, en décembre. **The Tenth Man,** roman.

1986 : décoré par la reine Elizabeth en février (Order of the British Empire).

GRAHAM GREENE ET LE CINEMA : FILMOGRAPHIE

1. Scénarios de Graham Greene

1. **Twenty One Days** (1939), d'après une nouvelle de John Galsworthy, avec Laurence Olivier, Vivien Leigh.
2. **The Green Cuckatoo** (1940), d'après une nouvelle de Graham Greene, avec John Mills, René Ray.
3. **Brighton Rock** (*Le Gang des tueurs*), d'après le roman, avec Richard Attenborough, Hermione Baddeley.
4. **The Fallen Idol** (*Première désillusion*) (1948), d'après la nouvelle **The Basement Room**, avec Ralph Richardson, Michèle Morgan.
5. **The Third Man** (*Le Troisième homme*) (1949), scénario original de Graham Greene avec Orson Welles, Trevor Howard, Joseph Cotten, Alida Valli.
6. **Loser Takes All** (*Qui perd gagne*) (1956), scénario original de Graham Greene, avec Glynis Johns, Rossano Brazzi.
7. **St Joan** (*Sainte Jeanne*) (1957), d'après la pièce de George Bernard Shaw, avec Jean Seberg, Richard Widmark.
8. **Our Man in Havana** (*Notre agent à La Havane*) (1959), d'après le roman, avec Alec Guinness, Noël Coward, Maureen O'Hara.
9. **The Comedians** (*Les Comédiens*) (1967), d'après le roman, avec Elizabeth Taylor, Alec Guinness.

2. Adaptations d'œuvres de Graham Greene à l'écran

1. **Orient Express** (1933) d'après le roman (titre anglais **Stamboul Train),** avec Heather Angel, Norman Foster, Una O'Connor.
2. **Went the Day Well ?** ou **Forty-Eight Hours** (titre américain) (1942), d'après la nouvelle **The Lieutenant died last,** avec Leslie Banks, Basil Sydney.
3. **This Gun for Hire** (*Tueur à gages*) (1942) d'après le roman (titre anglais **A Gun for Sale**), avec Alan Ladd, Robert Preston, Veronica Lake.
4. **The Ministry of Fear** (*Les Espions sur la Tamise*) (1943) d'après le roman, avec Ray Milland, Marjorie Reynols, Dan Duryea.

13

5. **The Confidential Agent** (*L'Agent secret*) (1945) d'après le roman, avec Charles Boyer, Lauren Bacall, Peter Lorre.

6. **The Man Within** (titre américain **The Smugglers**) *(Les Pirates de la Manche)* (1947), d'après le roman, avec Michael Redgrave, Joan Greenwood, Richard Attenborough.

7. **The Fugitive** *(Dieu est mort)* (1947), d'après le roman **The Power and the Glory,** avec Henry Fonda, Dolorès Del Rio, J. Carroll Naish, Pedro Armendariz, Ward Bond.

8. **The heart of the Matter** *(Le Fond du problème)* (1953), d'après le roman, avec Trevor Howard, Elizabeth Allan, Maria Schell, Peter Finch.

9. **The Stranger's Hand** *(Rapt à Venise)* (1954), d'après la nouvelle de Graham Greene avec Trevor Howard, Alida Valli, Richard Basehart.

10. **The End of the Affair** *(La Fin d'une liaison)* (1955), d'après le roman, avec Deborah Kerr, Van Johson, John Mills, Peter Cushing.

11. **Across the Bridge** *(Frontière dangereuse)* (1957), d'après la nouvelle de Graham Greene, avec Rod Steiger, Marla Landi.

12. **The Quiet American** *(Un Américain bien tranquille),* (1957), d'après le roman, avec Michael Redgrave, Claude Dauphin, Audie Murphy, Georgia Moll.

13. **Short Cut to Hell** *(Tueur à gages)* (1957), d'après le scénario de Albert Maltz et W.R. Burnett tiré du roman **A Gun for Sale** ou (titre américain) **This Gun for Hire,** avec Robert Ivers, Georgann Johnson.

14. **The Power and the Glory** *(La Puissance et la Gloire),* (1961), d'après le roman, avec Laurence Olivier, Julie Harris, George C. Scott.

15. **Travels with my Aunt** *(Voyages avec ma tante)* (1972), d'après le roman, avec Maggie Smith, Alec McCowen, Robert Stephen.

16. **England made me** *(Le Financier)* (1972), d'après le roman, avec Peter Finch et Michael York.

Two Gentle [1] People

Deux êtres délicats

Un homme et une femme à l'automne de la vie... Une rencontre dans un parc, teintée de mélancolie et de résignation. « Les choses », en effet, « auraient pu être différentes », comme le dit un des protagonistes. Oh ! combien...

They sat on a bench in the Parc Monceau for a long time without speaking to one another. It was a hopeful[2] day of early[3] summer with a spray[4] of white clouds lapping[5] across the sky in front of a small breeze : at any moment the wind might drop[6] and the sky become empty[7] and entirely blue, but it was too late now — the sun would have set[8] first.

In younger people it might have been a day for a chance[9] encounter — secret behind the long barrier[10] of perambulators[11] with only babies and nurses in sight[12]. But they were both of them middle-aged, and neither was inclined[13] to cherish[14] an illusion of possessing a lost youth, though he was better looking than he believed, with his silky[15] old-world moustache like a badge[16] of good behaviour[17], and she was prettier than the looking-glass ever told her. Modesty[18] and disillusion gave them something in common ; though they were separated by five feet[19] of green metal they could have been a married couple who had grown to[20] resemble each other. Pigeons like old grey tennis balls rolled unnoticed[21] around their feet. They each occasionally looked at a watch, though never at one another. For both of them this period of solitude and peace was limited.

---

1. **gentle** : *doux, sans violence ;* as gentle as a lamb : *doux comme un agneau ;* **gently** : *doucement, avec douceur, indulgence.*
2. **hopeful** : *plein d'espoir ;* (hope), *encourageant* (≠ hopeless).
3. **early** : (adj.) *premier, du début ;* in early spring : *au début du printemps* (≠ in late Spring).
4. **spray** : 1) (ici) *écume, embrun, poussière d'eau* ou de liquide quelconque, *pulvérisé ;* 2) *vaporisateur.*
5. **lapping** : to lap : (ici) (vagues) *clapoter, babiller.*
6. **to drop** : (ici) *baisser* (vent, prix, température…).
7. **empty** : *vide, désert, dégagé* (rue…), *inoccupé.*
8. **to set (set, set)** : *se coucher* (soleil) ; **sunset** : *coucher de soleil.*
9. **chance** : ▲ *hasard ;* by chance : *par hasard ;* ▲ luck : *la chance.*
10. **barrier** ['bærɪə] : 1) *barrière ;* 2) (fig.) *obstacle ;* sound barrier : *mur du son ;* the language barrier : *l'obstacle de la langue.*

Ils restèrent assis sur un banc du parc Monceau pendant un bon moment sans s'adresser la parole. C'était une journée pleine de promesses, au début de l'été ; des nuages blancs, moutonneux, traversaient le ciel, poussés par une brise légère ; à tout instant le vent pouvait tomber et le ciel se dégager pour devenir entièrement bleu ; mais il était trop tard maintenant, le soleil se serait couché d'ici là.

Pour des êtres plus jeunes, cela aurait pu être l'occasion d'une rencontre de hasard, secrète, derrière le long rempart des landaus, avec pour seuls témoins les bébés et les bonnes d'enfants. Mais ils étaient tous deux d'âge mûr et ni l'un ni l'autre n'étaient tentés de caresser l'illusion de posséder une jeunesse perdue, même si lui était plus beau qu'il ne voulait bien le croire, avec sa moustache soyeuse, à l'ancienne, signe d'une bonne moralité, et si elle était plus jolie que son miroir le lui disait jamais. L'humilité et le désenchantement leur donnaient quelque chose en commun ; bien qu'une distance d'un mètre cinquante de métal vert les séparât, ils auraient pu passer pour des gens mariés qui avaient fini par se ressembler. Des pigeons, telles de vieilles balles de tennis grises, se roulaient à leurs pieds, sans attirer leur attention. De temps en temps chacun regardait sa montre, mais jamais son voisin. Pour l'un et l'autre, ce moment de solitude et de paix était limité.

---

11. **perambulator** ou **pram** : *landau* (de bébé) ; (amér.) baby carriage.

12. **in sight** : *en vue ;* I know him by sight : *je le connais de vue.*

13. **inclined** : to be inclined : *être porté à, enclin à.*

14. **cherish** : 1) (ici) *entretenir* (espoir, souvenir) ; 2) *chérir, aimer.*

15. **silky** : *soyeux ;* silk : *soie.*

16. **badge** : 1) (ici) *symbole, signe, marque.* 2) *insigne, plaque.*

17. **behaviour** : *conduite, comportement ;* to behave : *se conduire.*

18. **modesty** : ▲ 1) (ici) *modestie ;* 2) *pudeur ;* 3) *modicité.*

19. **feet** : pl. de **foot** : (ici) *pied* (30,48 cm) ; **1 yard = 3 feet** (91,44 cm).

20. **grown to** : to grow (grew, grown) : *se mettre peu à peu à* (aimer...).

21. **unnoticed** : *inaperçu, inobservé ;* he went unnoticed : *il passa inaperçu ;* to notice : *s'apercevoir de, remarquer.*

The man was tall and thin. He had what are called sensitive[1] features[2], and the cliché fitted him ; his face was comfortably[3], though handsomely, banal — there would be no ugly[4] surprises when he spoke, for a man may be sensitive without imagination. He had carried with him an umbrella which suggested caution[5]. In her case one noticed first the long and lovely legs as unsensual as those in a society portrait. From[6] her expression she found the summer day sad, yet she was reluctant[7] to obey the command[8] of her watch and go — somewhere — inside.

They would never have spoken to each other if two teen-aged[9] louts[10] had not passed by[11], one with a blaring[12] radio slung[13] over his shoulder, the other kicking out at the preoccupied pigeons. One of his kicks found a random[14] mark[15], and on they went in a din of pop, leaving the pigeon lurching[16] on the path.

- The man rose, grasping his umbrella like a riding-whip[17]. "Infernal young scoundrels," he exclaimed, and the phrase sounded more Edwardian[18] because of the faint American intonation — Henry James[19] might surely have employed it.

"The poor bird", the woman said. The bird struggled upon the gravel, scattering[20] little stones.

---

1. **sensitive :** *sensible ;* ▲ **sensible :** *raisonnable, doué de bon sens.*
2. **features** ['fiːtʃəz] : *traits (du visage).*
3. **comfortably : comfortable :** (ici) *rassuré, tranquille ;* I don't feel comfortable about it : *je ne suis pas très rassuré à ce sujet.*
4. **ugly :** *laid, vilain* (phys. et moral) ; **an ugly action.**
5. **caution :** *prudence ;* **cautious :** *prudent, circonspect.*
6. **from :** ▲ *d'après ;* from her **appearance :** *à la voir.*
7. **reluctant :** (adj.) *peu disposé, qui agit à contrecœur.*
8. **to obey the command :** ▲ **to obey sb :** *obéir à qqn.*
9. **teen-aged : teens,** *l'âge de treize à dix-neuf ans ;* she's still in her teens : *elle est encore adolescente ;* **teenager** (n.) : *adolescent.*
10. **louts : lout** (n.) : *lourdaud, rustre, butor.*
11. **by :** *à côté de ;* **close by :** *tout près de.*
12. **blaring : to blare :** *beugler* (radio), *retentir* (musique, voix...).

L'homme était grand et mince. Il avait, comme on dit, un visage sensible et le cliché lui convenait parfaitement ; ce visage, banal, avait quelque chose de rassurant mais aussi d'élégant ; il n'y aurait aucune surprise désagréable quand il se mettrait à parler, car un homme peut être sensible sans être doué d'imagination. Il avait pris un parapluie, ce qui était une marque de prudence. Quant à elle, on était d'abord frappé par ses longues jambes, belles, aussi peu sensuelles que celles qu'on voit dans les portraits mondains. D'après son air, elle trouvait triste cette journée d'été, et pourtant elle rechignait à obéir aux injonctions de sa montre et à rentrer... quelque part.

Ils ne se seraient jamais adressé la parole si deux jeunes malappris n'étaient pas passés par là ; l'un d'eux portait un transistor tonitruant jeté sur son épaule, l'autre donnait des coups de pied en direction des pigeons effarouchés. L'un de ses gestes rencontra une cible au hasard et les adolescents poursuivirent leur chemin dans le vacarme de la musique pop, laissant le pigeon tituber dans l'allée.

L'homme se leva en saisissant son parapluie comme une cravache : « Fieffés gredins ! » s'écria-t-il et la formule parut plus désuète à cause de sa légère intonation américaine. Henry James aurait sûrement pu l'employer.

« Pauvre bête ! » dit la femme. L'oiseau se débattait sur le gravier, projetant des petits cailloux.

---

13. **slung :** to sling (slung, slung) : 1) (ici) *suspendre au moyen d'une courroie...* 2) *lancer avec force.*
14. **random :** (adj.) *au hasard ;* **random remark :** *remarque faite en passant.*
15. **mark :** ▲ (ici) *cible, but ;* aussi, *niveau requis* (examen...).
16. **lurching :** to lurch : *avancer en titubant, en faisant des embardées.*
17. **riding-whip :** to ride (rode, ridden) : *aller à cheval ;* whip : *fouet.*
18. **sounded more Edwardian :** *parut (à l'entendre ; to sound : résonner, retentir) plus Edouardien(ne) ;* **King Edward VIII** (1936).
19. **Henry James :** romancier américain au style contourné.
20. **scattering :** to scatter : *éparpiller, disséminer.*

One wing hung slack[1] and a leg must have been broken too, for the pigeon swivelled[2] round in circles unable to rise. The other pigeons moved away, with disinterest, searching[3] the gravel for crumbs.

"If you would look away[4] for just a minute," the man said. He laid his umbrella down again and walked rapidly to the bird where it thrashed[5] around ; then he picked it up, and quickly and expertly he wrung[6] its neck — it was a kind of skill[7] anyone of breeding[8] ought to possess. He looked round for a refuse bin[9] in which he tidily[10] deposited the body.

"There was nothing else to do," he remarked apologetically[11] when he returned.

"I could not myself have done it", the woman said, carefully grammatical in a foreign tongue.

"Taking life is *our* privilege," he replied with irony rather than pride[12].

When he sat down the distance between them had narrowed[13] ; they were able to speak freely[14] about the weather and the first real day of summer. The last week had been unseasonably[15] cold, and even today... He admired the way in which she spoke English and apologized for[16] his own[17] lack[18] of French, but she reassured him : it was no ingrained[19] talent. She had been "finished" at an English school at Margate[20].

---

1. **slack** : *lâche, mal tendu, desserré.*
2. **swivelled** : to swivel : *pivoter ;* **swivel chair** : *fauteuil pivotant.*
3. **searching** : to search (for) : *chercher, fouiller.*
4. **to look away** : *détourner le regard* (look).
5. **thrashed** : to thrash about : *se débattre* (des pieds et des mains).
6. **wrung** : to wring (wrung, wrung) : 1) (ici) *tordre ;* 2) *essorer.*
7. **skill** : 1) *habileté, adresse ;* 2) *technique, compétence, talent.*
8. **breeding** : 1) (ici) *éducation ;* **good breeding** : *savoir-vivre ;* 2) *élevage, reproduction ;* **to breed (bred, bred)** : *élever.*
9. **refuse bin** : ou **dustbin, garbage can** (US), *poubelle ;* **refuse** ['refju:s], **garbage** (US), **trash** : *ordures, détritus.*
10. **tidily** : *soigneusement ;* **tidy** : *(bien) rangé, net.*
11. **apologetically** : *pour s'excuser* (to apologize) ; **to be**

L'une de ses ailes était pendante et une patte avait dû être cassée aussi car le pigeon pivotait en cercles, incapable de se redresser. Les autres pigeons s'éloignèrent, indifférents, cherchant des miettes dans le gravier.

« Si vous vouliez bien détourner la tête une petite minute », dit l'homme. Il reposa son parapluie et se dirigea rapidement vers l'endroit où l'oiseau virevoltait ; il le ramassa et d'une main preste et experte il lui tordit le cou ; c'était le genre de technique que toute personne bien éduquée devrait posséder. Il chercha une poubelle dans laquelle il déposa délicatement le cadavre.

« Il n'y avait rien d'autre à faire », observa-t-il comme pour s'excuser en revenant vers le banc.

« J'en aurais été incapable », dit la femme, surveillant sa grammaire dans la langue étrangère.

« Supprimer la vie est un de nos privilèges à nous, les hommes », répondit-il avec ironie plutôt qu'avec orgueil.

Quand il s'assit, la distance entre eux s'était réduite ; ils pouvaient échanger à leur aise des propos sur le temps et la première vraie journée d'été. La semaine passée avait été froide pour la saison, et même aujourd'hui... Il lui dit son admiration pour la façon dont elle parlait l'anglais et s'excusa de ne pas connaître le français mais pour sa part elle le rassura : ce n'était pas un talent inné. Elle avait suivi des « cours de perfectionnement » dans une école anglaise de Margate.

---

very apologetic about : *s'excuser vivement de* ; **apology, apologies** : *excuses.*

12. **pride** : *orgueil* ; **to take pride in doing** ou **to pride oneself on doing** : *mettre son point d'honneur à faire* ; **proud** : *fier.*

13. **narrowed** : **to narrow** : *(se) resserrer, (se) réduire, (se) rétrécir* ; **narrow** (adj.) : *étroit, étranglé, resserré.*

14. **freely** : *librement* ; **free** : *libre* ; **to free** : *libérer.*

15. **unseasonably** : adv. dérivé de **unseasonable** ; 1) *hors de saison* (**season**) ; 2) *inopportun* ; 3) *peu convenable.*

16. **apologized for** : **to apologize for** (△ **for**) : *s'excuser de.*

17. **own** : *propre, personnel.*

18. **lack of** : *manque de* ; **for lack of money** : *par manque d'argent* ; **to lack** : **he lacks experience** : *il manque d'expérience.*

19. **ingrained** : *enraciné, invétéré* (habitudes...) ; **inborn, innate** [ɪ'neɪt] : *inné.*

20. **Margate** : ville côtière du sud de l'Angleterre (Kent).

21

"That's a seaside resort [1], isn't it ?"

"The sea always seemed very grey", she told him, and for a while [2] they lapsed [3] into separate [4] silences. Then perhaps thinking of [5] the dead pigeon she asked him if he had been in the army. "No, I was over [6] forty when the war came [7]," he said. "I served [8] on a government mission [9], in India. I became very fond of India." He began to describe to her Agra, Lucknow, the old city of Delhi, his eyes alight [10] with memories. The new Delhi he did not like, built by a Britisher — Lut-Lut-Lut ? No matter [11]. It reminded [12] him of Washington.

"Then you do not like Washington ?"

"To tell you the truth," he said, "I am not very happy in my own country. You see, I like old things. I found myself more at home [13] — can you believe it ? — in India, even with the British. And now in France I find it's the same. My grandfather was British Consul in Nice."

"The Promenade des Anglais was very new then," she said.

"Yes, but it aged [14]. What we Americans build never ages beautifully. The Chrysler Building, Hilton hotels..."

"Are you married ?" she asked. He hesitated a moment before replying. "Yes," as though [15] he wished to be quite [16], quite accurate [17].

---

1. **resort** [rɪ'zɔːt] : *lieu de séjour, station ;* **holiday resort** : *lieu de vacances ;* **winter sports resort** : *station de sports d'hiver.*

2. **while** : (n.) *espace de temps ;* **a long** (ou **good**) **while** : *longtemps.*

3. **lapsed** : **to lapse into** : *(re)tomber dans de mauvaises habitudes.*

4. **separate** ['seprət] : 1) *séparé, distinct, à part ;* **to sleep in separate beds** : *faire lit à part ;* 2) *détaché, indépendant, séparé ;* 3) *isolé, à l'écart.*

5. **thinking of** : **to think (thought, thought)** : *penser à.*

6. **over** : (ici) *plus de ;* (≠ **under** : *moins de*).

7. **came** : ou **broke out ; to break (broke, broken) out** : *éclater* (guerre...).

8. **to serve** : *servir* (dans l'armée, etc.).

9. **on a government mission** : Δ notez **on ; to send sb on**

« Margate est une station balnéaire, n'est-ce pas ? »

« La mer semblait toujours très grise », lui dit-elle et pendant un moment chacun retomba dans son silence. Puis, songeant peut-être au pigeon mort, elle lui demanda s'il avait été dans l'armée. « Non, j'avais plus de quarante ans quand la guerre s'est déclarée, dit-il. J'ai été envoyé en mission par le gouvernement en Inde. L'Inde m'a beaucoup plu. » Il se mit à décrire Agra, Lucknow, la vieille cité de Delhi, le regard illuminé par les souvenirs qu'il évoquait. La nouvelle Delhi, construite par un Britannique, par Lut, Lut, Lut ?... peu importe, ne lui plaisait pas. Elle lui rappelait Washington.

« Alors vous n'aimez pas Washington ?

— Pour vous dire la vérité, fit-il, je ne suis pas très heureux dans mon propre pays. Voyez-vous, j'aime les vieilles choses. Je me sentais davantage chez moi en Inde, le croiriez-vous, même avec les Britanniques. Et maintenant en France, je constate que c'est la même chose. Mon grand-père était consul de Grande-Bretagne à Nice.

— La Promenade des Anglais était toute récente à l'époque, dit-elle.

— Oui, mais elle a bien vieilli. Ce que nous, Américains, nous bâtissons, vieillit toujours mal. Le Chrysler Building, les hôtels Hilton...

— Êtes-vous marié ? » demanda-t-elle. Il hésita un instant avant de répondre « Oui » comme s'il voulait être parfaitement précis.

---

a mission to sb : *envoyer qqn en mission auprès de qqn.*
10. **alight** : (adj.) *allumé, en feu, embrasé ;* **her face was alight with pleasure** : *son visage rayonnait de joie ;* **light** : *lumière.*
11. **no matter** : *peu importe ;* aussi, **it doesn't matter ; no matter what he does** : *quoi qu'il fasse...*
12. **reminded** : Δ **to remind sb of sth** : *rappeler qqch à qqn.*
13. **at home** : (au fig. ici) *à l'aise, chez soi, dans son élément ;* **be at home with sb** : *être à l'aise avec qqn.*
14. **aged** : **to age** : *vieillir, prendre de l'âge ;* **to age well** : *bien vieillir* (personne), *s'améliorer en vieillissant* (vin).
15. **as though** : un peu plus littéraire que **as if** : *comme si.*
16. **quite** [kwaɪt] : 1) (ici) *tout à fait, entièrement ;* 2) *assez, plutôt ;* **I quite enjoyed the film** : *le film m'a assez plu.*
17. **accurate** ['ækjərɪt] : *exact ;* **accuracy** : *exactitude.*

23

He put out [1] his hand and felt for [2] his umbrella — it gave him confidence [3] in this surprising [4] situation of talking so openly to a stranger [5].

"I ought not to have asked you," she said, still careful [6] with her grammar.

"Why not ?" He excused her awkwardly [7].

"I was interested [8] in what you said." She gave him a little smile [9]. "The question came. It was *imprévu*."

"Are *you* married ?" he asked, but only to put her at her ease [10], for he could see her ring.

"Yes".

By this time they seemed to know a great deal [11] about each other, and he felt it was churlish [12] not to surrender [13] his identity. He said, "My name is Greaves. Henry C. Greaves."

"Mine is Marie-Claire. Marie-Claire Duval."

"What a lovely afternoon it has been," the man called Greaves said.

"But it gets a little cold when the sun sinks [14]." They escaped [15] from each other again with regret.

"A beautiful umbrella you have," she said, and it was quite true — the gold band was distinguished, and even from a few feet away one could see there was a monogram engraved there — an H certainly, entwined perhaps with a C or a G.

"A present," he said without pleasure.

---

1. **to put (put, put) out :** *étendre, allonger, avancer.*
2. **felt for :** to feel (felt, felt) : *chercher à tâtons ;* to feel : *tâter, palper.*
3. **confidence : ▲** *confiance ;* to have every confidence in sb : *faire toute confiance à qqn ;* self-confidence : *confiance en soi.*
4. **surprising :** *étonnant(e), surprenant(e) ;* to surprise : *étonner, surprendre ;* I'm surprised at you : *vous m'étonnez.*
5. **stranger :** (nom) *étranger, inconnu ;* he's a stranger to me : *je ne le connais pas ;* **foreigner :** (nom) *étranger* (d'une autre nationalité).
6. **careful :** 1) *attentif, prudent ;* 2) *soigneux, méticuleux* (≠ careless).
7. **awkwardly :** *gauchement, maladroitement ;* awkward : *gauche.*

Il tendit la main pour prendre son parapluie ; cela le rassurait dans cette situation inattendue où il se trouvait de parler si ouvertement à une inconnue.

« Je n'aurais pas dû vous demander, dit-elle, toujours soucieuse de sa grammaire.

— Pourquoi pas ? dit-il avec maladresse pour l'excuser.

— J'étais intéressée par ce que vous disiez. » Elle lui adressa un léger sourire. « La question est venue comme ça. C'était imprévu.

— Et vous, vous êtes mariée ? demanda-t-il, uniquement pour la mettre à l'aise car il voyait bien son alliance.

— Oui. »

A ce stade il leur semblait en savoir déjà long l'un sur l'autre et il eut le sentiment que c'était manquer de savoir-vivre que de ne pas dévoiler son identité. Il dit : « Je m'appelle Greaves. Henry C. Greaves.

— Moi je m'appelle Marie-Claire. Marie-Claire Duval.

— Quel bel après-midi nous avons eu ! » dit l'homme nommé Greaves.

— Mais il fait un peu froid quand le soleil baisse. » Ils trouvaient l'un et l'autre des échappatoires, à regret.

« C'est un bien beau parapluie que vous avez là », dit-elle et cela était tout à fait vrai ; la bague en or ne manquait pas de chic et même à un mètre de distance on pouvait discerner un monogramme gravé, un H certainement avec peut-être un C ou un G entrelacé.

« C'est un cadeau, dit-il sans joie.

---

8. **interested in :** △ I'm interested in history : *je m'intéresse à l'histoire.*

9. **she gave him a little smile :** △ to give sb a smile : *faire un sourire à qqn ;* △ to smile at sb ; △ notez at.

10. **ease :** (ici) *tranquillité d'esprit ;* set your mind at ease : *rassurez-vous ;* ill at ease : *mal à l'aise.*

11. **a great deal (of) :** *beaucoup de* (aussi a lot of).

12. **churlish :** *mal élevé, qui n'a pas de savoir-vivre ;* **churl :** (nom) *rustre.*

13. **to surrender :** (ici) *rendre, livrer, renoncer à* (droits, biens) ; aussi (verbe intr.) *se rendre.*

14. **to sink (sank, sunk) :** *s'enfoncer, descendre lentement, couler.*

15. **escaped from each other :** m. à m. : *s'échappaient l'un de l'autre.*

"I admired so much the way[1] you acted[2] with the pigeon. As for me[3] I am *lâche*.

"That I am quite sure is not true," he said kindly.

"Oh, it is. It is."

"Only in the sense that[4] we are all cowards[5] about something."

"You are not," she said, remembering the pigeon with gratitude.

"Oh yes, I am," he replied, "in one whole area[6] of life." He seemed on the brink of[7] a personal revelation, and she clung[8] to his coat-tail[9] to pull him back[10]; she literally clung to it, for lifting the edge of his jacket she exclaimed, "You have been touching some wet paint[11]." The ruse[12] succeeded[13]; he became solicitous[14] about her dress, but examining the bench they both agreed the source was not there. "They have been painting on my staircase," he said.

"You have a house here ?"

"No, an apartment[15] on the fourth floor[16]."

"With an *ascenseur* ?[17]"

"Unfortunately not[18]," he said sadly. "It's a very old house in the *dix-septième*."

---

1. **way :** 1) (ici) *moyen, méthode, manière ;* **there's no way out :** *il n'y a pas de solution ;* **that's the way :** *voilà comment il faut faire ;* 2) *chemin, route, voie, direction ;* **which way ? :** *par où ?*

2. **acted :** to act : 1) (ici) *agir, se conduire ;* 2) *jouer* (théâtre), *feindre, faire semblant ;* **she is not really crying, she is only acting :** *elle ne pleure pas vraiment, elle fait semblant seulement.*

3. **as for me :** *quant à moi ;* aussi, **for my (own) part, as far as I'm concerned, I myself...**

4. **in the sense that :** aussi, **in that :** *en ce sens que.*

5. **cowards :** coward : (nom) *lâche, poltron ;* **cowardly :** (adj.) *lâche ;* **cowardice :** *lâcheté* (cf. français *couard, couardise*).

6. **area** ['eəriə] : 1) (ici) *domaine, champ* (d'activité) ; 2) *aire, superficie ;* 3) *région, territoire ;* 4) *secteur ;* **dining area :** *coin repas, coin salle à manger ;* **sleeping area :** *coin chambre.*

7. **on the brink of :** ou **on the edge of, on the verge of :** *au bord de* (des larmes...) ; **brink :** *bord.*

— J'ai admiré la façon dont vous avez agi avec le pigeon. Moi je suis lâche.

— Ça, je suis sûr que ce n'est pas vrai, dit-il avec bienveillance.

— Oh que si !

— Seulement dans la mesure où nous sommes tous des lâches pour une chose ou pour une autre.

— Vous, vous n'êtes pas un lâche, dit-elle, en se souvenant du pigeon avec gratitude.

— Oh si, répondit-il, je le suis, dans tout un domaine de la vie. » Il semblait sur le point de révéler un coin de son jardin secret et elle se raccrocha au pan de son habit pour le retenir ; elle se raccrocha littéralement car, soulevant le bord de sa veste, elle s'exclama : « Vous avez touché de la peinture fraîche. » La tactique fut efficace ; il s'inquiéta de sa robe mais, examinant le banc, ils s'accordèrent pour dire que le mal ne venait pas de là. « Ils ont refait les peintures dans mon escalier, dit-il.

— Vous avez une maison ici ?

— Non, un appartement au quatrième étage.

— Avec ascenseur ?

— Malheureusement pas, dit-il avec tristesse. C'est une très vieille maison dans le dix-septième. »

---

8. **clung :** to cling (clung, clung) to : *s'accrocher, se cramponner (à)*.

9. **tail :** 1) (ici) *pan* (d'habit) ; 2) *queue* (d'animal).

10. **to pull him back :** to pull : *tirer ;* back : *en arrière, vers l'arrière*.

11. **wet paint :** notez cet emploi de **wet** *(mouillé, humide)*.

12. **ruse** [ru:z] : *ruse, stratagème*.

13. **succeeded :** △ succeed in doing : *réussir à faire*.

14. **solicitous :** *plein de sollicitude, inquiet, préoccupé*.

15. **apartment :** 1) (US) *logement, appartement ;* 2) (GB) *pièce, chambre*.

16. **on the fourth floor :** *au quatrième étage ;* △ notez **on**.

17. **with an ascenseur :** △ with, without + a, an + nom, dénombrable (concret, singulier) ; **don't go out without an umbrella**.

18. **unfortunately not :** *malheureusement pas ;* △ notez cet emploi de **not** ; I hope not : *j'espère que non*.

27

The door of his unknown [1] life had opened a crack [2], and she wanted to give something of her own life in return, but not too much. A "brink" would give her vertigo [3]. She said, "My apartment is only too depressingly [4] new. In the *huitième*. The door opens [5] electrically without being touched. Like in an airport."

A strong current of revelation carried them along. He learned how she always bought her cheeses in the Place de la Madeleine — it was quite an expedition from her side of the *huitième* [6], near the Avenue George V, and once [7] she had been rewarded [8] by [9] finding Tante Yvonne, the General's wife, at her elbow [10] choosing a Brie. He on the other hand [11] bought his cheeses in the Rue de Tocqueville, only round the corner [12] from his apartment.

"You yourself ?"

"Yes, I do the marketing," he said in a voice [13] suddenly abrupt.

She said, "It is a little cold now. I think we should go."

"Do you come to the Parc often ?"

"It is the first time."

"What a strange coincidence," he said. "It's the first time for me too. Even though I live close by."

"And I live quite far away."

They looked at one another with a certain awe [14], aware of [15] the mysteries of providence. He said, "I don't suppose you would be free to have a little dinner with me."

---

1. **unknown** : *inconnu ;* it was unknown to him : *cela lui était inconnu, il l'ignorait, il n'en savait rien ;* ▲ notez to.
2. **crack** : *fente, fissure ;* through the crack in the door : *par l'entrebâillement de la porte ;* leave the window open a crack : *laisse la fenêtre entrouverte.*
3. **vertigo** ['vɜːtɪgəu] : *vertige ;* he's subject to vertigo, he suffers from vertigo : *il a le vertige.*
4. **depressingly** : *d'un manière déprimante* (depressing).
5. **the door opens** : *la porte s'ouvre ;* ▲ open (sens réfléchi !) *s'ouvrir.*
6. **from her side of the *huitième*** : notez cet emploi de side ; on the other side of the town : *à l'autre bout de la ville.*
7. **once** : (ici) *un jour, une fois.*

28

La porte de sa vie secrète s'était ouverte d'un cran et elle voulait en retour livrer une partie de la sienne, mais pas trop. Dévoiler un « coin » de son jardin secret lui donnerait le vertige. Elle dit : « Mon appartement n'est que trop neuf, à en être déprimant. C'est dans le huitième. La porte s'ouvre sans qu'on la touche. Comme dans les aéroports. »

Un fort courant de confidences les emporta. Il apprit qu'elle achetait toujours ses fromages à la place de la Madeleine ; c'était toute une expédition de chez elle, de l'autre bout du huitième, près de l'avenue Georges-V, et un jour elle avait été récompensée de sa grande marche en trouvant Tante Yvonne, la femme du Général, à ses côtés, en train de choisir un brie. Lui, par contre, achetait ses fromages dans la rue de Tocqueville, juste au coin, près de son appartement.

« Vous les achetez vous-même ?

— Oui, je fais le marché, fit-il avec une brusquerie soudaine.

— Il fait un peu froid maintenant. Je crois qu'il faudrait partir.

— Vous venez souvent au parc ?

— C'est la première fois.

— Quelle étrange coïncidence ! dit-il. C'est la première fois pour moi aussi. Et pourtant j'habite tout à côté.

— Alors que moi j'habite assez loin. »

Ils échangèrent un regard, quelque peu terrifiés, conscients des mystères de la providence. Il lui dit : « Je suppose que vous ne seriez pas libre pour un petit repas ? »

---

8. **rewarded** : to reward : *récompenser.*

9. **by** : ▲ by + -ing indique le moyen ; **the only way to succeed is by working** : *le seul moyen de réussir c'est de travailler.*

10. **at her elbow** : *à ses côtés ;* **elbow** : *coude.*

11. **on the other hand** : *d'autre part ;* **on the one hand... on the other hand...** : *d'une part... d'autre part...*

12. **corner** : *coin ;* **it's just round the corner** : *c'est à deux pas d'ici.*

13. **in a voice...** : *d'une voix...* ▲ notez la prép. **in.**

14. **awe** : *crainte mêlée de respect, admiration craintive ;* **to stand in awe of** : *redouter, craindre ;* **awe-struck** : *fortement impressionné ;* **awful** : *terrible, effroyable.*

15. **aware of** : *au courant de, conscient de, averti de.*

Excitement [1] made her lapse into French. "*Je suis libre, mais vous... votre femme... ?*"

"She is dining elsewhere [2]", he said. "And your husband ?"

"He will not be back before eleven."

He suggested the Brasserie Lorraine, which was only a few minutes' walk away [3], and she was glad [4] that he had not chosen something more chic or more flamboyant. The heavy bourgeois atmosphere of the *brasserie* gave her confidence, and, though she had small appetite [5] herself, she was glad to watch the comfortable military progress [6] down the ranks of the sauerkraut trolley [7]. The menu too was long enough to give them time to readjust to the startling [8] intimacy of dining [9] together. When the order [10] had been given, they both began to speak at once. "I never [11] expected..."

"It's funny the way things happen", he added, laying unintentionally [12] a heavy inscribed [13] monument [14] over that conversation.

"Tell me about your grandfather, the consul."

"I never knew him," he said. It was much more difficult to talk on a restaurant sofa [15] than on a park bench.

"Why did your father go to America ?"

---

1. **excitement :** *excitation, agitation, vive émotion ;* it caused great excitement : *cela a fait sensation.*
2. **elsewhere :** *ailleurs* (qu'à la maison, ici) ; aussi, **somewhere else.**
3. **a few minutes' walk away :** △ génitif ou cas possessif pour exprimer la durée ou la distance ; a few miles'away.
4. **glad :** *content, satisfait ;* to gladden : *réjouir.*
5. **appetite :** he has no appetite : *il n'a pas d'appétit ;* to have a good appetite : *avoir bon appétit ;* to eat with (an) appetite : *manger de bon appétit ;* skiing gives you an appetite : *le ski vous ouvre l'appétit.*
6. **progress :** ▲ 1) (ici) *marche ;* in progress : *en route* ou *en cours, en train ;* 2) *progrès ;* to make progress : *faire des progrès.*
7. **trolley :** ▲ 1) (ici) *table roulante ;* aussi **tea trolley ;** 2) *chariot* (grande surface) ; 3) *chariot à bagages, diable ;* 4) *wagonnet ;* 5) *trolley* de tramway **(trolleybus) ;** 6) (US) *tramway.*

L'émotion la fit retomber dans le français : « Je suis libre, mais vous... votre femme... ?

— Elle dîne dehors, dit-il. Et votre mari ?

— Il ne rentrera pas avant onze heures. »

Il suggéra la *Brasserie Lorraine* qui n'était qu'à quelques minutes de marche et elle se réjouit qu'il n'eût pas choisi un endroit plus chic ou plus somptueux. La lourde atmosphère bourgeoise de la brasserie la rassura et bien qu'elle n'eût pas grand appétit, elle se plut à observer le chariot chargé de choucroute qui avançait entre les rangées de table à une confortable allure militaire. Le menu aussi était assez long pour leur donner le temps de s'adapter à la surprenante intimité de ce dîner en tête à tête. Quand la commande fut passée ils commencèrent à parler tous les deux en même temps. « Je ne m'attendais absolument pas... »

« C'est drôle, comme les choses arrivent », ajouta-t-il, posant involontairement sur leur conversation une lourde pierre tombale couverte d'inscriptions.

« Parlez-moi de votre grand-père, le consul.

— Je ne l'ai pas connu », dit-il. Il était beaucoup plus malaisé de converser sur une banquette de restaurant que sur un banc de jardin public.

« Pourquoi votre père est-il parti pour l'Amérique ?

---

8. **startling :** to startle : *faire sursauter, faire tressaillir.*

9. **dining :** *l'action de dîner* (to dine) ; n. verbal ou gérondif (*le fait de dîner ensemble créait une intimité saisissante ;* cf. "startling").

10. **order :** ▲ (ici) *commande* (restaurant...) ; **to order :** *commander.*

11. **never :** (ici) *ne... pas du tout ;* he never said a word : *il n'a pas dit le moindre mot ;* that will never do : *ça ne fera pas du tout l'affaire.*

12. **unintentionally :** ▲ formation de l'adv. de manière en **-ly** ; intention, intentional, unintentional, unintentionally : *sans intention.*

13. **to inscribe :** *inscrire, graver ;* to inscribe a tomb with a name ou to inscribe a name on a tomb : *graver un nom sur une tombe.*

14. **monument :** 1) *monument* (ce qui conserve le souvenir de qqch ou de qqn) ; 2) *monument, édifice ;* 3) *tombeau, pierre tombale.*

15. **restaurant sofa :** *banquette de restaurant ;* notez cet emploi de **sofa** ; **sofa :** *canapé, sofa ;* **sofa bed :** *canapé-lit.*

"The spirit of adventure perhaps," he said. "And I suppose it was the spirit of adventure which brought me back to live in Europe. America didn't mean [1] Coca-Cola and *Time-Life* when my father was young."

"And have you found adventure ? How stupid of me [2] to ask. Of course you married here ?"

"I brought my wife with me," he said. "Poor Patience."

"Poor ?"

"She is fond of Coca-Cola."

"You can get it here," she said, this time with intentional stupidity.

"Yes."

The wine-waiter [3] came and he ordered a Sancerre. "If that will suit [4] you ?"

"I know so little about wine," she said.

"I thought all French people [5]..."

"We leave it to our husbands," she said, and in his turn he felt an obscure hurt [6]. The sofa was shared by a husband now as well as a wife, and for a while the *sole meunière* gave them an excuse not to talk. And yet silence was not a genuine [7] escape. In the silence the two ghosts would have become more firmly planted, if the woman had not found the courage to speak.

"Have you any children ?" she asked.

"No. Have you ?"

"No."

Are you sorry ?"

She said, "I suppose one is always sorry to have missed [8] something."

---

1. **to mean (meant, meant) :** 1) (ici) *signifier, vouloir dire ;* 2) *avoir de l'importance ;* a career means everything to him : *il n'y a que la carrière qui compte pour lui ;* 3) *avoir l'intention.* 4) *parler sérieusement ;* I mean it : *je ne dis pas ça à la légère.*

2. **how stupid of me :** *comme c'est idiot de ma part ;* △ notez of ; how nice of you : *comme c'est gentil à vous.*

3. **wine-waiter :** *sommelier ;* waiter : *garçon* (restaurant).

4. **to suit :** 1) (ici) *convenir à, aller à ;* Wednesday will suit all right : *mercredi conviendra très bien ;* this dress doesn't suit her : *cette robe ne lui va pas* (à son teint...) ; △ to fit : *aller* (pour la taille) ; 2) *adapter, approprier,*

— L'esprit d'aventure, peut-être, dit-il. Et je suppose que c'est l'esprit d'aventure qui m'a poussé à revenir en Europe pour y vivre. L'Amérique, ce n'était pas le Coca-Cola et *Time-Life,* quand mon père était jeune.

— Et l'aventure, vous l'avez trouvée ? Comme je suis bête de poser la question. Bien sûr, vous vous êtes marié ici ?

— J'ai emmené mon épouse ici. La pauvre Patience.

— Pauvre ?

— Elle aime beaucoup le Coca-Cola.

— On en trouve ici, dit-elle avec une stupidité voulue cette fois.

— Oui. »

Le sommelier arriva et il commanda un Sancerre : « Si cela vous convient ?

— Je m'y connais si peu en vins, dit-elle.

— Je croyais que tous les Français...

— Nous laissons ce soin à nos maris », dit-elle et à son tour, confusément, il se sentit blessé. La banquette était maintenant partagée par un mari ainsi que par une épouse et pendant un moment la sole meunière leur fournit une excuse pour ne rien dire. Et cependant le silence ne constituait pas une véritable évasion. Dans le silence les deux fantômes se seraient imposés plus fermement si la femme n'avait pas pris sur elle de relancer la conversation.

« Avez-vous des enfants ? demanda-t-elle.

— Non. Et vous ?

— Non.

— Ça vous manque ?

— Je suppose qu'on regrette toujours d'être passé près de quelque chose.

---

mettre en harmonie ; he suited the action to the word : *il joignit le geste à la parole.*
5. **French people :** *les Français* (aussi **the French**).
6. **hurt :** (n. ici) 1) (ici) *mal, blessure* (physique ou moral) ; 2) *tort, préjudice ;* **to hurt (hurt, hurt) :** 1) *blesser, faire mal ;* 2) *faire de la peine, froisser ;* 3) *nuire à.*
7. **genuine** ['dʒenjum] : 1) (ici) *authentique, véritable ;* 2) *pure* (vérité), *sincère* (sentiment) ; 3) *d'origine* (porto…).
8. **missed :** **to miss :** 1) (ici) *manquer, rater ;* **he missed the train :** *il a manqué le train ;* **you've missed the point :** *vous êtes passé à côté de la question ;* 2) *noter l'absence de ;* **I missed you last week :** *je ne vous ai pas vu la semaine dernière ;* 3) *regretter l'absence de.*

"I'm glad at least I did not miss the Parc Monceau today."

"Yes, I am glad too."

The silence after that was a comfortable silence : the two ghosts went away and left them alone [1]. Once their fingers touched [2] over the sugar-castor [3] (they had chosen strawberries). Neither of them had any desire for further [4] questions ; they seemed to know each other more completely than they knew anyone else [5]. It was like a happy marriage ; the stage [6] of discovery was over — they had passed [7] the test [8] of jealousy, and now they were tranquil in their middle age. Time and death remained the only enemies, and coffee was like the warning [9] of old age. After that it was necessary to hold sadness at bay [10] with a brandy, though not successfully [11]. It was as though they had experienced [12] a lifetime [13], which was measured as with [14] butterflies in hours.

He remarked [15] of the passing head waiter [16], "He looks like an undertaker."

"Yes," she said. So he paid the bill and they went outside. It was a death-agony they were too gentle to resist [17] for long. He asked, "Can I see you home [18] ?"

---

1. **alone** : *seul, solitaire* ; **leave me alone** : *laisse-moi tranquille.*

2. **touched** : to touch : (ici) *se toucher* (pas de réfléchi en anglais).

3. **to castor** ou **to caster** : *saupoudrer* ; ▲ sugar-castor : *sucrier* ; **castor sugar** : *sucre en poudre.*

4. **further** : (comparatif de *far*) (ici) *autre, supplémentaire* ; **any further question ?** *avez-vous d'autres questions ?*

5. **else** : *autre, d'autre, de plus* ; **what else** : *quoi d'autre ?* **nobody else** : *personne d'autre* ; **somewhere else** : *quelque part ailleurs.*

6. **stage** : 1) *étape* ; 2) (fig.) *degré, phase* ; 3) *scène* (théâtre).

7. **passed** : to pass : ▲ *réussir* (à un examen) ; ▲ to take ou sit for an examination : *se présenter à un examen.*

8. **test** : 1) (ici) *épreuve* ; **to undergo a test** : *subir une épreuve* ; 2) *essai* ; 3) *contrôle* ; 4) (médecine) *examens, analyses.*

— Moi je suis contente au moins de ne pas avoir manqué le parc Monceau aujourd'hui.

— Moi aussi. »

Le silence après cela se fit rassurant : les deux fantômes disparurent et les laissèrent en paix. Une fois, leurs doigts se touchèrent au-dessus du sucrier (ils avaient choisi des fraises). Aucun des deux n'éprouva le besoin de poser de nouvelles questions ; ils semblaient se connaître l'un l'autre plus intimement qu'ils ne connaissaient quiconque. C'était comme un mariage sans histoires ; le stade de la découverte était dépassé ; ils avaient traversé l'épreuve de la jalousie et, arrivés à l'âge mûr, ils vivaient des jours paisibles. Le temps et la mort demeuraient les seuls ennemis et le café se présenta comme l'avertissement de la vieillesse. Après cela il fallait tenir la tristesse en respect avec un cognac, mais ce fut en vain. On eût dit qu'ils avaient vécu une vie entière mesurée en heures comme chez les papillons.

Il fit cette observation sur le maître d'hôtel qui passait : « Il a l'air d'un entrepreneur de pompes funèbres.

— Oui », dit-elle. Là-dessus il régla l'addition et ils sortirent. Ils étaient trop délicats pour résister longtemps aux affres de la mort. « Puis-je vous raccompagner ? demanda-t-il.

---

9. **warning :** 1) *avertissement ;* **air raid warning :** *alerte ;* **bomb warning :** *alerte à la bombe ;* 2) *avis, préavis, congé.*

10. **bay :** *abois ;* **at bay :** *aux abois ;* **to keep sb at bay :** *tenir qqn à distance, en échec ;* **to stand at bay :** *tenir tête.*

11. **successfully :** (adv.) *avec succès* (**success**) ; (adj.) **successful** ; **to be successful in doing :** *réussir, arriver à faire.*

12. **experienced :** ▲ **to experience :** *éprouver* (sentiment, douleur...), *faire l'expérience de.*

13. **lifetime :** *vie, existence ;* **once in a lifetime :** *une fois dans la vie.*

14. **with :** ⚠ **it's a habit with him :** *c'est une habitude chez lui.*

15. **remarked :** ▲ **to remark :** *dire, faire une réflexion.*

16. **head :** (ici) *chef ;* **the head of a department :** *un chef de service ;* d'où **head-waiter ; headmaster :** *proviseur.*

17. **to resist :** ▲ **to resist sb or sth :** *résister à qqn ou qqch.*

18. **can I see you home :** ⚠ **to see :** (ici) *(re)conduire, raccompagner.*

35

"I would rather not. Really not. You live so close."

"We could have another drink [1] on the *terrasse* ?" he suggested with half a sad heart.

"It would do nothing more for us," she said. "The evening was perfect. *Tu es vraiment gentil.*" She noticed too late that she had used "*tu*" and she hoped his French was bad enough for him not to have noticed [2]. They did not exchange addresses or telephone numbers, for neither of them dared to suggest [3] it : the hour had come too late in both their lives. He found her a taxi and she drove away towards the great illuminated Arc, and he walked home by the Rue Jouffroy, slowly. What is cowardice in the young is wisdom [4] in the old, but all the same [5] one can be ashamed of wisdom.

Marie-Claire walked through the self-opening [6] doors and thought, as she always did, of airports and escapes. On the sixth floor she let herself into the flat. An abstract painting in cruel tones of scarlet and yellow faced [7] the door and treated her like a stranger.

She went straight to her room, as softly as possible, locked the door and sat down on her single bed [8]. Through the wall she could hear her husband's voice and laugh. She wondered who was with him tonight — Toni or François. François had painted the abstract picture, and Toni, who danced in ballet, always claimed [9], especially before [10] strangers, to have modelled [11] for the little stone phallus with painted eyes that had a place of honour in the living-room.

---

1. **we could have another drink :** Δ sens conditionnel de *could* ; *to have* : *prendre* (boisson, repas) ; Δ *another* en un seul mot ; *drink* : *consommation ;* *to stand sb a drink* : *offrir un verre à qqn.*

2. **bad enough for him not to have noticed :** proposition infinitive introduite par *for* après *enough, too, to wait* : *it's too late for me to do it ; she's waiting for us to come.*

3. **to suggest** [sə'dʒest] : *suggérer ;* Δ *I suggest that we go to the cinema* : *je suggère qu'on aille au cinéma.*

4. **wisdom :** *sagesse ;* *wise* : 1) *sage, prudent ;* 2) *judicieux.*

5. **all the same :** *malgré tout, néanmoins, tout de même.*

6. **self-opening :** (adj.) *qui s'ouvre seul ;* de même **self-locking** : *à fermeture automatique ;* **self-adhesive** : *auto-*

— J'aimerais mieux pas. Vraiment pas. Vous habitez si près.

— Nous pourrions prendre un autre verre sur la terrasse ? suggéra-t-il, le cœur un peu lourd.

— Ça ne nous apporterait rien de plus, dit-elle. Ce fut une soirée parfaite. Tu es vraiment gentil. » Elle s'aperçut trop tard qu'elle l'avait tutoyé et elle espéra qu'il ne savait pas assez bien le français pour l'avoir remarqué. Ils n'échangèrent ni adresse ni numéro de téléphone car aucun d'eux n'osa le proposer ; le moment était venu trop tard dans la vie de chacun. Il lui trouva un taxi et elle s'en alla en direction du grand Arc illuminé ; lui rentra lentement à pied par la rue Jouffroy. Ce qui est lâcheté chez les jeunes est sagesse chez les vieux mais il n'empêche qu'on peut avoir honte d'être sage.

Marie-Claire franchit les portes à ouverture automatique et comme toujours, elle songeait à des aéroports et à des évasions. Au sixième étage elle entra dans l'appartement. Accroché en face de la porte, un tableau abstrait, avec des tons agressifs d'écarlate et de jaune la traita en étrangère.

Elle alla directement à sa chambre aussi doucement que possible, ferma la porte à clé et s'assit sur le lit à une place. A travers le mur elle entendit la voix et le rire de son mari. Elle se demanda qui était avec lui ce soir-là. Toni ou François. François avait peint le tableau abstrait et Toni, qui était danseur de ballet, prétendait toujours, spécialement devant des étrangers, qu'il avait posé pour le petit phallus de pierre aux yeux peints qui tenait une place d'honneur dans le salon.

---

adhésif ; **self-sufficient** : *autonome, indépendant.*
7. **faced : to face** : 1) (ici) *être en face de, donner sur ;*
our house faces the sea : *notre maison regarde la mer ;*
2) *affronter* (difficultés...).
8. **single bed** : *lit à une place* ; **single-decker** : *autobus sans impériale* ; **double-bed** : *lit à deux places* ; **double-decker** : *autobus à deux étages...*
9. **to claim** : 1) (ici) *affirmer, prétendre* ; 2) *revendiquer, réclamer ;* **to claim responsibility for an assassination.**
10. **before :** ▲ *s'emploie aussi comme prép. de lieu.*
11. **modelled : ▲ to model** : 1) (ici) *poser, être mannequin* ; 2) *modeler* ; 3) *se modeler* ; **he modelled himself on his father** : *il a pris modèle sur son père* ; **model** : (n.) 1) *modèle* ; 2) *mannequin de mode.*

37

She began to undress. While the voice next[1] door spun its web[2], images of the bench in the Parc Monceau returned and of the sauerkraut trolley in the Brasserie Lorraine. If he had heard her come in, her husband would soon proceed to[3] action : it excited him to know that she was a witness[4]. The voice said, "Pierre, Pierre," reproachfully[5]. Pierre was a new name to her. She spread her fingers on the dressing-table to take off her rings and she thought of the sugar-castor for the strawberries, but at the sound of the little yelps[6] and giggles[7] from next door the sugar-castor turned into the phallus with painted eyes. She lay down and screwed[8] beads[9] of wax[10] into her ears, and she shut her eyes and thought how different things might have been if fifteen years ago she had sat on a bench in the Parc Monceau, watching a man with pity killing a pigeon.

"I can smell a woman on you," Patience Greaves said with pleasure[11], sitting up[12] against two pillows. The top[13] pillow was punctured[14] with brown cigarette burns[15]."

"Oh no, you can't. It's your imagination dear.

"You said you would be home by ten[16]."

"It's only twenty past now."

---

1. **next** : (adj.) *prochain, suivant ;* **he lives next door** : *il habite la maison à côté ;* **my next door neighbour** : *mon voisin immédiat.*

2. **spun its web** : m. à m. : *filait sa toile* (allusion à l'araignée prête à fondre sur sa proie) ; **web** ou **cobweb** : *toile d'araignée* (**spider**) ; **to spin (spun, spun)** : *filer* (laine) ; **spinning-wheel** : *rouet.*

3. **to proceed to** : *commencer à ;* **to proceed to business** : *passer aux affaires ;* **to proceed to do sth** : *se mettre à faire qqch.*

4. **witness** : *témoin ;* **eye-witness** : *témoin oculaire ;* **witness box** : *barre des témoins ;* **to witness** : *être témoin, spectateur.*

5. **reproachfully** : **reproach** : (n.), *reproche ;* **beyond reproach** : *irréprochable ;* △ **to reproach sb with sth** : *reprocher qqch à qqn.*

6. **yelps** : *jappements, aboiements ;* **to yelp** : *japper, glapir.*

Elle commença à se déshabiller. Pendant que dans la pièce voisine la voix sécrétait son discours enjôleur, des images lui revinrent à l'esprit, le banc au parc Monceau et le chariot chargé de choucroute à la *Brasserie Lorraine*. S'il l'avait entendue rentrer, son mari passerait sans tarder à l'action : cela l'excitait de savoir qu'elle était là. La voix disait : « Pierre, Pierre », sur un ton de reproche. Pierre était un nouveau nom pour elle. Elle écarta ses doigts sur la coiffeuse afin d'enlever ses bagues et pensa au sucrier pour les fraises, mais quand elle entendit glapir et glousser dans la pièce d'à côté, le sucrier prit la forme du phallus aux yeux peints. Elle s'allongea et s'enfonça des boules de cire dans les oreilles, puis elle ferma les yeux, songeant combien les choses auraient pu être différentes si, quinze ans plus tôt, elle s'était trouvée assise sur un banc du parc Monceau à regarder un homme tuer un pigeon par pitié.

« Ah ! je sens une odeur de femme sur toi », dit Patience Greaves, triomphante, en se dressant sur ses deux oreillers. Celui du dessus était troué de brûlures brunes de cigarettes.

« Mais non. C'est ton imagination, ma chère.

— Tu as dit que tu serais rentré pour dix heures.

— Il n'est que dix heures vingt.

---

7. **giggles :** giggle : (nom) *petit rire nerveux* ou *glousse-ment ;* **to giggle :** *rire sottement* ou *en affectant de se retenir.*

8. **screwed :** to screw : *visser ;* **screw-driver :** *tournevis.*

9. **beads :** bead : 1) *perle* (collier) ; **string of beads :** *collier ;* 2) *grain* (chapelet) ; 3) (fig.) *goutte de sueur.*

10. **wax :** 1) (ici) *cire ;* 2) *fart* (ski) ; **to wax :** 1) *encaustiquer ;* 2) *farter.*

11. **with pleasure :** m. à m. : *avec plaisir ;* Patience exulte à l'idée de prendre son mari au piège.

12. **sitting up :** to sit up : 1) (ici) *se mettre sur son séant, se dresser* (dans son lit) ; 2) *veiller, ne pas se coucher.*

13. **top :** (adj.) *supérieur, de dessus, du haut ;* **top floor :** *dernier étage ;* **in top gear :** *en cinquième* (voiture).

14. **punctured :** to puncture ['pʌŋkt[ə] : 1) *crever ;* 2) *percer, perforer ;* **puncture :** 1) *crevaison* (bicyclette...) ; 2) *perforation.*

15. **burns :** burn : (nom) *brûlure ;* to burn (burnt, burnt) : *brûler.*

16. **by ten :** △ by : (ici) *d'ici à, pour, dès, pas plus tard que ;* **by the end of the month :** *pour la fin du mois.*

"You've been up in the Rue de Douai, haven't you, in one of those bars, looking for a *fille*."

"I sat in the Parc Monceau and then I had dinner at the Brasserie Lorraine. Can I give you your drops ?"

"You want me to sleep so that I won't expect[1] anything. That's it, isn't it, you're too old now to do it[2] twice."

He mixed the drops from the carafe of water on the table between the twin beds. Anything he might say would be wrong[3] when Patience was in a mood[4] like this. Poor Patience, he thought[5], holding out[6] the drops towards[7] the face crowned[8] with red curls[9], how she misses America — she will never believe that the Coca-Cola tastes[10] the same here. Luckily[11] this would not be one of their worst nights, for she drank from the glass[12] without further argument[13], while he sat beside[14] her and remembered the street outside[15] the *brasserie* and how — by accident he was sure — he had been called *"tu"*.

"What are you thinking ?" Patience asked. "Are you still[16] in the Rue de Douai ?"

"I was only thinking that things might have been different," he said.

It was the biggest protest[17] he had ever allowed himself to make against the condition of life.

---

1. **to expect :** (ici) *exiger, attendre ;* you can't expect too much from him : *il ne faut pas trop lui en demander.*
2. **it :** (ici) I gave it to her : *j'ai fait l'amour avec elle.*
3. **wrong :** (ici) *mal, mauvais* (≠ right).
4. **mood :** *humeur, disposition ;* in a good mood : *de bonne humeur ;* in a laughing mood : *d'humeur à rire ;* I'm in the mood for that : *cela me tenterait ;* he has moods : *il a des sautes d'humeur.*
5. **he thought** ou **he thought to himself :** *se dit-il ;* to think (thought, thought) of : *penser à ;* thought : (nom) *pensée.*
6. **holding out :** to hold (held, held) out : 1) (ici) *tendre* (la main...) ; 2) *durer, tenir bon ;* to hold : *tenir.*
7. **toward(s) :** 1) (ici) *du côté de, en direction de, vers ;* 2) *environ, vers* (telle heure) ; **towards six o'clock** ; 3) *à l'égard de, envers.*
8. **crowned :** to crown : *couronner ;* to crown it all : *pour comble* (de bonheur, de malheur), *pour couronner le tout.*
9. **curls :** curl : *boucle* (de cheveux) ; **curly :** *bouclé ;* **curler :** *bigoudi.*

40

— Tu es allé dans la rue de Douai, pas vrai, dans un de ces bars, tu es allé voir une fille.

— Je me suis assis sur un banc au parc Monceau et après je suis allé dîner à la *Brasserie Lorraine*. Veux-tu que je te donne tes gouttes ?

— Tu as envie que je m'endorme de façon à ce que je ne demande rien. C'est ça, hein ? Tu es trop vieux maintenant pour faire ça deux fois. »

Il mélangea les gouttes à de l'eau qu'il prit dans la carafe posée sur la table entre les lits jumeaux. Tout ce qu'il pouvait dire était mal pris quand Patience était dans une humeur pareille. « Pauvre Patience », se dit-il, en tendant le verre du côté du visage couronné de boucles rousses, « comme l'Amérique lui manque ! Elle ne croira jamais que le Coca-Cola a le même goût ici. » Dieu merci, cette nuit ne serait pas des pires pour eux car elle but le verre sans discuter davantage, pendant qu'il restait assis près d'elle, songeant à la rue devant la brasserie et se souvenant que, par hasard, il en était sûr, quelqu'un l'avait tutoyé.

« A quoi penses-tu ? demanda Patience. Tu es toujours dans la rue de Douai ?

— Je me disais seulement que les choses auraient pu être différentes », répondit-il.

C'était la plus grande protestation qu'il s'était jamais permis d'élever contre la vie.

---

10. **tastes** : to taste : (ici) *avoir un goût ;* it tastes nice (ou **good**) : *ça a bon goût ;* taste : (nom) *goût.*
11. **luckily** : *heureusement ;* luckily, I had plenty of time : *heureusement, j'avais tout mon temps ;* lucky : *chanceux ;* luck : *chance.*
12. **she drank from the glass** : ou she drank out of...
13. **argument** : ▲ 1) (ici) *discussion, dispute ;* 2) *argument ;* 3) *raisonnement ;* to argue : *argumenter, discuter, se disputer ;* to argue that : *objecter, alléguer que.*
14. **beside** : *à côté de, près de ;* aussi by, close by : *tout près de ;* ▲ besides : *en outre.*
15. **outside** : (ici) *devant ;* I'll be waiting for you outside the town-hall : *je t'attendrai devant l'hôtel de ville.*
16. **still** : *encore* (continuation) ; again : *encore* (répétition).
17. **protest** ['prəutest] : *protestation ;* ▲ to make a protest (pas to do...) : *élever une protestation ;* to protest ▲ [prə'test] : *protester.*

The Destructors

Les destructeurs

Le monde de la haine organisée, gratuite. Un univers d'enfants (à l'image du monde des adultes ?...) avec, aussi, bien des résonances politiques.
Dans l'introduction à ses *Collected Stories* (vol. 8, édition Bodley Head and Heinemann) Graham Greene note : « Je crois que je n'ai rien écrit de mieux que *The Destructors...* »

1

It was on the eve of August Bank Holiday[1] that the latest[2] recruit became the leader of the Wormsley Common[3] Gang. No one was surprised except Mike, but Mike at the age of nine was surprised by everything. "If you don't shut your mouth", somebody once said to him, "you'll get a frog down it." After that Mike kept his teeth tightly[4] clamped[5] except when the surprise was too great.

The new recruit had been with the gang since the beginning of the summer holidays, and there were possibilities about his brooding[6] silence that all recognized. He never wasted[7] a word even to tell his name until that was required of him[8] by the rules. When he said "Trevor" it was a statement of fact, not as it would have been with the others[9] a statement of shame or defiance. Nor did anyone laugh except Mike, who finding himself without support[10] and meeting the dark gaze of the newcomer opened his mouth and was quiet[11] again. There was every reason why T., as he was afterwards referred[12] to, should have been an object of mockery — there was his name (and they substituted the initial because otherwise[13] they had no excuse not to laugh at it), the fact that his father, a former[14] architect and present clerk, had "come down in the world[15]" and that his mother considered herself better than the neighbours.

---

1. **August bank holiday :** *premier lundi d'août,* jour férié ; où les banques sont fermées.

2. **latest :** late : (ici) *récent ;* **the latest news :** *les dernières nouvelles.*

3. **common :** (ici) *pré communal, terrain communal, communal.*

4. **tightly :** tight : 1) *serré ;* 2) *raide, tendu* (corde...).

5. **clamped :** to clamp : *serrer, cramponner.*

6. **brooding :** to brood : 1) *couver ;* 2) *broyer du noir ;* 3) *ruminer* (plan).

7. **wasted :** to waste : *gaspiller ;* **don't waste your time on that** : *ne perds pas ton temps à cela ;* **wasted effort** : *vains efforts.*

8. **until that was required of him :** m. à m. : *jusqu'à ce que cela fût exigé de lui ;* △ notez l'emploi de of.

1

Ce fut à la veille du long week-end d'août que la dernière recrue devint le chef du gang de Wormsley Common. Personne ne s'en étonna excepté Mike, mais Mike, à l'âge de neuf ans, s'étonnait de tout. « Si tu ne fermes pas ta bouche », lui dit-on un jour, « tu vas gober une grenouille. » Depuis cela Mike serrait bien les dents sauf quand son étonnement était trop grand.

La nouvelle recrue faisait partie du gang depuis le début des grandes vacances et il y avait dans son silence menaçant des possibilités que tous reconnaissaient. Il ne prononça jamais un mot de trop même pour donner son nom, tant que cela ne fut pas exigé par le règlement. Lorsqu'il dit « Gontran », ce fut une déclaration de fait et non, comme cela aurait été le cas chez les autres, un aveu de honte ou un défi. Et personne ne rit d'ailleurs, à l'exception de Mike qui, ne trouvant aucune approbation et rencontrant le regard sombre du nouveau venu, ouvrit la bouche et puis se tut. Il y avait toutes les chances pour que G., comme on l'appela par la suite, devînt l'objet de moqueries : son prénom (ils l'avaient remplacé par l'initiale car sinon ils n'avaient pas de raison de ne pas s'en moquer), le fait que son père, ancien architecte devenu employé de bureau était « descendu dans l'échelle sociale » et que sa mère se croyait mieux que ses voisines.

---

9. **with the others :** ▲ notez l'emploi de with (« *chez* »).
10. **support :** ▲ 1) (ici) *appui, soutien ;* 2) *support* (physique) ; 3) *entretien, soutien* (de famille).
11. **quiet** ['kwaɪət] : *silencieux, calme, tranquille ;* Be quiet ! Keep quiet ! *tais-toi !*
12. **to refer** [rɪ'fɜː] : (ici) *faire mention, faire allusion ;* what are you referring to ? *à quoi faites-vous allusion ?*
13. **otherwise :** *autrement, sans quoi, sans cela, sinon.*
14. **former :** *ancien, d'autrefois, précédent, antérieur ;* the former mayor : *l'ancien maire* (≠ the present mayor).
15. **world :** *monde* (société) ; he has come down in the world : *il a connu de meilleurs jours.*

What but [1] an odd quality of danger, of the unpredictable, established him in the gang without any ignoble ceremony of initiation ?

The gang met every morning in an impromptu car-park [2], the site [3] of the last bomb of the first blitz [4]. The leader, who was known as Blackie, claimed to have heard it fall, and no one was precise enough in his dates to point out that he would have been one year old and fast asleep on the down platform [5] of Wormsley Common Underground Station. On one side of the car-park leant the first occupied house, No. 3, of the shattered [6] Northwood Terrace [7] — literally leant, for it had suffered from [8] the blast [9] of the bomb and the side walls were supported on wooden struts. A smaller bomb and incendiaries had fallen beyond [10], so that the house stuck up [11] like a jagged [12] tooth and carried on the further [13] wall relics of its neighbour, a dado, the remains of a fireplace [14]. T., whose words were almost confined to voting "Yes" or "No" to the plan of operations proposed each day by Blackie, once startled [15] the whole gang by saying broodingly, "Wren [16] built that house, father says."

"Who's Wren ?"

"The man who built St Paul's [17]."

"Who cares [18] ?" Blackie said. "It's only Old Misery's [19]."

---

1. **but :** (ici) *excepté, sauf ;* aussi **except**.
2. **car-park :** (US) **parking lot :** *parking ;* **to park :** *(se) garer.*
3. **site :** *situation, emplacement ;* **building-site :** *chantier.*
4. **blitz :** 1) (ici) *bombardement aérien ;* 2) *attaque éclair.*
5. **down platform :** quai où on prend le train qui sort de Londres (**down train** ≠ **up train**).
6. **shattered :** **to shatter :** (ici) *fracasser, briser ;* 2) *ébranler* (qqn) ; **It shattered her nerves :** *ça lui a détraqué les nerfs ;* **she was shattered by Peter's death :** *la mort de Pierre l'a bouleversée.*
7. **terrace :** ▲ *rangée de maisons* attenantes les unes aux autres toutes semblables, formant une rue ainsi appelée.
8. **suffer from :** notez la prép. **from**.
9. **blast :** 1) (ici) *souffle* (explosion) ; 2) *rafale, coup de vent ;* **to blast :** 1) *faire sauter* (poudre), *foudroyer* (foudre) ; 2) *flétrir, détruire ;* **all his hopes were blasted :** *toutes ses espérances furent anéanties.*

46

A part une étrange qualité du danger, de l'imprévisible, qu'est-ce qui l'imposa donc au gang sans ignoble cérémonie d'initiation ?

Le gang se réunissait tous les matins dans un parking de fortune, l'endroit où était tombée la dernière bombe du dernir raid. Le chef, connu sous le nom de Blackie, prétendait l'avoir entendu tomber, et personne ne connaissait ses dates avec assez de précision pour faire remarquer qu'il aurait eu un an et qu'il aurait été profondément endormi sur le quai de la station de métro de Wormsley Common. Sur l'un des côtés du parking se penchait la première maison habitée au n° 3 de Northwood Terrace, rue complètement rasée. « Se penchait » est le mot car elle avait souffert de la déflagration de la bombe et les murs latéraux étaient soutenus par des étais de bois. Une bombe plus petite et des bombes incendiaires étaient tombées plus loin, si bien que la maison se dressait telle une dent ébréchée et portait sur son mur le plus éloigné les vestiges de la maison voisine, une plinthe, les restes d'une cheminée. G., dont les mots étaient pratiquement limités à « oui » ou « non » au moment du vote pour le plan des opérations soumis quotidiennement par Blackie, saisit d'étonnement le gang tout entier en disant un jour, l'air sombre : « C'est Wren qui a bâti cette maison, c'est mon père qui dit ça.

— Qui c'est, Wren ?

— Le type qui a bâti la cathédrale Saint-Paul.

— Qu'est-ce que ça peut nous faire ? dit Blackie. C'est la maison du Père Misère, pas plus. »

---

10. **beyond** [bɪ'jɒnd] : *au-delà de, de l'autre côté de.*
11. **stuck up :** to stick (stuck, stuck) up : *faire saillie, dépasser, sortir ;* his head was sticking up above the crowd : *sa tête était visible au-dessus de la foule.*
12. **jagged** ['dʒægɪd] : *déchiqueté, dentelé, irrégulier.*
13. **further** ou **farther :** comparatif de far : *lointain, éloigné.*
14. **fireplace :** *cheminée* (âtre) ; **chimney :** *cheminée* (toit).
15. **startled :** to startle : *faire tressaillir, surprendre.*
16. **Wren :** *célèbre architecte britannique (1632-1723).*
17. **St Paul's :** St Paul's Cathedral.
18. **cares :** to care : *accorder de l'importance à ;* I don't care : *ça m'est égal, je m'en moque.*
19. **old Misery's :** old Misery's house déjà employé plus haut (traduction de *celui, celle de*).

Old Misery — whose real name was Thomas — had once been a builder and decorator. He lived alone in the crippled [1] house, doing [2] for himself : once a week you could see him coming back across the common with bread and vegetables, and once as the boys played in the car-park he put his head over the smashed [3] wall of his garden and looked at them.

"Been to the lav [4]", one of the boys said, for it was common [5] knowledge [6] that since the bombs fell something had gone wrong [7] with the pipes of the house and Old Misery was too mean to spend money on [8] the property. He could do the redecorating [9] himself at cost price, but he had never learnt plumbing. The lav was a wooden shed at the bottom of the narrow garden with a star-shaped [10] hole in the door : it had escaped the blast which had smashed the house next door and sucked [11] out the window-frames of No.3.

The next time [12] the gang became aware of [13] Mr Thomas was more surprising. Blackie, Mike and a thin yellow boy, who for some reason was called by his surname [14] Summers, met him on the common coming back from the market. Mr Thomas stopped them. He said glumly [15], "You belong to [16] the lot that play in the car-park ?"

Mike was about to [17] answer when Blackie stopped him. As [18] the leader he had responsibilities [19]. "Suppose we are ?" he said ambiguously.

---

1. **crippled :** m. à m. : *estropié ;* **cripple :** (nom) *infirme, invalide.*
2. **doing :** to do : (ici) *faire le ménage* (et la cuisine) ; **for :** *chez ;* **the woman who does for me :** *ma femme de ménage.*
3. **smashed :** to smash : *casser, briser, fracasser ;* **smashed to pieces :** *en mille morceaux.*
4. **lav** = lavatory ; public lavatory.
5. **common :** (ici) *public, de tous, propre à plusieurs ;* **common wall :** *mur mitoyen.*
6. **knowledge :** 1) *connaissance ;* 2) *savoir, connaissance ;* **to the best of my knowledge :** *autant que je sache.*
7. **wrong :** (ici) *qui ne va pas ;* **what's wrong with him ?** *qu'est-ce qu'il a ? qu'est-ce qui ne va pas ?*
8. **spend money on :** Δ notez on ; to spend (spent, spent).
9. **redecorating :** to decorate : (ici) *peindre, tapisser.*
10. **star-shaped :** aussi long-haired, blue-eyed, black-hat-

48

Le Père Misère — dont le véritable nom était Mr Thomas — avait jadis été entrepreneur et décorateur. Il vivait seul dans la maison branlante et se débrouillait : une fois par semaine on le voyait rentrer chez lui, traverser le terrain communal avec son pain et ses légumes et un jour, alors que les enfants jouaient dans le parking, il passa la tête par-dessus le mur de son jardin touché par les bombes et il les regarda.

« J'suis allé aux W.C. », dit l'un des garçons, car tout le monde savait que depuis le bombardement quelque chose s'était détraqué dans les tuyaux de la maison et que le Père Misère était trop avare pour dépenser de l'argent dans sa propriété. Il pouvait refaire les tapisseries lui-même à prix coûtant mais il n'avait jamais appris la plomberie. Les W.C. étaient en fait une cabane en bois au fond du jardin avec une ouverture en forme d'étoile pratiquée dans la porte ; elle avait échappé à l'explosion qui avait anéanti la maison voisine et soufflé les châssis de fenêtre du n° 3.

La deuxième circonstance au cours de laquelle le gang prit conscience de l'existence de Mr Thomas fut plus surprenante. Blackie, Mike et un garçon maigre au teint jaune appelé par son nom de famille, Summers, pour une raison inconnue, le rencontrèrent sur le terrain communal alors qu'il revenait du marché. Mr Thomas les arrêta. Il leur dit avec humeur : « Vous faites partie de la bande qui joue dans le parking ? »

Mike était sur le point de répondre quand Blackie l'en empêcha. En sa qualité de chef il avait des responsabilités. « Et alors, supposons ? dit-il avec ambiguïté.

---

ted (adj. composés avec p. p. ou imitation du p.p. en -ed).
11. **sucked :** to suck : 1) *sucer* ; 2) *téter* ; 3) *aspirer, pomper.*
12. **next time :** m. à m. : *la fois suivante.*
13. **became aware of :** m. à m. : *devint conscient(e) de.*
14. **surname :** ▲ syn. : **family name** ou **second name** ; nickname : *surnom.*
15. **glumly :** glum : *maussade, renfrogné.*
16. **to belong to :** *appartenir à, être membre de.*
17. **about to :** exprime un futur imminent : **he has just put on his hat, he is about to go out.**
18. **as :** (ici) *comme, en tant que* ; **I like him as a poet, not as a novelist :** *je l'aime en tant que poète, pas comme romancier.*
19. **responsibilities :** ∆ **responsible for :** *responsable de.*

"I got [1] some chocolates," Mr Thomas said. "Don't like 'em myself. Here you are. Not enough to go round [2], I don't suppose. There never is," he added with sombre conviction. He handed [3] over three packets of Smarties.

The gang was puzzled and perturbed by this action and tried to explain it away [4]. "Bet someone dropped them and he picked 'em up", somebody suggested.

"Pinched 'em and then got in a bleeding [5] funk," another thought aloud.

"It's a bribe [6]," Summers said. "He wants us to stop bouncing [7] balls on his wall."

"We'll show him we don't take bribes," Blackie said, and they sacrificed the whole [8] morning to the game of bouncing that only Mike was young enough to enjoy [9]. There was no sign from Mr. Thomas.

Next day T. astonished them all. He was late at the rendez-vous, and the voting for that day's exploit [10] took place without him. At Blackie's suggestion the gang was to disperse [11] in pairs, take buses at random [12] and see how many free [13] rides [14] could be snatched from [15] unwary [16] conductors [17] (the operation was to be carried out [18] in pairs to avoid cheating [19]).

---

1. **I got :** ou **I've got** ou **I have** (style fam. ou US).

2. **to go round :** m. à m. : *pour aller autour, faire le tour du gang* (pour que tout le monde en ait).

3. **handed :** to hand : *passer avec sa main* (**hand**).

4. **explain it away :** to explain : *expliquer ;* away : (ici) *sans traîner, sans plus tarder, sans hésiter.*

5. **bleeding :** (argot) *sacré, foutu ;* **you bleeding liar !** *sacré menteur !* syn. : **blinking, bloody.**

6. **bribe :** *pot-de-vin ;* **to take a bribe :** *se laisser corrompre* ou *acheter ;* **to bribe :** *acheter, soudoyer ;* **bribery :** *corruption.*

7. **bouncing :** to bounce : *faire rebondir, rebondir.*

8. **whole :** (adj.) *entier, complet ;* **the whole family :** *toute la famille* (mais **all the members of the family**).

9. **to enjoy :** *aimer ;* **I enjoy music = I like music** (même construction).

10. **that day's exploit :** Δ emploi du génitif ; de même **today's newspaper, tomorrow's newspaper, Sunday's newspaper.**

11. **the gang was to disperse :** be to + verbe : plan établi

— J'ai des chocolats, dit Mr Thomas. Je les aime pas personnellement. Les voilà. Y en a pas assez pour tout le monde, je suppose. Il n'y en a jamais assez », ajouta-t-il d'un ton de conviction mêlé de morosité. Il leur passa trois paquets de *smarties*.

Le gang fut intrigué et troublé par ce geste et on tenta d'y trouver une explication. « J'parie que quelqu'un les a laissé tomber par terre et qu'il les a ramassés, suggéra l'un d'entre eux.

— Il les a fauchés et il a pris une peur bleue, pensa un autre à haute voix.

— C'est du marchandage, dit Summers. Il veut que nous arrêtions de jouer au ballon contre son mur.

— On va lui montrer qu'on se laisse pas acheter », dit Blackie et ils sacrifièrent toute la matinée à des jeux de ballon que seul Mike était assez jeune pour apprécier. Il n'y eut aucune réaction de la part de Mr Thomas.

Le lendemain, G. les étonna tous. Il arriva en retard à la réunion et le vote pour l'exploit de la journée eut lieu sans lui. Sur la suggestion de Blackie, le gang devait se disperser par groupes de deux, prendre des autobus au hasard et compter le nombre de trajets gratuits qu'il pourrait faire derrière le dos du contrôleur distrait (les opérations devaient se dérouler à deux pour éviter la triche).

à l'avance, programme prévu (souvent officiel) : **President Reagan is to address the nation on T.V. next Tuesday.**

12. **at random :** *au hasard ;* random : (adj.) 1) *aléatoire ;* 2) *au hasard ;* **random remark :** *remarque en passant ;* **random bullet :** *balle perdue.*

13. **free : free entrance, admission free :** *entrée gratuite.*

14. **ride :** 1) (ici) *trajet ;* 2) *promenade, balade, tour* (à cheval, à bicyclette, en voiture, à moto) ; **to ride (rode, ridden).**

15. **snatched from :** to snatch from : *arracher à, ravir à ;* to snatch a kiss : *voler un baiser.*

16. **unwary :** *qui n'est pas sur ses gardes, sans méfiance* (≠ wary).

17. **conductors :** ▲ conductor : 1) (ici) *receveur* (bus) ; 2) *chef d'orchestre ;* 3) *guide, accompagnateur ;* **driver :** *chauffeur.*

18. **carried out :** to carry out : *mettre à exécution* (projet) ; to carry on : *continuer, poursuivre ;* to carry through : *exécuter* (une tâche), *mener à bien.*

19. **cheating :** nom verbal, *l'action de tricher,* to cheat.

They were drawing lots [1] for their companions when T. arrived.

"Where you been [2], T. ?" Blackie asked. "You can't vote now. You know the rules."

"I've been *there*," T. said. He looked at the ground, as though [3] he had thoughts to hide.

"Where ?"

"At Old Misery's." Mike's mouth opened and then hurriedly [4] closed again with a click. He had remembered the frog.

"At Old Misery's ?" Blackie said. There was nothing in the rules against it, but he had a sensation that T. was treading [5] on dangerous ground. He asked hopefully, "Did you break in [6] ?"

"No. I rang [7] the bell."

"And what did you say ?"

"I said I wanted to see his house."

"What did he do ?"

"He showed it me."

"Pinch anything [8] ?"

"No."

"What did you do it for then ?"

The gang had gathered round : it was as though [9] an impromptu court [10] were about to form and try [11] some case [12] of deviation. T. said, "It's a beautiful house," and still [13] watching the ground, meeting no one's [14] eyes, he licked his lips first one way [15], then the other.

"What do you mean, a beautiful house ?" Blackie asked with scorn.

---

1. **lots :** lot : 1) *sort, tirage au sort ;* to draw ou to cast lots : *tirer au sort ;* 2) *destin, sort ;* it's the common lot : *c'est le sort de tous.*
2. **where you been :** where have you been ? ▲ to be : (ici) *aller.*
3. **as though :** plus littéraire que as if : *comme si.*
4. **hurriedly :** *à la hâte ;* to hurry : *se presser.*
5. **treading :** to tread (trod, trodden) : *mettre le pied sur, marcher* (sur), *fouler.*
6. **to break in :** *entrer par effraction, cambrioler.*
7. **rang :** to ring (rang, rung) : *sonner.*
8. **pinch anything** = did you pinch anything ?
9. **it was as though... were :** m. à m. : *c'était comme si...*

Ils étaient en train de tirer au sort leur partenaire quand G. arriva.

« Où tu étais, G. ? demanda Blackie. Tu ne peux pas voter maintenant. Tu connais les règles.

— J'y suis allé, là-bas », dit G. Il regarda par terre comme s'il avait des pensées à cacher.

« Où ?

— Chez le Père Misère. » Mike ouvrit la bouche et puis s'empressa de la refermer en la claquant. Il s'était souvenu de la grenouille.

« Chez le Père Misère ? » dit Blackie. Il n'y avait rien dans le règlement qui l'interdisait mais il avait l'impression que G. s'aventurait sur un terrain dangereux. Il lui demanda, plein d'espoir : « Tu es entré de force ?

— Non, j'ai appuyé sur la sonnette.

— Et qu'est-ce que tu as dit ?

— J'ai dit que je voulais voir sa maison.

— Qu'est-ce qu'il a fait ?

— Il me l'a montrée.

— T'as chipé quelque chose ?

— Non.

— Pourquoi tu as fait ça, alors ? »

Le gang s'était rassemblé autour d'eux : on eût dit qu'un tribunal improvisé était sur le point de se former pour juger un procès pour dérogation. G. dit : « C'est une maison adorable », et, continuant de regarder le sol, sans rencontrer un seul regard, il se lécha les lèvres dans un sens puis dans l'autre.

« Qu'est-ce que tu veux dire, une maison adorable ? demanda Blackie avec mépris.

était ; **were** : subj. exprimant l'hypothèse.
10. **court** [kɔːt] : ▲ 1) (ici) *tribunal, cour ;* 2) *salle d'audience.*
11. **to try :** 1) (ici) *juger ;* **trial** : *procès ;* 2) *essayer ;* 3) *éprouver, tester.*
12. **case :** ▲ 1) (ici) *procès, cause, affaire ;* 2) *ensemble des arguments, dossiers ;* 3) *cas, exemple ;* 4) *cas, malade.*
13. **still :** *encore, toujours* (continuation).
14. **no one = nobody.**
15. **way :** 1) (ici) *chemin, route, voie, direction ;* **on the way :** *en chemin, chemin faisant ;* 2) *moyen, méthode, façon ;* **that's the right way to go about it :** *voilà comment il faut s'y prendre.*

"It's got a staircase two hundred years old like a corkscrew. Nothing holds it up."

"What do you mean, nothing holds it up. Does it float ?"

"It's to do with [1] opposite forces, Old Misery said."

"What else [2] ?"

"There's panelling."

"Like in the Blue Boar ?"

"Two hundred years old."

"Is Old Misery two hundred years old ?"

Mike laughed suddenly and then was quiet again. The meeting was in a serious mood [3]. For the first time since T. had strolled [4] into the car-park on the first day of the holidays his position was in danger. It only needed a single use [5] of his real name and the gang would be at his heels [6].

"What did you do it for ?" Blackie asked. He was just, he had no jealousy, he was anxious [7] to retain T. in the gang if he could. It was the word "beautiful" that worried him — that belonged to a class world that you could still see parodied at the Wormsley Common Empire by a man wearing [8] a top hat and a monocle, with a haw-haw [9] accent. He was tempted to say, "My dear Trevor, old chap [10]," and unleash his hell hounds [11]. "If you'd broken in," he said sadly — that indeed [12] would have been an exploit worthy of the gang.

---

1. **it's to do with** : notez ce sens de to do ; this is (has) nothing to do with you : *ceci n'a rien à voir avec vous.*
2. **else** : *autre, d'autre, de plus* ; **nothing else** : *rien d'autre* ; **somewhere else** : *quelque part ailleurs.*
3. **mood** : *humeur, disposition* ; **in a bad mood** : *de mauvaise humeur* ; **in a laughing mood** : *d'humeur à rire.*
4. **to stroll** [strəul] : *flâner, errer, se promener à l'aventure* ; **a stroll** : (n.) *petite promenade, petit tour* ; **go for a stroll** : *faire un petit tour.*
5. **it only needed a single use** : m. à m. : *il y avait besoin d'un seul* (single) *emploi* (use)...
6. **heels** : **heel** : *talon* ; **come to heel** (chien) : *venir se mettre sur les talons de son maître, le suivre de près* ; (fig.) **bring sb. to heel** : *rappeler qqn à l'ordre, mater, dresser.*
7. **anxious :** ▲ 1) (ici) *désireux (de), impatient (de)* ; **he's**

54

— Elle a un escalier de deux cents ans, comme un tire-bouchon. Il n'y a rien qui le soutient.

— Qu'est-ce que tu veux dire ? Y a rien qui le soutient ? Il flotte ?

— C'est une question de forces opposées, d'après le Père Misère.

— Qu'est-ce qu'il y a d'autre ?

— Des lambris.

— Comme au Sanglier Bleu ?

— Vieux de deux cents ans.

— Le Père Misère a deux cents ans ? »

Mike se mit à rire brusquement et puis se tut de nouveau. La réunion se déroulait sur un ton sérieux. Pour la première fois depuis que G. s'était aventuré dans le parking le premier jour des vacances, sa position était en danger. Il suffisait que l'on utilisât une seule fois son prénom complet pour que le gang se mette à le harceler.

« Pourquoi est-ce que tu as fait ça ? » demanda Blackie. Il était juste, il n'éprouvait aucune jalousie, il tenait à garder G. dans le gang s'il le pouvait. C'était le mot « adorable » qui l'inquiétait ; il était associé à une classe sociale que l'on pouvait toujours voir ridiculisée au Wormsley Common Empire par un homme portant chapeau haut de forme et monocle avec un accent bon chic bon genre. Il fut tenté de lui donner du "Mon cher Gontran, mon cher" et de lâcher ses mauvais démons. « Si tu avais cambriolé, dit-il tristement, ça, ça aurait vraiment été un exploit digne du gang.

---

anxious to see you : *il lui tarde de vous voir ;* 2) *anxieux, inquiet.*

8. **wearing** : **to wear (wore, worn)** : *porter* (vêtements, barbe, un air).

9. **haw-haw :** utilisé pour singer l'accent affecté des classes aristocratiques ou des snobs.

10. **old chap :** utilisé par les gens qui se croient supérieurs *(entre nous, mon cher) ;* **chap** (fam.) *gars ;* **a nice chap :** *un chic type ;* **be a good chap :** *sois gentil* (aussi **fellow**).

11. **unleash his hell hounds :** **to unleash** : 1) *détacher, défaire la laisse* (**leash**) ; 2) *déchaîner, déclencher* (forces, colère…) ; **hell** : *enfer* (≠ **heaven, paradise**) ; **hound** : *chien de meute.*

12. **indeed :** *en vérité, vraiment, en fait ;* **I'm very glad indeed** : *je suis ravi ;* **yes indeed** ! *mais certainement.*

"This was better," T. said. "I found out[1] things."
He continued to stare at his feet, not meeting[2]
anybody's eye, as though he were absorbed in some
dream he was unwilling[3] — or ashamed — to share[4].

"What things ?"

"Old Misery's going to be away[5] all tomorrow and
Bank Holiday."

Blackie said with relief[6], "You mean we could break
in ?"

"And pinch things ?" somebody asked.

Blackie said, "Nobody's going to pinch things.
Breaking in — that's good enough, isn't it ? We don't
want any court stuff[7]."

"I don't want to pinch anything," T. said. "I've got
a better idea."

"What is it ?"

T. raised eyes, as grey and disturbed as the drab
August day. "We'll pull it down," he said. "We'll
destroy it."

Blackie gave a single[8] hoot[9] of laughter and
then, like Mike, fell quiet, daunted[10] by the serious
implacable gaze[11]. "What'd the police be doing all
the time ?" he said.

"They'd never[12] know. We'd do it from inside. I've
found a way in[13]." He said with a sort of intensity,
"We'd be like worms, don't you see[14], in an apple.

---

1. **found out :** to find (found, found) out : 1) *établir (des
faits, la vérité...)* ; 2) *démasquer (qqn)* ; 3) *se renseigner
(sur)*.
2. **meeting :** to meet (met, met) : *rencontrer*.
3. **unwilling :** *peu disposé ;* I'm unwilling to do it : *je n'ai
pas envie de le faire ;* **unwillingly** (adv.) : *à contrecœur*
(≠ willingly).
4. **to share :** *partager ;* **share :** (n.) 1) *part, portion ;*
2) *action, valeur, titre ;* **shareholder :** *actionnaire*.
5. **away :** *(au) loin ;* I'll be away by then : *je serai parti
alors*.
6. **relief** [rɪˈliːf] : 1) (ici) *soulagement ;* **what a relief !** *quel
soulagement ! ;* 2) *aide, secours* (à une zone sinistrée...).
7. **stuff :** 1) (ici) *fatras, fourbi, choses, trucs, machins ;*
he's written some good stuff : *il a écrit de bonnes choses ;*
2) *étoffe, tissu*.

56

— J'ai fait mieux, dit G. J'ai découvert des choses. » Il continua de fixer ses pieds, sans croiser le regard de quiconque, comme s'il était absorbé dans un rêve qu'il ne voulait pas ou qu'il avait honte de confier.

« Quelles choses ?

— Le Père Misère va être absent tout demain et pendant le long week-end. »

Blackie dit avec soulagement : « Tu veux dire qu'on pourrait faire un cambriolage ?

— Et faucher des trucs ? » demanda quelqu'un.

Blackie dit : « Personne ne va rien voler. Entrer de force, ça suffit, ça, non ? On veut pas d'histoire de procès.

— Je ne veux rien voler, dit G. J'ai une meilleure idée.

— Qu'est-ce que c'est ? »

G. leva ses yeux gris et troubles comme cette morne journée du mois d'août. « On va démolir sa maison, dit-il. On va la détruire. »

Blackie gloussa de rire une seule fois et puis, comme Mike, il retomba dans le silence, décontenancé par le regard sérieux et implacable de G. « Et qu'est-ce que la police ferait pendant tout ce temps-là ? dit-il.

— Ils n'en sauraient rien. On ferait ça de l'intérieur. J'ai trouvé un moyen pour entrer. » Puis il dit avec une espèce de passion : « On serait comme des vers, tu vois, dans une pomme.

---

8. **single :** 1) *seul, simple, unique ;* 2) *particulier, indivi-duel ;* 3) *singulier* (combat) ; 4) *célibataire ;* **every single day :** *tous les jours sans exception ;* **single bedroom :** *chambre à un lit.*
9. **hoot :** 1) *ululement ;* 2) *huée ;* 3) *coup de klaxon, de sirène, sifflement, mugissement ;* **to hoot with laughter :** *rire aux éclats.*
10. **daunted** ['dɔːntɪd] : **to daunt :** *intimider, décourager, démonter ;* **dauntless :** *intrépide, indomptable* (courage).
11. **gaze :** *regard fixe, long regard ;* **to gaze :** *regarder fixement.*
12. **never :** 1) (ici, négation renforcée) *ne... pas du tout ;* **never fear :** *n'ayez aucune crainte ;* 2) *jamais.*
13. **I've found a way in :** notez la construction ; **way :** *méthode, moyen.*
14. **don't you see :** △ forme interro-négative *(ne vois-tu pas ?).*

When we came out [1] again there'd be nothing there, no staircase, no panels [2], nothing but just [3] walls, and then we'd make the walls fall down — somehow."

"We'd go to jug," Blackie said.

"Who's to prove ? and anyway we wouldn't have pinched anything." He added without the smallest flicker [4] of glee [5], "There wouldn't be anything to pinch after we'd finished." .

"I've never heard of going to prison for breaking things," Summers said.

"There wouldn't be time," Blackie said. "I've seen housebreakers [6] at work."

"There are twelve of us [7]," T. said. "We'd organize [8]."

"None of us know how [9]..."

"I know," T. said. He looked across at Blackie. "Have you got a better plan ?"

"Today," Mike said tactlessly [10], "we're pinching free rides..."

"Free rides," T. said. "Kid [11] stuff. You can stand down [12], Blackie, if you'd rather..."

"The gang's got to vote."

"Put it up then."

Blackie said uneasily [13], "It's proposed [14] that tomorrow and Monday we destroy Old Misery's house."

"Here, here [15]," said a fat boy called Joe.

"Who's in favour ?"

---

1. **when we came out :** prétérit et non cond., prés. et non futur après **when, while** *(pendant que)*, **as soon as :** *(dès que) ;* **when I am a man I'll be a teacher or a musician.**
2. **panel :** *panneau* (de porte, de boiserie, etc.).
3. **just :** (ici) *seulement ;* **just a moment, please !**
4. **flicker :** *petit mouvement vacillant, battement* (des paupières) ; **a flicker of hope :** *une petite lueur d'espoir.*
5. **glee :** *joie exubérante :* **in high glee :** *débordant de joie.*
6. **housebreaker :** 1) (ici) *démolisseur ;* 2) *cambrioleur.*
7. **twelve of us :** △ **there're six of them :** *ils sont six.*
8. **we'd organize :** ou **we'd get organized.**
9. **none of us know :** △ avec **none** le verbe est généralement au pluriel (sans « s »).
10. **tactlessly :** △ **tactless :** *sans tact ;* **joyless :** *sans joie ;* **childless :** *sans enfants...* rôle des suffixes **less** et **ful** (**joyless**

58

Quand on ressortirait il n'y aurait plus rien, ni escalier, ni boiseries, rien que des murs, c'est tout, et après on ferait tomber les murs d'une manière ou d'une autre.

— On irait en taule, dit Blackie.

— Qui est-ce qui va prouver quelque chose ? Et de toute façon on n'aurait rien volé. » Il ajouta sans la moindre étincelle de joie : « Il n'y aurait rien à faucher après qu'on aurait fini.

— Je n'ai jamais entendu dire qu'on allait en prison pour avoir cassé des choses.

— On n'aurait pas le temps, dit Blackie. J'ai vu des démolisseurs à l'œuvre.

— On est douze, dit G. On s'organiserait.

— Aucun de nous ne sait comment...

— Moi je sais », dit G. Il tourna son regard vers Blackie. « Tu as un meilleur plan ? »

« Aujourd'hui, dit Mike avec maladresse, on se paye des autobus à l'œil...

— Des autobus à l'œil ! dit G. C'est un jeu de gosses, ça. Tu peux démissionner, Blackie, si tu préfères...

— Il faut voter.

— Mets le projet aux voix alors. »

Blackie, mal à l'aise, dit : « Proposition : demain et lundi on détruit la maison du Père Misère.

— Hourra ! Hourra ! s'écria un gros garçon prénommé Joe.

— Qui est pour ?

≠ joyful : *joyeux*) ; adj. + **-ly** = adv. de manière : **tactlessly** : *d'une manière indélicate* ; **slowly** : *lentement*.

11. **kid** : 1) (fam.) *gosse* ; 2) *chevreau* ; **kid gloves** : *gants de chevreau*.

12. **to stand down** : *se retirer, se désister* (candidat...)
⚠ notez le rôle de **down**, particule adverbiale ou postposition, de même **to put up**, plus bas *(présenter, soumettre aux voix)*.

13. **uneasily** : adv. (cf. note 10) ; **uneasy** : (adj.) *gêné, mal à l'aise* ; **ease** : *paix de l'esprit* ; **ill at ease** : *mal à l'aise*.

14. **proposed** : to propose : (ici) *proposer* (une motion...).

15. **here, here** : exclamation exprimant l'approbation *(bravo !...)*.

T. said, "It's carried [1]."

"How do we start ?" Summers asked.

"He'll tell you," Blackie said. It was the end of his leadership [2]. He went away to the back [3] of the car-park and began to kick a stone, dribbling it this way and that. There was only one [4] old Morris in the park, for few cars were left there except lorries : without an attendant [5] there was no safety. He took a flying [6] kick at the car and scraped [7] a little paint off the rear [8] mudguard [9]. Beyond, paying no more attention to him than to a stranger, the gang had gathered round T. ; Blackie was dimly [10] aware of the fickleness [11] of favour. He thought of going home, of never returning, of letting them all discover the hollowness [12] of T.'s leadership, but suppose after all what T. proposed was possible — nothing like it had ever been done before. The fame of the Wormsley Common car-park gang would surely reach around London. There would be headlines [13] in the papers. Even the grown-up gangs who ran [14] the betting [15] at the all-in wrestling [16] and the barrow-boys [17] would hear [18] with respect of how Old Misery's house had been destroyed. Driven [19] by the pure, simple and altruistic ambition of fame for the gang, Blackie came back to where T. stood in the shadow of Old Misery's wall.

---

1. **carried :** to carry : (ici) *adopter, approuver, voter* (motion...).

2. **leardership :** (ici) *conduite, direction* (des affaires), *commandement ;* leader : *meneur, chef ;* to lead (led, led) : *conduire, mener.*

3. **back :** (n.) *fond, arrière ;* the back of the garden.

4. **one :** (ici) *un seul, un seul et unique.*

5. **attendant :** *surveillant, gardien ;* to attend to : *s'occuper de, se charger de, veiller à.*

6. **flying :** to take a flying jump : *sauter avec élan ;* flying visit : *visite éclair ;* to fly (flew, flown) : *voler.*

7. **to scrape off :** *enlever en frottant ;* to scrape : *frotter, racler.*

8. **rear :** (n.) *arrière ;* rear lights : *feux arrière* (voiture).

9. **mudguard :** *garde-boue ;* mud : *boue ;* muddy : *boueux.*

10. **dimly :** dim : 1) *faible* (lumière) ; 2) *indistinct* (contours...).

— C'est voté, dit G.

— Par où on commence ? demanda Summers.

— Il te dira, lui », dit Blackie. C'était la fin de son règne. Il s'en alla vers l'autre bout du parking et se mit à donner des coups de pied dans une pierre, la poussant d'un côté et de l'autre. Il n'y avait qu'une seule vieille Morris dans le parking car on y laissait peu de véhicules, à part des camions ; sans gardien il n'y avait aucune sécurité. Il donna un grand coup de pied à la voiture et fit partir un peu de peinture sur l'aile arrière. Plus loin, sans lui accorder plus d'attention qu'à un inconnu, le gang s'était réuni autour de G. ; Blackie prit vaguement conscience des caprices de la popularité. L'idée lui vint de rentrer chez lui, de ne jamais revenir, de les laisser tous découvrir l'inconsistance du pouvoir de G., mais si, après tout, ce que G. avait proposé était réalisable... Rien de semblable ne s'était fait auparavant. La renommée du gang du parking de Wormsley Common s'étendrait sûrement jusqu'à Londres. Il y aurait des gros titres dans les journaux. Même les gangs d'adultes qui organisaient les paris de lutte libre et les marchands des quatre saisons éprouveraient du respect en apprenant la destruction de la maison du Père Misère. Poussé par l'ambition pure, simple, altruiste, d'assurer la célébrité du gang, Blackie revint vers l'endroit où se tenait G. dans l'ombre que projetait le mur du Père Misère.

---

11. **fickleness :** *humeur changeante ;* **tickle :** *inconstant, volage, changeant ;* △ adj. + **-ness** = nom abstrait ; **goodness** : *bonté.*

12. **hollowness :** (n.) *vide* (d'une promesse...) ; **hollow :** *creux.*

13. **headline(s) :** *gros titre(s), manchette(s) ;* **title :** *titre* (de roman...) ; **title role :** *rôle principal ;* **to entitle :** *intituler.*

14. **ran :** to run (ran, run) : 1) (ici) *organiser, administrer, diriger ;* **to run a business :** *tenir un commerce ;* 2) *courir.*

15. **betting :** to bet (bet, bet) : *parier ;* **bet :** (n.) *pari ;* **make a bet** ou **lay a bet :** *faire un pari, parier.*

16. **all-in wrestling :** *lutte libre ;* **all-in :** *net, tout compris* (prix), *tous risques* (assurance) ; **to wrestle :** *lutter.*

17. **barrow-boys :** *marchands des quatre saisons ;* **barrow :** *brouette.*

18. **to hear of** (ou **about**) : *entendre parler de, apprendre ;* **to hear from :** *recevoir des nouvelles de.*

19. **driven :** to drive (drove, driven) : 1) (ici) *pousser à faire ;* 2) *conduire* (voiture).

61

T. was giving his orders with decision[1] : it was as though this plan had been with him all his life, pondered[2] through[3] the seasons, now in his fifteenth year crystallized with the pain of puberty. "You", he said to Mike, "bring some big nails, the biggest you can find, and a hammer. Anybody who can, better[4] bring a hammer and a screwdriver. We'll need plenty of them. Chisels too. We can't have too many chisels. Can anybody bring a saw ?"

"I can," Mike said.

"Not a child's saw," T. said. "A real saw."

Blackie realized he had raised his hand like any ordinary member of the gang.

"Right, you bring[5] one, Blackie. But now[6] there's a difficulty. We want[7] a hacksaw."

"What's a hacksaw ?" someone asked.

"You can get 'em at Woolworth's[8]," Summers said.

The fat boy called Joe said gloomily[9], "I knew it would end[10] in a collection."

"I'll get one myself," T. said. "I don't want your money. But I can't buy a sledge-hammer[11]."

Blackie said, "They are working on No. 15. I know where they'll leave their stuff for Bank Holiday."

"Then that's all," T. said. "We meet here at nine sharp[12]."

"I've got to go to church," Mike said.

"Come over the wall and whistle. We'll let you in[13]."

---

1. **decision** [di'sizn] : 1) (ici) *résolution, fermeté ;* a look of decision : *un air décisif ;* 2) *décision ;* to **make** ou to take a decision : *prendre une décision.*
2. **pondered :** to ponder : *méditer (sur), réfléchir (à), peser.*
3. **through** [θru:] : (ici) *pendant toute la durée de, d'un bout à l'autre de ;* he **fought** through the war without a scratch : *il s'est battu pendant toute la guerre sans une égratignure.*
4. **better :** you had better bring : *vous feriez mieux d'apporter.*
5. **you bring :** ordre moins impératif que **bring.**
6. **now :** (ici) *or, donc ;* now, it was so dark that night : *or, il faisait si noir cette nuit-là.*
7. **to want :** 1) (ici) *avoir besoin de ;* 2) *manquer de ;* 3) *vouloir, désirer.*

62

G. donnait ses ordres avec fermeté ; on eût dit qu'il avait porté ce projet toute sa vie, qu'il l'avait mûri d'une saison à l'autre et que maintenant au cours de sa quinzième année il se concrétisait dans les douleurs de la puberté. « Toi, dit-il à Mike, apporte des gros clous, les plus gros que tu trouveras, et un marteau. Tous ceux qui pourront, apportez un marteau et un tournevis, ça vaut mieux. On en aura besoin de beaucoup. Et puis des ciseaux à bois. On n'en aura pas de trop. Y a quelqu'un qui peut apporter une scie ?

— Moi, dit Mike.

— Pas un jouet, dit G. Une vraie scie. »

Blackie se rendit compte qu'il avait levé la main comme un simple membre du gang.

« Bien. Apportes-en une, Blackie. Mais, voilà, il y a un problème. On a besoin d'une scie à métaux.

— Qu'est-ce que c'est, une scie à métaux ? demanda quelqu'un.

— On en trouve à Prisunic, dit Summers.

Le gros garçon prénommé Joe dit d'un ton maussade : « Je savais que ça se terminerait par une quête.

— J'en prendrai une moi-même, dit G. Je ne veux pas de ton argent. Mais je ne peux pas acheter une masse. »

Blackie dit : « Il y a des travaux au n° 15. Je sais où ils vont laisser leurs trucs pendant le week-end.

— Alors c'est tout, dit G. Rendez-vous ici à neuf heures précises.

— Il faut que j'aille à l'église, dit Mike.

— Passe par-dessus le mur et siffle. On te fera entrer. »

---

8. **Woolworth's :** grands magasins comparables à Prisunic.
9. **gloomily :** gloomy : *sombre, triste, lugubre ;* to feel gloomy : *avoir des idées noires ;* gloom : 1) *obscurité, ténèbres ;* 2) *mélancolie, tristesse ;* it was all gloom and doom : *tout était sombre, l'avenir se présentait sous les plus sombres couleurs.*
10. **to end :** (ici verbe) *(se) terminer ;* to end (up) in smoke : *finir en fumée, avorter ;* end : *(n.) bout, extrémité, fin.*
11. **sledge-hammer :** *masse à deux mains* utilisée par les paveurs, *demoiselle, dame.*
12. **nine sharp :** *neuf heures pile ;* sharp : *(ici) exactement.*
13. **we'll let you in :** notez la construction (≠ we'll let you out : *nous te ferons sortir*) ; to let (let, let) : *laisser, permettre.*

2

On Sunday morning all were punctual except Blackie, even Mike. Mike had a stroke[1] of luck[2]. His mother felt ill, his father was tired after Saturday night, and he was told to go[3] to church alone with many warnings[4] of what would happen if he strayed[5]. Blackie had difficulty in smuggling[6] out the saw, and then in finding the sledge-hammer at the back of No. 15. He approached the house[7] from a lane[8] at the rear of the garden, for fear of the policeman's beat[9] along the main road[10]. The tired evergreens[11] kept off[12] a stormy sun : another wet Bank Holiday was being prepared[13] over the Atlantic, beginning in swirls of dust under the trees. Blackie climbed the wall into Misery's garden.

There was no sign of anybody anywhere. The lav stood like a tomb in a neglected graveyard. The curtains were drawn. The house slept. Blackie lumbered[14] nearer with the saw and the sledge-hammer. Perhaps after all nobody had turned up : the plan had been a wild[15] invention : they had woken wiser[16].

---

1. **stroke :** 1) *coup ;* 2) *trait ;* 3) *trait de plume ;* 4) *coup d'aviron ;* 5) *brassée* (nage) ; 6) *caresse ;* 7) *attaque* (cardiaque...) ; **at a stroke, at one stroke :** *d'un (seul) coup.*

2. **luck :** 1) *chance ;* **bad luck !** *pas de chance !* 2) *hasard ;* **lucky :** *chanceux ;* **luckless :** *malchanceux ;* ▲ **chance :** *hasard.*

3. **he was told to go :** passif idiomatique, aussi avec **give, offer, buy, sell, teach, tell, ask, show...**

4. **with many warnings :** m. à m. : *avec beaucoup d'avertissements ;* **bomb warning :** *alerte à la bombe ;* **to warn :** *avertir.*

5. **strayed :** **to stray :** 1) *s'égarer, errer, vaguer ;* 2) *s'écarter de ;* **stray sheep :** *brebis égarée ;* **stray bullets :** *balles perdues.*

6. **had difficulty in smuggling :** notez la construction ; **to smuggle :** *passer en contrebande, en fraude, clandestinement.*

7. **he approached the house :** ▲ absence de prép. ; **to approach :** *s'approcher de* (aussi **to near, to draw near**).

2

Le dimanche matin, à part Blackie, ils étaient tous à l'heure. Même Mike. Mike avait eu un coup de chance. Sa mère se sentait mal, son père était fatigué après le samedi soir et on lui avait dit de se rendre seul à l'église en l'avertissant à maintes reprises de ce qui se passerait s'il restait traîner. Blackie avait eu des difficultés à prendre la scie en cachette et ensuite à trouver la masse à l'arrière du n° 15. Il s'approcha de la maison en empruntant une ruelle située vers le fond du jardin par crainte de la ronde de police le long de la rue principale. Les arbres fatigués cachaient un soleil d'orage : un autre week-end pluvieux se préparait au-dessus de l'Atlantique, qui s'annonçait par des tourbillons de poussière sous les branches. Blackie escalada le mur pour pénétrer dans le jardin du Père Misère.

Il n'y avait nulle part aucun signe d'aucune présence. La cabane des W.C. se tenait là, tel un tombeau dans un cimetière abandonné. Les rideaux étaient tirés. La maison dormait. Blackie s'approcha tant bien que mal, chargé de la scie et de la masse. Peut-être, après tout, personne ne s'était présenté ; le projet leur était apparu comme une invention folle et à leur réveil ils avaient retrouvé leur bon sens.

---

8. **lane :** 1) (ici) *ruelle ;* 2) *chemin creux ;* 3) *voie* (autoroute).

9. **beat :** *ronde* (police), *tournée* (facteur) ; **the policeman was on his beat :** *l'agent de police faisait sa ronde.*

10. **road :** 1) (ici) *rue ;* 2) *route, voie.*

11. **evergreen(s) :** *arbre(s), plante(s) à feuilles persistantes.*

12. **kept off :** **to keep (kept, kept) off :** *tenir éloigné ;* **to keep :** *garder.*

13. **was being prepared :** Δ voix passive à la forme progressive : forme progressive de **be** + p. p. ; **a house is being built here just now :** *(...en ce moment même).*

14. **lumbered :** **to lumber :** *marcher lourdement, à pas pesants.*

15. **wild :** (ici) *insensé, extravagant, fou* (projet, discours...).

16. **they had woken wiser :** m. à m. : *ils s'étaient (r)éveillés plus sensés ;* **to wake (woke** ou **waked, woken** ou **waked) :** *(s')éveiller, (se) réveiller ;* **wise :** 1) *sage, prudent ;* 2) *judicieux.*

But when he came close to the back door he could hear a confusion of sound hardly louder than a hive [1] in swarm [2] : a clickety-clack, a bang bang, a scraping, a creaking, a sudden painful crack. He thought : it's true, and whistled.

They opened the back door to him and he came in. He had at once the impression of organization, very different from the old happy-go-lucky ways [3] under his leadership. For a while he wandered [4] up and down stairs looking for [5] T. Nobody addressed him [6] : he had a sense [7] of great urgency, and already he could begin to see the plan. The interior of the house was being carefully demolished without touching the walls. Summers with hammer and chisel was ripping out the skirting-boards [8] in the ground floor [9] dining-room : he had already smashed the panels of the door. In the same room Joe was heaving [10] up the parquet blocks, exposing [11] the soft wood floorboards over the cellar. Coils [12] of wire came out of the damaged [13] skirting and Mike sat happily on the floor clipping the wires.

On the curved [14] stairs two of the gang were working hard with an inadequate [15] child's saw on the banisters — when they saw Blackie's big saw they signalled for [16] it wordlessly. When he next [17] saw them a quarter of the banisters had been dropped [18] into the hall.

---

1. **hive** = bee hive : 1) *ruche ;* 2) *ruchée ;* **bee** : *abeille.*
2. **swarm** : *essaim ;* to **swarm** (with) : *pulluler, grouiller, fourmiller (de).*
3. **happy-go-lucky ways** : *manières insouciantes, bohêmes.*
4. **wandered** : to **wander** : *errer, aller au hasard, sans but.*
5. **looking for** : to look for : *chercher du regard* (**look**).
6. **addressed him** : ▲ pas de préposition ; to **address** : *s'adresser à.*
7. **sense** : (ici) *impression, sensation ;* a dull **sense** of pain : *une vague sensation de douleur ;* the **sense** of my own inadequacy : *le sentiment de mon impuissance.*
8. **skirting-boards** : *plinthes ;* to **skirt** : *border, longer, contourner ;* **board** : *planche.*
9. **ground floor** : *rez-de-chaussée ;* (U.S.) first floor.
10. **heaving** : to heave : *lever, soulever* (avec effort).
11. **exposing** : to expose ▲ 1) *découvrir ;* 2) *démasquer*

66

Mais quand il s'avança tout près de la porte de derrière, il entendit un bruit confus, à peine plus élevé que le bourdonnement d'une ruche : clic-clac, boum, grattements, grincements, un craquement sec et douloureux. Il se dit : « C'est vrai, alors », et il siffla.

Ils lui ouvrirent la porte de derrière et il entra. Il eut immédiatement une impression d'organisation, toute différente de l'insouciance qui régnait sous son commandement. Pendant un moment il monta et descendit des escaliers au hasard, à la recherche de G. Personne ne lui adressa la parole : il éprouva le sentiment que les choses devaient aller vite et déjà il commençait à entrevoir le plan des opérations. On démolissait méthodiquement l'intérieur de la maison sans toucher aux murs. Summers, armé d'un marteau et d'un ciseau à bois, arrachait les plinthes de la salle à manger, au rez-de-chaussée ; il avait déjà enfoncé les panneaux de la porte. Dans la même pièce, Joe soulevait les lattes du parquet, découvrant les lambourdes de bois tendre au-dessus de la cave. Des paquets de fils électriques sortaient des plinthes éventrées et Mike assis par terre trouvait son plaisir à les cisailler.

Dans l'escalier en spirale, deux membres du gang s'attaquaient ferme à la rampe à l'aide d'une scie pour enfant qui ne faisait pas bien l'affaire ; quand ils virent la grande scie de Blackie ils la réclamèrent d'un signe, sans mot dire. Quand il les revit, un quart de la rampe avait été jeté dans le vestibule.

(qqn.), *dénoncer* (abus…) ; **to exhibit, to show** : *exposer* ; **exhibition** : *exposition*.

12. **coils : coil** : 1) *rouleau* (de corde…) ; 2) *tour* (de corde), *anneau* (de serpent) ; 3) *bobine* (en électricité) ; 4) *stérilet*.

13. **damaged : to damage** : 1) (ici) *endommager* ; 2) *nuire à*.

14. **curved : to curve** : *se courber, faire une courbe* (route…).

15. **inadequate :** 1) (ici) *insuffisant, inadapté* ; 2) *incompétent* (cf. note 4).

16. **signalled for it : for** marque le désir d'avoir, de se procurer, de trouver ; **to go** ou **to send for the doctor**.

17. **next :** (ici) *ensuite, après, la prochaine fois*.

18. **dropped : to drop** : *laisser tomber, tomber*.

He found T. at last in the bathroom — he sat moodily [1] in the least cared-for [2] room in the house, listening to the sounds coming up from below.

"You've really done it", Blackie said with awe. "What's going to happen ?"

"We've only just begun," T. said. He looked at the sledge-hammer and gave his instructions. "You stay here and break the bath and the wash-basin. Don't bother [3] about the pipes. They come later [4]."

Mike appeared at the door. "I've finished the wires, T.," he said.

"Good. You've just got to go wandering round now. The kitchen's in the basement. Smash all the china [5] and glass [6] and bottles you can lay hold of [7]. Don't turn on the taps — we don't want a flood [8] — yet. Then go into all the rooms and turn out [9] the drawers. If they are locked [10] get [11] one of the others to break them open [12]. Tear up [13] any papers you find and smash all the ornaments [14]. Better take a carving [15] knife with you from the kitchen. The bedroom's opposite here. Open the pillows and tear up the sheets. That's enough for the moment. And you, Blackie, when you've finished in here crack the plaster in the passage up with your sledge-hammer."

"What are you going to do ?" Blackie asked.

"I'm looking for something special," T. said.

---

1. **moodily :** moody : 1) (ici) *maussade, de mauvaise humeur ;* 2) *d'humeur changeante, lunatique ;* **mood :** *humeur.*

2. **cared-for :** to care for : 1) (ici) *s'occuper de, soigner ;* 2) *aimer ;* would you care for a cup of tea ?

3. **to bother :** *ennuyer, tracasser, embêter ;* **don't bother :** *ne t'en fais pas, ne te donne pas ce mal ;* **bother** (n.) : *ennui, tracas.*

4. **they come later :** m. à m. : *ils viennent plus tard ;* notez le sens futur du présent.

5. **china** ['tʃainə] : 1) *porcelaine ;* 2) *objets de porcelaine.*

6. **glass :** 1) *(du) verre ;* 2) *verrerie ;* 3) *verre* (à boire).

7. **to lay hold of :** *mettre la main dessus ; prendre ;* **to lay (laid, laid) :** *poser, mettre ;* **hold :** (n.) *prise ;* **to hold (held, held) :** *tenir.*

Il trouva enfin G. dans la salle de bains ; celui-ci, l'air maussade, était assis dans la pièce la plus négligée de la maison, écoutant les bruits qui montaient d'en bas.

« Tu as vraiment fait ce que tu voulais, dit Blackie, atterré. Qu'est-ce qui va se passer ?

— On vient tout juste de commencer. » Il regarda la masse et donna ses ordres : « Reste ici, toi, et démolis la baignoire et le lavabo. Ne t'occupe pas des tuyaux. On verra ça plus tard. »

Mike apparut à la porte. « J'ai fini avec les fils électriques, G., dit-il.

— Bien. Tu n'as plus qu'à faire le tour maintenant. La cuisine est au sous-sol. Casse toute la vaisselle, les verres et les bouteilles que tu trouveras. N'ouvre pas les robinets, surtout pas d'inondation, pas encore. Après, passe dans toutes les pièces et vide les tiroirs. S'ils sont fermés à clef, va chercher un des autres pour les forcer. Déchire tous les papiers que tu verras et casse tous les bibelots. Vaut mieux que tu prennes un couteau à découper dans la cuisine. La chambre à coucher est juste en face. Défonce les oreillers et mets les draps en morceaux. Ça suffira pour le moment. Et toi, Blackie, quand tu auras fini ici, casse les plâtres du couloir avec la masse.

— Et toi, qu'est-ce que tu vas faire ? demanda Blackie.

— Je cherche quelque chose d'extraordinaire », dit G.

---

8. **we don't want a flood :** m. à m. : *nous ne voulons pas d'inondation.*

9. **to turn out :** 1) (ici) *vider* (tiroir...) ; 2) *mettre à la porte ;* 3) *nettoyer à fond* (pièce...) ; 4) *couper, éteindre* (gaz...).

10. **locked :** to lock : *fermer à clé, verrouiller ;* **lock :** (n.) *serrure.*

11. **get :** to get (**got, got** ou (U.S.) **gotten**) : (ici) *aller chercher.*

12. **break them open :** notez la construction ; to break (**broke, broken**) : *casser ;* to open : *ouvrir.*

13. **tear up :** to tear (**tore, torn**) up : *déchirer en mille morceaux ;* up marque l'achèvement, le résultat complet : **eat up your soup :** *finis de manger ta soupe.*

14. **ornament :** 1) (ici) *objet décoratif, bibelot ;* 2) *ornement.*

15. **carving :** to carve : 1) *découper* (viande) ; 2) *sculpter, tailler.*

It was nearly lunch-time before Blackie had finished and went in search [1] of T. Chaos had advanced. The kitchen was a shambles [2] of broken glass and china. The dining-room was stripped [3] of parquet, the skirting was up, the door had been taken off its hinges, and the destroyers had moved [4] up a floor. Streaks [5] of light came in through the closed shutters where they worked with the seriousness of creators — and destruction after all is a form of creation. A kind of imagination had seen this house as it had now become.

Mike said, "I've got to go home for dinner."

"Whole else ?" T. asked, but all the others on one excuse [6] or another had brought provisions [7] with them.

They squatted [8] in the ruins of the room and swapped [8] unwanted [9] sandwiches. Half an hour for lunch and they were at work again. By the time Mike returned they were on the top [10] floor, and by six the superficial damage was completed. The doors were all off, all the skirtings raised [11], the furniture pillaged and ripped and smashed — no one could have slept in the house except on a bed of broken plaster. T. gave his orders — eight o'clock next morning, and to escape notice [12] they climbed singly [13] over the garden wall, into the car-park.

---

1. **search** [sə:tʃ] : 1) *recherche ;* in search of : *à la recherche de ;* 2) *fouille, perquisition ;* to search : *fouiller, chercher.*

2. **shambles** : (fam.) *pagaille ;* what a shambles ! *quelle pagaille !* Δ notez l'article a malgré le « s » de **shambles**.

3. **stripped** : to strip : 1) *dépouiller (de) ;* 2) *dévaliser ;* 3) *déshabiller.*

4. **to move** : 1) (ici) *se déplacer, bouger ;* 2) *déménager, emménager ;* we are moving into a new flat : *nous allons changer d'appartement.*

5. **streaks** : streak : 1) *raie, bande ;* 2) *tendance, propension ;* she has a streak of jealousy : *elle a tendance à être jalouse.*

6. **on one excuse** : notez la prép. on ; excuse : 1) (ici) *prétexte, faux-fuyant ;* 2) *excuse.*

7. **provisions** : (nom pl.) *provisions, vivres.*

8. **squatted... swapped** : to squat, to swat ; Δ doublement de la consonne finale dans les mots d'une syllabe (et de

Il était presque l'heure du déjeuner avant que Blackie, ayant terminé, se mît à la recherche de G. Le chaos s'était étendu. La cuisine était un amas de verre et de porcelaine brisés. La salle à manger n'avait plus de parquet, les plinthes avaient été arrachées, la porte enlevée de ses gonds et les destructeurs étaient passés à l'étage supérieur. Des rais de lumière filtraient à travers les volets clos de la pièce où ils travaillaient avec le sérieux des créateurs et, après tout, la destruction est une forme de création. Une espèce d'imagination avait conçu cette maison telle qu'elle était devenue.

Mike dit : « Il faut que je rentre chez moi pour manger.

— Qui doit rentrer encore ? » demanda G. Mais tous les autres sous un prétexte ou un autre avaient apporté des provisions.

Ils s'accroupirent au milieu des décombres de la pièce et troquèrent des sandwiches dont ils n'avaient nulle envie. Au bout d'une demi-heure de déjeuner ils avaient repris l'ouvrage. Quand Mike revint, ils en étaient au dernier étage et à six heures, la phase préliminaire de la démolition était achevée. Les portes étaient toutes enlevées, les plinthes arrachées, les meubles saccagés, éventrés et cassés. Personne n'aurait pu dormir dans la maison, si ce n'est sur un amas de plâtre brisé. G. donna ses ordres — huit heures le lendemain matin — et pour éviter de se faire voir ils escaladèrent un à un le mur du jardin pour passer dans le parking.

---

plusieurs dont la dernière est accentuée, **to prefer, to begin**...) terminée par une seule consonne précédée d'une seule voyelle.

9. **unwanted :** *non souhaité ;* **unwanted child.**

10. **top :** *haut, sommet ;* **in top gear :** *en cinquième* (en voiture).

11. **raised :** to raise : *soulever, lever.*

12. **escape notice :** sans préposition ; **to escape :** *échapper à ;* **notice :** (ici) *observation, attention ;* **to take notice of :** *faire attention à, remarquer ;* **to notice :** *faire attention à, remarquer.*

13. **singly :** (ici) *individuellement, un à un, séparément ;* **single :** *particulier, individuel ;* **single bed :** *lit à une personne* (≠ **double bed**).

71

Only Blackie and T. were left[1] : the light had nearly gone, and when they touched a switch, nothing worked[2] — Mike had done his job thoroughly[3].

"Did you find anything special ?" Blackie asked.

T. nodded. "Come over here," he said, "and look". Out of both pockets he drew bundles[4] of pound notes. "Old Misery's savings[5]," he said. "Mike ripped out the mattress, but he missed[6] them."

"What are you going to do ? Share them ?"

"We aren't thieves," T. said. "Nobody's going to steal[7] anything from this house. I kept these for you and me — a celebration." He knelt down on the floor and counted them out — there were seventy in all. "We'll burn them," he said, "one by one", and taking it in turns[8] they held a note upwards[9] and lit the top corner, so that the flame burnt slowly towards their fingers. The grey ash floated above them an fell on their heads like age[10]. "I'd like to see Old Misery's face when we are through[11]," T. said.

"You hate him a lot ?" Blackie asked.

"Of course I don't hate him," T. said. "There'd be no fun[12] if I hated him." The last burning note illuminated his brooding face. "All this hate and love," he said, "it's soft[13], it's hooey[14].

---

1. **only Blackie and I were left** : m. à m. : *seulement Blackie et moi fûmes laissés (là)* : to leave (left, left) : *laisser, quitter, abandonner.*

2. **worked** : to work : (ici) *marcher, fonctionner* (machine…).

3. **thoroughly** ['θʌrəlɪ] : 1) *tout à fait, entièrement ;* 2) *à fond ;* thorough : 1) *complet, parfait, absolu ;* 2) *consciencieux.*

4. **bundles** : bundle : 1) *paquet, botte* (asperges), *liasse* (papiers), *fagot ;* 2) *ballot, baluchon.*

5. **savings** : *économies, épargne ;* to save : *épargner, économiser.*

6. **missed** : to miss : 1) (ici) *ne pas trouver, laisser passer sans voir ;* 2) *manquer, rater* (train…) ; 3) *regretter l'absence de ;* I miss home : *la maison me manque.*

7. **steal... from** : △ notez la préposition ; you stole it from me : *tu me l'as volé ;* to steal (stole, stolen).

Seuls Blackie et G. restèrent sur les lieux ; le jour avait presque disparu et quand ils tournèrent un bouton électrique rien ne marcha. Mike avait bien fait son travail.

« Alors tu as trouvé quelque chose d'extraordinaire ? » demanda Blackie.

G. fit oui de la tête. « Viens par là, dit-il. Regarde. » De ses deux poches il sortit des liasses de billets de banque d'une livre. « Les économies du Père Misère », dit-il. « Mike a défoncé le matelas, mais il ne les a pas vus.

— Qu'est-ce que tu vas faire ? Tu vas les partager ?

— On n'est pas des voleurs, dit G. Personne ne va rien voler dans cette maison. Je les ai gardés pour toi et pour moi, pour fêter ça. » Il s'agenouilla par terre et compta les billets ; il y en avait soixante-dix en tout. « On va les brûler, dit-il, un par un », et à tour de rôle ils tinrent chaque billet en l'air et mirent le feu au coin supérieur si bien que la flamme brûlait lentement en direction de leurs doigts. La cendre grise flottait au-dessus d'eux et retombait sur leur tête comme autant de marques de vieillesse. « J'aimerais voir la tête du Père Misère quand on aura fini, dit G.

— Tu le détestes beaucoup ? demanda Blackie.

— Bien sûr que non, dit G. Ce ne serait pas drôle si je le détestais. » Le dernier billet en flammes éclairait son visage renfrogné. « Toute cette histoire de haine, d'amour, dit-il, c'est du sentiment, c'est de la blague.

---

8. **taking it in turns :** notez l'expression ; **they take it in turns to read to me :** *ils me font la lecture à tour de rôle.*
9. **upwards :** *vers le haut* (≠ **downwards**) ; **eastwards :** *vers l'est.*
10. **age : old age :** *la vieillesse ;* **the wisdom of age :** *la sagesse de la vieillesse ;* **to age :** *vieillir.*
11. **through :** (ici) marque l'idée d'en avoir fini avec qqch. ou qqn. ; **are you through with your work ? Not quite yet.**
12. **fun :** (nom) *plaisir, amusement ;* **to have fun :** *prendre du bon temps ;* **I did it for fun :** *je l'ai fait pour rire.*
13. **soft :** (ici) *faible, efféminé, sans énergie.*
14. **hooey :** (argot) *chiqué, blague, fumisterie, bêtises.*

There's only things, Blackie" and he looked round the room crowded[1] with the unfamiliar[2] shadows of half things, broken things, former[3] things. "I'll race[4] you home, Blackie," he said.

3

Next morning the serious destruction started. Two were missing[5] — Mike and another boy whose parents were off[6] to Southend and Brighton in spite of the slow warm drops that had begun to fall and the rumble[7] of thunder in the estuary like the first guns[8] of the old blitz. "We've got to hurry," T. said.

Summers was restive. "Haven't we done enough ?" he asked. "I've been given a bob[9] for slot machines[10]. This is like work."

"We've hardly started," T. said. "Why[11], there's all the floors left, and the stairs. We haven't taken out a single window. You voted like the others. We are going to *destroy* this house. There won't be anything left when we've finished."

They began again on the first floor picking up the top floorboards next[12] the outer[13] wall, leaving the joists exposed. Then they sawed through the joists and retreated into the hall, as what was left of the floor heeled[14] and sank[15].

---

1. **crowded :** *bondé, plein, encombré ;* notez la prép. **with ;** crowd (n.) 1) *foule ;* 2) *groupe, bande ;* 3) (fam.) *grand nombre (de), tas (de).*
2. **unfamiliar :** *peu familier, mal connu, étrange.*
3. **former :** *d'autrefois* (qui n'existe plus ici en tant qu'objet).
4. **to race :** *faire une course avec, s'efforcer de dépasser ;* **I'll race you to school :** *qui arrivera le premier à l'école ?* **race :** (n.) *course.*
5. **missing :** 1) (ici) *manquant, absent ;* 2) *disparu ;* **two climbers are reported missing :** *deux alpinistes sont portés disparus.*
6. **off :** I'm off, goodbye : *je m'en vais, au revoir !*
7. **rumble :** *grondement sourd, roulement* (tonnerre, train, voiture).

74

Il n'y a que les choses qui comptent, Blackie. » Il jeta un regard circulaire autour de la pièce peuplée des ombres étranges de demi-objets, d'objets brisés, de fantômes d'objets. « On fait la course pour rentrer à la maison », dit Blackie.

3

Le lendemain matin, la destruction en règle commença. Il en manquait deux, Mike et un autre garçon dont les parents étaient partis à Southend et Brighton malgré les lentes gouttes de pluie tiède qui avaient commencé à tomber et le grondement du tonnerre dans l'estuaire, pareil aux premiers tirs du bombardement aérien de jadis. « Il faut qu'on se dépêche », dit G.

Summers se montra récalcitrant. « On n'en a pas fait assez ? » demanda-t-il. « On m'a donné un shilling pour jouer aux machines à sous. Ça ressemble à du travail, ce qu'on fait.

— On a tout juste commencé », dit G. « Eh oui, il reste tous les planchers et l'escalier. On n'a pas enlevé une seule fenêtre. Tu as voté comme les autres. On va détruire cette maison ni plus ni moins. Il ne restera plus rien quand on aura fini. »

Reprenant leur activité au premier étage, ils soulevèrent les premières lattes du plancher, près du mur extérieur, mettant à nu les solives. Puis ils attaquèrent ces solives à la scie et se replièrent dans le hall quand ce qui restait de plancher se mit à vaciller avant de s'effondrer.

---

8. **guns** : gun : 1) *canon* ; **the guns** : *l'artillerie* ; 2) *fusil* ; 3) *revolver, pistolet* ; **he stuck to his guns** : *il n'en démordit pas.*
9. **bob** : (argot) *shilling.*
10. **slot machine(s)** : *appareil* ou *machine à sous* (que l'on met dans *une fente* : **a slot**), *distributeur automatique.*
11. **why** : (ici) *eh bien ! mais ! voyons !* ; **why** ? *pourquoi ?*
12. **next** ou **next to** : *à côté de, tout contre.*
13. **outer** : *extérieur* ; **the outer suburbs** : *la grande banlieue* (≠ **inner** : *intérieur* ; **inner tube** : *chambre à air*).
14. **heeled** : **to heel** : (bateau) *gîter, donner de la bande, s'incliner, se pencher dangereusement.*
15. **sank** : **to sink (sank, sunk)** 1) *aller, tomber au fond* ; 2) *s'enfoncer* ; 3) *couler (navire)* ; 4) *décliner (santé).*

75

They had learnt with practice [1], and the second floor collapsed [2] more easily. By [3] the evening an odd exhilaration [4] seized them as they looked down the great hollow of the house. They ran risks and made mistakes : when they thought of the windows it was too late to reach them. "Cor [5]", Joe said, and dropped a penny down into the dry rubble-filled [6] well. It cracked and span [7] amongst [8] the broken glass.

"Why did we start this ?" Summers asked with astonishment ; T. was already on the ground [9], digging [10] at the rubble, clearing [11] a space along the outer wall. "Turn on [12] the taps", he said. "It's too dark for anyone to see now, and in the morning it won't matter." The water overtook [13] them on the stairs and fell through the floorless rooms.

It was then they heard Mike's whistle at the back. "Something's wrong [14]," Blackie said. They could hear his urgent breathing as they unlocked the door.

"The bogies [15] ?" Summers asked.

"Old Misery," Mike said. "He's on his way." He put his head between his knees and retched. "Ran all the way" he said with pride.

"But why ?" T. said. "He told me..." He protested with the fury of the child he had never been, "It isn't fair."

---

1. **practice :** *pratique, habitude, entraînement, exercice ;* I'm out of **practice** : *j'ai perdu la main, je suis rouillé.*
2. **collapsed :** to collapse : *s'écrouler, s'effrondrer, s'affaisser.*
3. **by :** (ici) *d'ici à, pour* (avec indication de date ou d'heure), *dès, pas plus tard que ;* **by the end of the month** : *pour la fin du mois ;* **by the time I got there he had gone** : *le temps que j'arrive il était parti.*
4. **exhilaration :** *joie débordante, ivresse.*
5. **cor :** (argot) exclamation exprimant la surprise : *Ça alors ! zut alors ! merde !*
6. **rubble-filled :** notez l'adj. composé ; **rubble :** *décombres, gravats ;* **to fill with** : *remplir de* (notez la préposition **with**).
7. **span :** to spin (span ou spun, spun) : 1) (ici) *filer, aller vite ;* **spinning-wheel,** *rouet.*

Ils avaient tiré parti de leur expérience et le second plancher céda plus facilement. Quand vint le soir une joie étrange les envahit alors qu'ils plongeaient leur regard dans le grand trou formé par la maison. Ils avaient couru des risques et commis des erreurs ; quand ils pensèrent aux fenêtres il était trop tard pour les atteindre. « Merde », s'écria Joe qui jeta une pièce dans le puits sans eau, rempli de gravats. Elle fit entendre un bruit sec et se faufila entre les débris de verre.

« Pourquoi est-ce qu'on a commencé tout ça ? » demanda Summers étonné. G. était déjà en bas qui piochait dans les gravats, dégageant un espace le long du mur extérieur. « Ouvrez les robinets, dit-il. Il fait trop sombre pour que quelqu'un voie quelque chose maintenant et le matin ça n'aura pas d'importance. » L'eau les rattrapa sur l'escalier et se répandit en cascades dans les pièces démunies de plancher.

C'est alors qu'ils entendirent siffler Mike à l'arrière. « Il se passe quelque chose de louche », dit Blackie. Ils pouvaient distinguer la respiration haletante de Mike quand ils ouvrirent la porte.

« Y a les flics ? demanda Summers.

— Non, c'est le Père Misère, dit Mike. Il est en route. » Il mit la tête entre les genoux et fit un effort pour vomir. « J'ai couru tout le long, dit-il avec fierté.

— Mais comment ? fit G. Il m'a dit que... » Il protestait avec la rage de l'enfant qu'il n'avait jamais été. « Ce n'est pas du jeu.

---

8. **amongst :** (aussi **among**) *parmi, entre* (plusieurs) ; **between :** *entre* (deux).

9. **ground :** *sol ;* **ground floor :** *rez-de-chaussée.*

10. **digging :** to dig (dug, dug) : 1) (ici) *creuser, bêcher, faire des fouilles ;* 2) **he often digs at me :** *il me lance souvent des pointes.*

11. **clearing :** to clear : (ici) *débarrasser, dégager, déblayer ;* **clear** (adj.) *dégagé, libre* (route...) ; **clearing :** *clairière.*

12. **to turn on :** *brancher* (gaz, eau...) (≠ to turn off, to turn out).

13. **overtook :** to overtake (overtook, overtaken) : 1) *rattraper, rejoindre ;* 2) *doubler, dépasser* (voiture).

14. **wrong :** adj. (ici) *qui n'est pas comme il devrait être, qui ne va pas, qui est détraqué ;* cf. p. 48 note 7.

15. **bogies :** *flics ;* plus courant : **cops, coppers, pigs.**

77

"He was down at Southend," Mike said, "and he was on the train coming back. Said it was too cold and wet." He paused and gazed at the water. "My [1], you've had a storm here. Is the roof leaking [2] ?"

"How long will he be ?"

"Five minutes. I gave Ma the slip [3] and ran."

"We better clear [4]," Summers said. "We've done enough, anyway [5]".

"Oh no, we haven't. Anybody could do this —" "this" was the shattered hollowed [6] house with nothing left but the walls [7]. Yet walls could be preserved [8]. Façades were valuable [9]. They could build inside again more beautifully than before. This could again be a home. He said angrily [10], "We've got to finish. Don't move. Let me think."

"There's no time," a boy said.

"There's got to be a way," T. said. "We couldn't have got this far [11]..."

"We've done a lot," Blackie said.

"No. No, we haven't. Somebody watch the front [12]."

"We can't do any more."

"He may come in at the back."

"Watch the back too." T. began to plead [13]. "Just give me a minute and I'll fix [14] it. I swear I'll fix it." But his authority had gone with his ambiguity. He was only one of the gang. "Please," he said.

---

1. **my :** Oh, my ! ou **my goodness !** *Oh ! la la ! Ça, alors ! Ça, par exemple !*

2. **is the roof leaking :** m. à m. : *le toit fuit-il ?* to leak : *fuir ;* leak : (n.) *fuite, voie d'eau ;* to spring a leak : *faire eau.*

3. **I gave Ma the slip :** to give sb the slip : *fausser compagnie à qqn ;* to slip : *se glisser, se faufiler.*

4. **we better clear :** we had better clear : *nous ferions mieux de décamper ;* to clear (off) : *ficher le camp, filer, dégager.*

5. **anyway** ou **anyhow :** *en tout cas, de toute façon.*

6. **hollowed :** to hollow (out) : *creuser, évider ;* hollow : (nom et adj.) *creux.*

7. **with nothing left but the walls :** m. à m. : *avec rien de laissé sauf les murs ;* I have some left : *il m'en reste.*

8. **preserved : ▲** to preserve : 1) (ici) *garder, conserver ;* 2) *préserver, protéger ;* preserves : *confitures, conserves.*

— Il était parti à Southend, dit Mike et il était dans le train du retour. Il a dit qu'il faisait trop froid et trop humide. » Il s'interrompit en regardant l'eau avec étonnement. « Eh bien, vous avez eu un orage ici ? Il y a une fuite dans le toit ?

— Il va être là dans combien de temps ?

— Cinq minutes. Je suis parti en cachette de Maman et j'ai couru.

— On a intérêt à dégager, dit Summers. On en a fait assez, n'importe comment.

— Oh non, pas du tout. N'importe qui pourrait faire cela. « Cela » désignait la maison saccagée, évidée, dont il ne restait que les murs. Mais des murs, ça pouvait se conserver. Les façades, c'était précieux. On pouvait rebâtir l'intérieur, mieux qu'avant. Il pourrait y avoir une maison de nouveau ici. Il dit avec colère : « Il faut en finir. Ne bougez pas. Laissez-moi réfléchir.

— On n'a pas le temps, dit un des garçons.

— Il faut qu'on trouve un moyen. C'est pas possible d'être arrivé jusque-là...

— On en a fait beaucoup, dit Blackie.

— Non ! Mais non ! Que quelqu'un surveille devant.

— On ne peut pas en faire plus.

— Il peut rentrer par l'arrière.

— Surveillez aussi l'arrière. » G. se mit à les supplier. « Donnez-moi juste une minute et je vais trouver une solution. Je vous jure que je vais trouver une solution. » Mais son autorité lui avait échappé à force de tergiversations. Il n'était plus qu'un membre du gang comme les autres. « Je vous en prie, dit-il.

---

9. **valuable** : ▲ 1) *précieux, inestimable* ; 2) *de grande valeur* ; **valuables** : (n. pl.) *objets de valeur*.
10. **angrily** : *avec colère* ; **angry with sb, angry at sth** : *en colère contre...* ; **anger** : (n.) *colère, courroux*.
11. **got this far** = *got as far as this* ; **he isn't that stupid** : *il n'est pas stupide à ce point* (notez ces emplois de **this** et **that**) ; **to get (got, got)** : (ici) *parvenir, arriver, aller*.
12. **somebody watch the front** = *let sb. watch the front*.
13. **to plead** : 1) (ici) *implorer, supplier* ; 2) *alléguer, prétexter* ; 3) *plaider* ; **he pleaded guilty** : *il a plaidé coupable*.
14. **to fix** ou **to fix up** : *arranger, régler, organiser* ; **it's all fixed up** : *tout est arrangé*.

79

"Please," Summers mimicked him, and then suddenly struck home [1] with the fatal name. "Run along home, Trevor."

T. stood with his back to [2] the rubble like a boxer knocked groggy against the ropes. He had no words as his dreams shook [3] and slid [4]. Then Blackie acted [5] before the gang had time to laugh, pushing Summers backward [6]. "I'll watch the front, T.," he said, and cautiously [7] he opened the shutters of the hall. The grey wet common stretched ahead [8], and the lamps gleamed [9] in the puddles. "Someone's coming. T. No, it's not him. What's your plan [10], T. ?"

"Tell Mike to go out to the lav and hide close [11] beside [12] it. When he hears me whistle he's got to count ten [13] and start to shout."

"Shout what ?"

"Oh, 'Help', anything."

"You hear, Mike," Blackie said. He was the leader again. He took a quick look between the shutters. "He's coming, T."

"Quick, Mike. The lav. Stay here, Blackie, all of you [14], till I yell [15]."

"Where are you going, T. ?"

"Don't worry. I'll see to [16] this. I said I would, didn't I ?"

---

1. **struck home** : to strike (struck, struck) home : *frapper juste, toucher au point sensible ;* home : (ici) *droit au but, en plein ;* his words went home to her : *ses paroles la touchèrent au vif.*

2. **stood with his back to** : to stand ou to sit with one's back to : *tourner le dos à ;* to sit with one's back to the engine : *être assis dans le sens contraire à la marche* (en train).

3. **shook** : to shake (shook, shaken) : *secouer, agiter, faire trembler ;* to shake to pieces : *faire tomber en morceaux, en pièces.*

4. **slid** : to slide (slid, slid) : *glisser, faire des glissades ;* to let things slide : *laisser les choses aller à la dérive.*

5. **acted** : to act : 1) (ici) *agir, se conduire ;* 2) *jouer* (au théâtre).

6. **backward(s)** : *en arrière* (≠ forward(s) : *en avant*).

7. **cautiously** : *prudemment ;* cautious : *prudent ;* caution : *prudence.*

80

— Je vous en prie, fit Summers en le singeant et puis soudain il l'attaqua de front avec le prénom fatal : — Rentre vite chez toi, Gontran.

G., le dos tourné vers le tas de décombres, ressemblait à un boxeur groggy contre les cordes du ring. Les mots lui manquaient à mesure que son rêve sapé à la base s'évanouissait. Puis Blackie intervint avant que le gang eût le temps de se mettre à rire ; repoussant Summers il dit : « Je vais surveiller le côté rue, G. », et avec précaution il ouvrit les volets du vestibule. Le terrain vague, gris, humide, s'étendait devant lui et les réverbères luisaient dans les flaques d'eau. « Voilà quelqu'un, G. Non, c'est pas lui. Qu'est ce que tu as l'intention de faire, G. ?

— Dis à Mike de sortir et de se cacher tout près des W.C. Quand il m'entendra siffler, il faudra qu'il compte jusqu'à dix et qu'il se mette à crier.

— Crier quoi ?

— Oh ! Au secours ! N'importe quoi.

— Tu entends, Mike », dit Blackie. Il était redevenu le chef. Il jeta un rapide coup d'œil entre les volets : « Il arrive, G.

— Vite, Mike. Les W.C. Restez ici, Blackie, vous tous, jusqu'à ce que je pousse un cri.

— Où est-ce que tu vas, G. ?

— T'inquiète pas. Je m'en charge. J'ai dit que je le ferais, non ? »

---

8. **ahead** : *en avant, devant ;* to be ahead of one's time : *être en avance sur son époque ;* to get **ahead** of sb : *devancer qqn.*

9. **to gleam** : *luire, jeter une lueur faible ou passagère.*

10. **plan** : *projet ;* five year plan : *plan quinquennal ;* **according to plan** : *comme prévu ;* to plan : *projeter, faire des plans.*

11. **close** [kləus] : *près ;* **close to** : *tout près de.*

12. **beside** : *à côté de ;* △ besides : *en outre.*

13. **to count ten** : △ *sans prép. !* compter jusqu'à dix.

14. **all of you** : *vous tous ;* de même all of us : *nous tous ;* all of them : *eux tous.*

15. **to yell** : *hurler, pousser des hurlements ;* yell : (n.) *hurlement.*

16. **to see to** : *s'occuper de, veiller à ;* to see (saw, seen) : *voir.*

Old Misery came limping [1] off the common. He had mud on his shoes and he stopped to scrape them on the pavement's edge [2]. He didn't want to soil [3] his house, which stood jagged [4] and dark between the bomb-sites, saved [5] so narrowly [6], as he believed, from destruction. Even the fan-light had been left unbroken [7] by the bomb's blast. Somewhere somebody whistled. Old Misery looked sharply [8] round. He didn't trust [9] whistles. A child was shouting : it seemed to come from his own [10] garden. Then a boy ran into the road from the car-park. "Mr Thomas," he called, "Mr Thomas."

"What is it ?"

"I'm terribly sorry, Mr Thomas. One of us got taken short [11], and we thought you wouldn't mind [12], and now he can't get out."

"What do you mean, boy ?"

"He's got stuck in your lav."

"He'd no business [13]... Haven't I seen you before ?"

"You showed me your house."

"So I did [14]. So I did. That doesn't give you the right to..."

"Do hurry [15], Mr Thomas. He'll suffocate."

"Nonsense. He can't suffocate. Wait till I put my bag in."

---

1. **limping :** to limp : *boiter, clopiner ;* aussi **to have a limp.**
2. **the pavement's edge** ou **kerb** ou (U.S.) **curb :** notez l'emploi du génitif ou cas possessif.
3. **to soil :** *salir, souiller ;* **shop-soiled :** *défraîchi* (article) *qui a fait l'étalage ou la vitrine.*
4. **jagged :** *irrégulier, déchiqueté, dentelé* (cf. p. 47 note 12) ; **jag :** *pointe, saillie, aspérité.*
5. **saved :** to save : *sauver ;* **he saved my life :** *il m'a sauvé la vie.*
6. **narrowly :** *de près, de justesse ;* **he narrowly missed being run over :** *il a failli être écrasé ;* **narrow :** *étroit, étranglé, resserré ;* **he had a narrow escape :** *il l'a échappé belle.*
7. **unbroken :** m. à m. : *non cassé ;* **unbroken line :** *ligne continue* (sur route) ; **to break (broke, broken) :** *casser, briser.*
8. **sharply :** *vivement, attentivement ;* **sharp** (attention) :

82

Le Père Misère quittait le terrain vague en boitillant. Il avait de la boue sur ses souliers et il s'arrêta pour les frotter contre le bord du trottoir. Il ne voulait pas salir sa maison qui émergeait, sombre, entre les trous de bombe, et qui avait échappé de si peu, comme il le croyait, à la destruction. Même l'imposte était demeurée intacte après l'explosion de la bombe. Quelque part quelqu'un siffla. Le Père Misère se retourna, l'œil aux aguets. Il se méfiait des coups de sifflet. Un enfant criait ; le cri semblait venir de son jardin. Puis un garçon venu du parking déboucha dans la rue en courant. « Mr Thomas », cria-t-il, « Mr Thomas. »

— Qu'est-ce qui se passe ?

— Je suis vraiment désolé, Mr Thomas. L'un d'entre nous a été pris d'un besoin pressant et nous avons pensé que vous n'y verriez pas d'inconvénient et maintenant il ne peut pas sortir de vos W.C.

— Qu'est ce que tu veux dire, mon garçon ?

— Il est coincé dans vos W.C.

— Il n'avait pas à… Je ne t'ai pas déjà vu quelque part ?

— Vous m'avez fait voir votre maison.

— Oui, oui c'est vrai. Cela ne vous donne pas le droit de…

— Dépêchez-vous, Mr Thomas, je vous en prie. Il va étouffer.

— Pas de sottises ! Il ne peut pas étouffer. Attends que je rentre mon sac.

---

en éveil, vigilant ; **to keep a sharp look-out :** *ouvrir l'œil.*
9. **to trust :** *se fier à, avoir confiance en.*
10. **own :** *propre, personnel ;* **with my own eyes :** *de mes propres yeux.*
11. **got taken short :** **was taken short :** *fut pris d'un besoin pressant ;* **short :** *(adv.) court, brusquement, vivement ;* **to stop short :** *s'arrêter court, rester court.*
12. **to mind :** *faire attention à ;* **do you mind my smoking ?** *ça ne vous dérange pas que je fume ?*
13. **business :** *affaires, occupations ;* **mind your own business :** *occupe-toi de tes affaires ;* **it's no business of yours :** *ça ne vous regarde pas.*
14. **so I did :** **show you my house** (sous-entendu) ; **do you think he will come ? I think so (I think he will come) :** *so* sert à éviter la répétition.
15. **do hurry :** *forme emphatique ou d'insistance de* **hurry (up).**

83

"I'll carry your bag."

"Oh no, you don't. I carry my own."

"This way, Mr Thomas."

"I can't get in the garden that way. I've got to go through the house."

"But you *can* [1] get in the garden this way [2], Mr Thomas. We often do."

"You often do ?" He followed the boy with a scandalized fascination. "When ? What right... ?"

"Do you see... ? the wall's low."

"I'm not going to climb [3] walls into my own garden. It's absurd."

"This is how we do it. One foot here, one foot there, and over [4]." The boy's face peered [5] down, an arm shot out [6], and Mr Thomas found his bag taken and deposited on the other side of the wall.

"Give me back my bag," Mr Thomas said. From the loo [7] a boy yelled and yelled. "I'll call the police [8]."

"Your bag's all right [9], Mr Thomas. Look. One foot there. On your right. Now just above. To your left." Mr Thomas climbed over his own garden wall. "Here's your bag, Mr Thomas."

"I'll have the wall built up [10]," Mr Thomas said, "I'll not have you boys coming over here, using my loo." He stumbled [11] on the path [12], but the boy caught his elbow and supported [13] him. "Thank you, thank you, my boy," he murmured automatically.

---

1. **can :** les italiques marquent l'insistance ; dans un texte manuscrit **can** serait souligné.

2. **this way :** *par ici ;* **that way :** *par là.*

3. **I'm not going to climb :** **be going,** fut. proche indique une action qui va s'accomplir, une intention de la part de celui qui parle (d'où « *Il n'est pas question...* ») ; **climbing** ['klaɪmɪŋ] : *escalade, alpinisme ;* **rock climbing :** *varappe.*

4. **over :** (ici) *par-dessus ;* **we often see jets fly over :** *nous voyons souvent des avions à réaction passer dans le ciel.*

5. **peered :** **to peer :** *regarder avec attention, scruter du regard ;* **to peer into the night :** *chercher à pénétrer les ténèbres de la nuit.*

6. **shot out :** **to shoot (shot, shot) out :** *sortir comme une flèche, jaillir* (flammes, eau...) ; **to shoot (shot, shot) :** *tirer* (au fusil...).

— Je vais vous le porter.

— Oh non, non. Je m'en charge.

— Par ici, Mr Thomas.

— Je ne peux pas rentrer dans le jardin par là. Il faut que je passe par la maison.

— Mais si, vous pouvez entrer dans le jardin par ici. Nous le faisons souvent.

— Vous le faites souvent ? » Il suivit le jeune garçon, hypnotisé et indigné à la fois. « Quand ? De quel droit ?...

— Vous voyez ?... le mur est bas.

— Il n'est pas question que j'escalade les murs pour entrer dans mon propre jardin. C'est ridicule.

— C'est comme ça que nous faisons, nous. Un pied ici, un pied là et hop. » Du haut du mur le garçon scruta le visage de Mr Thomas, un bras surgit et le vieil homme se trouva démuni de son sac qui fut déposé de l'autre côté.

« Rendez-moi mon sac », dit Mr Thomas. Dans les W.C, un garçon hurlait tant et plus. « Je vais appeler la police.

— Ne vous inquiétez pas pour votre sac, Mr Thomas. Regardez. Un pied là. A droite. Maintenant juste au-dessus. A gauche. » Mr Thomas passa par-dessus le mur de son jardin. « Voilà votre sac, Mr Thomas.

— Je vais faire rehausser ce mur, dit Mr Thomas. Je ne veux pas vous voir entrer par là, les gars, et utiliser mes W.C. » Il trébucha sur l'allée mais le garçon le saisit par le coude et le soutint. « Merci, merci, mon gars », murmura-t-il machinalement.

---

7. **loo :** (fam.) **he's gone to the loo :** *il est allé au petit coin ;* **loo paper :** *papier-cul, pécu.*

8. **police :** 1) (ici) *police ;* 2) *agent* (de police) ▲ **twenty police were injured :** *vingt policiers furent blessés.*

9. **all right** ou **alright : everything's all right :** *tout est parfait, tout va très bien ;* **it's all right :** *tout va bien, ne vous inquiétez pas.*

10. **I'll have the wall built up :** **have** + p. p. = *faire faire ;* **I'll have the room decorated ; I'll have my hair cut.**

11. **stumbled : to stumble :** *trébucher ;* **stumbling block :** *pierre d'achoppement.*

12. **path :** *chemin, sentier, allée ;* **public footpath :** *sentier pédestre.*

13. **supported :** ▲ **to support :** 1) *supporter, soutenir ;* 2) *encourager ;* 3) *faire subsister une famille.*

Somebody shouted again through the dark[1]. "I'm coming, I'm coming," Mr Thomas called. He said to the boy beside him, "I'm not unreasonable. Been a boy myself[2]. As long[3] as things are done regular[4]. I don't mind you playing round the place Saturday mornings. Sometimes I like company. Only it's got to be regular. One of you asks leave[5] and I say Yes. Sometimes I'll say No. Won't feel like[6] it. And you come in at the front door and out at the back. No garden walls."

"Do get him out, Mr Thomas."

"He won't come to any harm[7] in my loo," Mr Thomas said, stumbling slowly down the garden. "Oh, my rheumatics", he said. "Always get 'em on Bank Holiday. I've got to be careful. There's loose[8] stones here. Give me your hand. Do you know what my horoscope said yesterday ? 'Abstain from[9] any dealings[10] in first half of week. Danger of serious crash[11].' That might be on this path," Mr Thomas said. "They speak in parables and double meanings[12]." He paused at the door of the loo. "What's the matter in there ?" he called. There was no reply.

"Perhaps he's fainted," the boy said.

"Not in my loo. Here, you, come out," Mr Thomas said, and giving a great jerk[13] at the door he nearly fell[14] on his back when it swung[15] easily open.

---

1. **dark :** (n.) (ici) 1) *obscurité ;* 2) *tombée de la nuit ;* to keep sb in the dark about sth : *laisser qqn dans l'ignorance de qqch.*
2. **been a boy myself** = I've been a boy myself.
3. **as long as** ou **so long as :** *tant que ;* there's nothing to be done so long as he isn't there : *il n'y a rien à faire tant qu'il ne sera pas là.*
4. **regular :** (adj.) ▲ (ici) *en règle, normal, régulier ;* notez ici l'emploi de l'adjectif comme adverbe.
5. **leave :** 1) *autorisation ;* 2) *permission* (militaire) ; **sick leave :** *congé de maladie ;* **on leave :** *en permission* ou *en congé.*
6. **to feel like :** *avoir envie de ;* (do you) feel like a cup of tea ? *ça vous dit, une tasse de thé ?* I feel like going : *j'ai envie de partir.*
7. **harm :** *tort, dommage, mal physique* ou *moral ;* it won't

Quelqu'un hurla de nouveau dans le noir. « J'arrive, j'arrive », cria Mr Thomas. Il dit à l'enfant qui se trouvait à côté de lui : « Je comprends les choses. J'ai été jeune, moi aussi. Tant que les choses se font en règle. Je ne vois pas d'inconvénient à ce que vous vous amusiez par là le samedi matin. Il y a des jours où j'aime avoir du monde autour de moi. Seulement il faut que ça se fasse en règle. L'un de vous demande la permission et je dis oui. Un autre jour je dirai non. Et puis vous rentrerez par la porte de la rue et vous ressortirez par l'arrière. Pas question de passer par le mur du jardin.

— Oh, faites-le sortir, Mr Thomas, s'il vous plaît.

— Il ne lui arrivera rien de mal dans mes W.C. », dit Mr Thomas en descendant le jardin d'un pas lent et mal assuré. « Oh, mes douleurs », dit-il. « J'en ai toujours à cette période. Il faut que je fasse attention. Il y a des pierres qui sont descellées ici. Donne-moi la main. Tu sais ce que disait mon horoscope hier ? Abstenez-vous de toute transaction durant la première moitié de la semaine. Danger de gros effondrement. C'est peut-être dans cette allée que ça pourrait se passer. Ils parlent en paraboles, avec des mots à double sens. » Il s'arrêta devant la porte des W.C. « Qu'est-ce qui se passe là-dedans ? » s'écria-t-il. Il n'obtint aucune réponse.

« Il s'est peut-être évanoui », dit le garçon.

— Oh, surtout pas dans mes W.C. ! Eh, toi, là-dedans, sors ! » dit Mr Thomas qui, tirant fermement sur la porte, faillit tomber sur le dos quand celle-ci s'ouvrit sans difficulté.

---

do you any harm : *ça ne vous fera pas de mal.*
8. **loose** : 1) (ici) *défait, desserré, qui a du jeu* ; 2) *relâché, dissolu* ; **loose living** : *débauche* ; ▲ [luːs].
9. **to abstain from** : *s'abstenir de* (sans réfléchi ! ▲ **from**).
10. **dealing** : 1) *commerce, opérations* ; 2) *négociation* (Bourse).
11. **crash** : 1) *fracas, collision* ; 2) *faillite, effondrement.*
12. **meaning** : **meaning** : *signification, sens* ; **to mean (meant, meant)** : *signifier, vouloir dire.*
13. **jerk** : *secousse* ; **to move by jerks** : *avancer par saccades* ; **to jerk** : *donner une secousse* ; **he jerked himself free** : *il s'est dégagé d'un geste brusque.*
14. **he nearly fell** : m. à m. : *il tomba presque* ; **to fall (fell, fallen)** : *tomber.*
15. **swung** : **to swing (swung, swung)** : (ici) *se balancer.*

87

A hand first supported him and then pushed him hard. His head hit the opposite wall and he sat heavily down. His bag hit his feet. A hand whipped[1] the key out of the lock and the door slammed[2]. "Let me out," he called, and heard the key turn in the lock. "A serious crash", he thought, and felt dithery[3] and confused[4] and old.

A voice spoke to him softly through the star-shaped hole in the door. "Don't worry, Mr Thomas," it said, "we won't hurt you, not if you stay quiet."

Mr Thomas put his head between his hands and pondered. He had noticed that there was only one lorry in the car-park, and he felt certain that the driver would not come for it before the morning. Nobody could hear him from the road in front, and the lane at the back was seldom used[5]. Anyone who passed there would be hurrying home[6] and would not pause[7] for what they would certainly take to be drunken[8] cries. And if he did call "Help", who, on a lonely[9] Bank Holiday evening, would have the courage to investigate[10]? Mr Thomas sat on the loo and pondered with the wisdom of age.

After a while[11] it seemed to him that there were sounds in the silence — they were faint[12] and came from the direction of his house.

---

1. **whipped :** to whip : 1) (ici) *saisir brusquement ;* 2) *fouetter, battre ;* 3) (fam.) *faucher, piquer ;* a whip : *un fouet.*
2. **slammed :** to slam : *claquer* (porte) ; the door slammed shut : *la porte s'est refermée en claquant.*
3. **dithery :** to dither : *trembler, frémir ;* dither : (n.) *tremblement, frisson ;* to be in a dither : *être dans tous ses états, paniquer.*
4. **confused :** ▲ to confuse : *troubler profondément, déconcerter.*
5. **used :** ▲ 1) (ici) *utilisé ;* 2) *d'usage courant ;* 3) used car : *voiture d'occasion ;* no longer used : *inusité* (mot...).
6. **hurrying home :** ▲ pas de préposition avec home et les verbes de mouvement : to go home, to come home, to return home...
7. **to pause :** *faire une pause* (a pause), *s'arrêter momentanément.*

Une main le retint d'abord puis le poussa violemment. Sa tête heurta le mur d'en face et il s'effondra lourdement. Son sac vint donner contre ses pieds. Une main preste sortit la clef de la serrure et la porte claqua. « Laissez-moi sortir », s'écria-t-il, puis il entendit la clef tourner dans la serrure. « Gros effondrement », pensa-t-il, et il se sentit tout tremblant, plein de désarroi, vieux.

Une voix lui parla doucement par l'ouverture en forme d'étoile pratiquée dans la porte. « Ne vous inquiétez pas, Mr Thomas. On ne vous fera pas de mal », dit-elle. « Non... si vous vous tenez tranquille. »

Mr Thomas prit sa tête entre ses mains et réfléchit. Il avait remarqué qu'il n'y avait qu'un seul camion dans le parking et il était sûr que le chauffeur ne viendrait pas le chercher avant le matin. Personne ne l'entendrait de la rue, devant, et, à l'arrière, la ruelle était rarement fréquentée. Tous ceux qui passeraient par là se depêcheraient de rentrer chez eux et ne s'arrêteraient pas pour s'enquérir de ce qu'ils prendraient certainement pour des cris d'ivrogne. Et s'il appelait « Au secours » qui donc, un jour de week-end désert, aurait le courage d'aller chercher plus loin ? Mr Thomas s'assit sur le siège des W.C. et médita avec la sagesse des vieillards.

Au bout d'un moment il lui sembla distinguer des bruits dans le silence, des bruits légers qui venaient de la direction de sa maison.

---

8. **drunken :** (adj.) 1) (ici) *d'ivrogne, causé par la boisson ;* **a drunken brawl :** *une querelle d'ivrognes ;* 2) *ivre ;* **accused of drunken driving :** *accusé d'avoir conduit en état d'ivresse.*

9. **lonely :** 1) (ici) *isolé* (lieu...) ; 2) *seul, isolé, solitaire ;* 3) *délaissé, qui se sent seul ;* **loneliness :** *solitude, isolement.*

10. **to investigate :** *examiner à fond, enquêter sur.*

11. **while :** (n.) *espace de temps ;* **a long (good) while :** *longtemps ;* **in a short (little) while :** *sous peu.*

12. **faint :** 1) (ici) *léger* (son, odeur...) *délavé* (couleur) ; **I haven't the faintest idea :** *je n'en ai pas la moindre idée ;* 2) *faible, défaillant ;* **to feel faint :** *avoir un malaise.*

He stood up and peered through the ventilation-hole — between the cracks [1] in one of the shutters he saw a light, not the light of a lamp, but the wavering [2] light that a candle might give [3]. Then he thought he heard [4] the sound of hammering and scraping and chipping [5]. He thought of burglars — perhaps they had employed the boy as a scout, but why should burglars engage in what sounded [6] more and more like a stealthy [7] form of carpentry [8] ? Mr Thomas let out an experimental yell, but nobody answered. The noise could not even have reached his enemies.

4

Mike had gone home to bed, but the rest stayed. The question of leadership no longer concerned the gang. With nails, chisels, screwdrivers, anything that was sharp and penetrating, they moved around the inner walls worrying at [9] the mortar between the bricks. They started too high, and it was Blackie who hit on the damp course [10] and realized the work could be halved [11] if they weakened [12] the joints immediately above. It was a long, tiring, unamusing job, but at last it was finished.

---

1. **crack** : *fente, fissure, félure.*
2. **wavering** : to wave : *vaciller, trembler* (voix, flamme) ; *hésiter* (personne) ; **unwavering** : *inébranlable* (soutien...).
3. **that a candle might give** : m. à m. : (la lumière vacillante) *qu'une bougie pourrait donner (émettre).*
4. **then he thought (that) he heard** : m. à m. : *puis il pensa (il crut) qu'il entendait ;* to think (thought, thought) : *penser, croire.*
5. **hammering and scraping and chipping** : gérondifs ou nom verbaux en -ing indiquant l'action de *marteler* (to **hammer**), *gratter* (to **scrape**), de *couper en lamelles* (to **chip**) ; chip : (n.) *copeau.*
6. **sounded... like** : to sound like : *ressembler à* (à l'ouïe) ; to look like : *ressembler à* (à la vue, au regard).
7. **stealthy** : *furtif, fait à la dérobée, en cachette, comme un voleur ;* to steal (stole, stolen) : *voler.*

Il se leva et jeta un regard inquisiteur par le trou d'aération ; entre les fentes d'un des volets il vit une lumière, non pas la lumière d'une lampe mais la lumière vacillante de ce qui pouvait être une bougie. Puis il crut entendre des coups de marteaux, de grattoirs, de ciseaux. Il pensa à des cambrioleurs — peut-être s'étaient-ils servis du garçon comme éclaireur, mais pourquoi des cambrioleurs s'engageraient-ils dans ce qui ressemblait de plus en plus à ses oreilles à une entreprise de menuiserie clandestine ? Mr Thomas poussa un cri à tout hasard mais personne ne réagit. Le son de sa voix n'aurait pas même risqué de parvenir à ses ennemis.

4

Mike était rentré se coucher mais les autres étaient restés. La question de savoir qui était le chef n'intéressait plus le gang. Armés de clous, de ciseaux, de tournevis, de tout ce qui était pointu et tranchant, ils s'activaient le long des murs intérieurs, s'attaquant au mortier entre les briques. Ils commencèrent trop haut et ce fut Blackie qui tomba sur la couche isolante et se rendit compte que le travail pouvait être réduit de moitié s'ils sapaient les joints situés juste au-dessus. Ce fut une besogne interminable, fatigante, rien de drôle, mais enfin ils en vinrent à bout.

---

8. **carpentry** : *menuisier ;* **carpenter** : *charpentier, menuisier.*
9. **worrying at** : to worry (at) : *attaquer, harceler, tourmenter, mordiller* (un chien, son os, les moutons).
10. **damp course** : *couche d'isolement, couche isolante ;* **damp** : (adj.) *humide ;* (n.) *humidité ;* **course** : (ici) *assise* (de briques...).
11. **to halve** : 1) *partager en deux ;* 2) *réduire de moitié* (half).
12. **weakened** : to weaken : *(s')affaiblir ;* **weak** : *faible* (≠ **strong**).

91

The gutted[1] house stood there balanced[2] on a few inches[3] of mortar between the damp course and the bricks.

There remained the most dangerous task of all, out in the open at the edge of the bomb-site. Summers was sent to watch the road for passers-by, and Mr Thomas, sitting on the loo, heard clearly now the sound of sawing[4]. It no longer came from the house, and that a little reassured him. He felt less concerned. Perhaps the other noises too had no significance.

A voice spoke to him through the hole. "Mr Thomas."

"Let me out," Mr Thomas said sternly[5].

"Here's a blanket," the voice said, and a long grey sausage was worked[6] through the hole and fell in swathes[7] over Mr Thomas's head.

"There's nothing personal," the voice said. "We want you to be comfortable[8] tonight."

"Tonight," Mr Thomas repeated incredulously.

"Catch," the voice said. "Penny buns[9] — we've buttered[10] them, and sausage-rolls[11]. We don't want you to starve, Mr Thomas."

Mr Thomas pleaded desperately. "A joke's a joke[12]", boy. Let me out and I won't say a thing. I've got rheumatics. I got to sleep comfortable."

---

1. **gutted :** to gut : *vider* (un poisson) ; the house has been gutted : *il ne reste de la maison que les quatre murs.*
2. **balanced : ▲** to balance : 1) (ici) *équilibrer ;* 2) *(se) balancer ;* balance : (n.) *équilibre ;* to keep one's balance : *garder son équilibre ;* scales : *balance.*
3. **inches :** inch : *pouce* (2,54 cm) ; 1 foot *(pied)* = 12 inches (30,48 cm)
4. **sawing :** *l'action de scier ;* to saw (sawed, sawed ou sawn) gérondif ou nom verbal en **-ing,** cf. p. 90 note 5.
5. **sternly :** stern : 1) *sévère, dur ;* 2) *rigoureux* (châtiment...).
6. **worked :** to work : (ici) *faire avancer petit à petit ou avec difficulté ;* to work sth loose : *arriver à desserrer qqch.*
7. **swathes :** swathe : *lange, bandelette ;* to swathe : *emmailloter, envelopper ;* swathed in blankets : *enveloppé ou emmitouflé dans des couvertures.*

La maison évidée tenait en équilibre sur quelques pouces de mortier entre la couche isolante et les briques.

Il restait à accomplir la tâche la plus dangereuse de toutes, dehors, au grand jour, au bord du trou de bombe. Summers fut délégué pour surveiller la rue, à l'affût des passants et Mr Thomas, assis dans les W.C., entendit distinctement cette fois des bruits de scie. Ils ne venaient plus de la maison et cela le rassura un peu. Il se sentit moins concerné. Peut-être les autres bruits également étaient-ils sans importance ?

Une voix lui parla par l'ouverture de la porte. « Mr Thomas. »

— Laissez-moi sortir », dit Mr Thomas d'un ton sévère.

— Voilà une couverture », dit la voix et une longue saucisse grise passa tant bien que mal par le trou et retomba en se déroulant sur la tête de Mr Thomas.

« On n'a rien contre vous personnnellement », dit la voix. « On veut que vous passiez une bonne nuit.

— Une bonne nuit ? » répéta Mr Thomas, incrédule.

— Attrapez », dit la voix. « Des petits pains au lait ; on les a beurrés ; et puis des friands. On ne veut pas que vous mouriez de faim, Mr Thomas. »

Mr Thomas suppliant, désespéré, dit : « Suffit la plaisanterie, mon gars. Laisse-moi sortir et je ne dirai rien à personne. J'ai des rhumatismes. Il me faut tout mon confort pour dormir.

---

8. **we want you to be comfortable** : prop. inf. avec **want**, **like** et **love** (surtout avec **would**), **prefer, expect** ; ∆ pronom personnel complément : **I'd like him to help me.**

9. **penny bun(s)** : *petit(s) pain(s) au lait à un penny*, c.-à-d. *peu chers, à deux sous* ; **penny dreadful** : *roman à deux sous, à sensation* ; pl. **pennies** (pièce), **pence** (valeur) ; 1 £ = 100 p. **(there are one hundred p. [pi:] in one pound).**

10. **buttered** : to butter : *beurrer* ; **butter** : (n.) *beurre*.

11. **sausage-rolls** : sausage ['sɔsidz] : 1) *saucisse* (à cuire) ; 2) *saucisson sec* ; roll : *petit pain*.

12. **a joke's a joke** : m. à m. : *une plaisanterie est une plaisanterie* ; **enough is enough** : *ça suffit comme ça, point trop n'en faut*.

93

"You wouldn't be comfortable, not in your house, you wouldn't. Not now."

"What do you mean, boy ?" But the footsteps receded. There was only the silence of night : no sound of sawing. Mr Thomas tried[1] one more yell, but he was daunted and rebuked by the silence[2] — a long way off an owl hooted and made away again on its muffled[3] flight[4] through the soundless world.

At seven next morning the driver came to fetch his lorry. He climbed into the seat and tried to start the engine. He was vaguely aware of a voice shouting, but it didn't concern him. At last the engine responded and he backed[5] the lorry until it touched the great wooden shore that supported Mr Thomas's house. That way he could drive right[6] out and down the street without reversing[7]. The lorry moved forward, was momentarily checked[8] as though something were[9] pulling it from behind, and then went on to the sound of[10] a long rumbling[11] crash[12]. The driver was astonished to see bricks bouncing ahead of him, while stones hit the roof of his cab. He put on his brakes[13]. When he climbed out the whole landscape had suddenly altered[14]. There was no house beside the car-park, only a hill[15] of rubble.

---

1. **tried :** to try : 1) *essayer ;* 2) *éprouver, mettre à l'épreuve ;* 3) *tenter ;* 4) *juger* (tribunal) ; try : (n.) *essai, tentative.*

2. **daunted and rebuked by the silence :** m. à m. : *découragé et réprimandé par le silence ;* to rebuke sb for sth : *reprocher qqch. à qqn. ;* **rebuke :** (n.) : *réprimande, reproche.*

3. **muffled :** to muffle : 1) (ici) *amortir, étouffer, assourdir* (son) ; in a muffled voice : *d'une voix sourde ;* 2) *emmitoufler.*

4. **flight :** *vol* (d'oiseaux...) ; to fly (flew, flown) : *voler.*

5. **backed :** to back a car : *faire marche arrière.*

6. **right :** (adv.) (ici) *tout droit, droit, directement ;* right ahead of you : *juste devant vous ;* right now : *tout de suite.*

7. **reversing :** to reverse : *faire marche arrière* (en voiture...).

8. **checked :** to check : *arrêter, enrayer, refréner, contenir ;* he checked his anger : *il a maîtrisé sa colère.*

— Vous n'auriez pas tout votre confort, pas dans votre maison, sûrement pas. Plus maintenant.

— Qu'est-ce que tu veux dire, mon garçon ? » Mais les pas s'éloignèrent. Il régnait seulement le silence de la nuit ; point de bruits de scie. Mr Thomas hasarda un nouveau cri mais il fut découragé par le silence hostile ; au loin un hibou hulula et reprit son vol ouaté dans le monde silencieux.

A sept heures le lendemain matin le chauffeur vint chercher son camion. Il monta sur son siège et essaya de mettre son moteur en route. Il eut vaguement conscience d'une voix qui criait mais cela ne le regardait pas. Enfin le moteur réagit et il fit une marche arrière quand le camion toucha le gros étai de bois qui soutenait la maison de Mr Thomas. De cette façon il pourrait sortir directement et prendre la rue sans manœuvrer. Le camion avança, fut immobilisé un moment comme si quelque chose le tirait de l'arrière et puis repartit, accompagné d'un grand coup de tonnerre. Le chauffeur fut étonné de voir des briques sauter devant lui, cependant que des pierres heurtaient le toit de sa cabine. Il bloqua ses freins. Quand il descendit, le paysage tout entier s'était soudain transformé. Il n'existait plus de maison près du parking mais seulement une montagne de gravats.

---

9. **as though sth were... : were**, subj., exprime l'hypothèse, l'irréel ; **as though = as if** *(comme si)*.

10. **went on to the sound of :** m. à m. : *continua au son de.*

11. **rumbling :** to rumble : *gronder* (comme le tonnerre) ; **rumble :** (n.) *grondement sourd, roulement* (de tonnerre, de voiture...).

12. **crash :** 1) *fracas ;* 2) *collision ;* **car crash :** *accident de voiture.*

13. **brakes :** brake : *frein ;* to brake : *freiner ;* **hand brake :** *frein à main ;* **brake lining :** *garniture de frein.*

14. **altered :** to alter : *changer, modifier, retoucher ;* **alteration :** *changement, modification, retouche.*

15. **hill :** *colline :* **up hill and down dale :** *par monts et par vaux.*

He went round and examined the back of his lorry for damage, and found a rope tied[1] there that was still twisted[2] at the other end round part of a wooden strut.

The driver again became aware of[3] somebody shouting. It came from the wooden erection[4] which was the nearest[5] thing to a house in that desolation of broken brick. The driver climbed the smashed wall and unlocked the door. Mr Thomas came out of the loo. He was wearing a grey blanket to which flakes[6] of pastry[7] adhered. He gave a sobbing[8] cry. "My house," he said. "Where's my house ?"

"Search me", the driver said. His eye lit[9] on the remains[10] of a bath and what had once been a dresser[11] and he began to laugh. There wasn't anything left anywhere.

"How dare you laugh," Mr Thomas said. "It was my house. My house."

"I'm sorry," the driver said, making heroic efforts, but when he remembered the sudden check[12] to his lorry, the crash of bricks falling, he became convulsed again. One moment[13] the house had stood there with dignity between the bomb-sites like a man in a top hat, and then, bang, crash, there wasn't anything left — not anything. He said, "I'm sorry. I can't help it[14], Mr Thomas. There's nothing personal, but you got to admit it's funny."

---

1. **tied :** to tie : 1) *lier, attacher ;* 2) *nouer, faire un nœud ;* tie : (n.) 1) *lien ;* 2) *nœud ;* 3) *entrave ;* 4) *cravate ;* **family ties :** *liens familiaux.*
2. **twisted :** to twist : *tordre, tortiller ;* twist : (n.) *torsion.*
3. **became aware of :** become (became, become) : *devenir ;* **aware of :** 1. (ici) *conscient de ;* 2. *au courant de.*
4. **erection :** (ici) *construction, bâtiment ;* to erect : *ériger, élever, bâtir, construire.*
5. **nearest :** near (adj.) (ici) ; **it's the nearest equivalent to it :** *c'est ce qui s'en approche le plus ;* **a near miss :** *un coup manqué de peu.*
6. **flakes :** flake : 1) *flocon ;* 2) *paillette, écaille ;* to flake : *s'effriter, s'écailler.*
7. **pastry :** 1) *pâte ;* 2) *pâtisserie.*

Il fit le tour et examina l'arrière de son camion pour voir s'il y avait des dégâts ; il constata qu'une corde y était fixée, qui était encore enroulée à l'autre bout autour d'un reste de support en bois.

De nouveau le chauffeur de camion entendit crier. Cela venait de la cabane de bois qui était ce qui ressemblait le plus à une maison, dans ce désert de briques cassées. L'homme escalada le mur effrondé et ouvrit la porte. Mr Thomas sortit des W.C. Il était drapé d'une couverture grise à laquelle étaient collées des miettes de pâtisserie. Il poussa un cri étouffé par un sanglot. « Ma maison ! » fit-il. « Où est ma maison ?

— Fouillez-moi », dit le chauffeur. Son œil s'éclaira en tombant sur les vestiges d'une baignoire et sur ce qui jadis avait été un vaisselier ; il se mit à rire. Il ne restait plus rien nulle part.

« Comment osez-vous rire ? dit Mr Thomas. C'était ma maison, ça. Oui, ma maison.

— Je m'excuse », dit le chauffeur, faisant des efforts surhumains, mais lorsqu'il se rappela l'arrêt brusque de son camion et le fracas causé par la chute des briques, il se tordit de rire à nouveau. La maison s'était dressée là avec une telle dignité entre les trous de bombe, pareille à un homme en chapeau haut de forme et l'instant d'après, boum, crac, il n'en restait plus rien, plus rien. Il dit : « Je m'excuse, Mr Thomas. Je ne peux pas me retenir. Ça n'a rien à voir avec vous mais avouez que c'est drôle. »

---

8. **sobbing** : to sob : *sangloter ;* **sob** : (n.) *sanglot.*
9. **lit** : **to light** (**lit** ou **lighted**, **lit** ou **lighted**) : *(s')allumer, (s')éclairer ;* **to be lit up**, *être illuminé* (visage).
10. **remains** : *restes* (repas, édifice...) ; **his remains**, *sa dépouille mortelle, ses restes ;* **to remain**, *rester.*
11. **dresser** : 1) (ici) *buffet de cuisine, vaisselier ;* 2) (U.S.) *table de toilette, coiffeuse* (**dressing-table** en G.B.).
12. **check** : (ici) *contrainte, frein, ce qui empêche ou arrête qqch.* (cf. le verbe **to check** p. 94 note 8).
13. **one moment...and then...** : m. à m. : *un instant...et puis* ou *ensuite* (cf. traduction).
14. **I can't help it** : *je n'y peux rien ;* **the lorry driver can't help laughing**, *le chauffeur de camion ne peut se retenir (s'empêcher) de rire.*

The Blue [1] Film

Film X

Un film à suspense... Une bien cruelle découverte... On ne force pas l'amour.

"Other people enjoy themselves," Mrs Carter said.

"Well," her husband replied, "we've seen..."

"The reclining [2] Buddha, the emerald Buddha, the floating [3] markets," Mrs Carter said. "We have dinner and then go home to bed."

"Last night we went to Chez Eve..."

"If you weren't with *me*," Mrs Carter said, "you'd find... you know what I mean, Spots [4]."

It was true, Carter thought, eyeing [5] his wife over the coffee-cups : her slave bangles chinked [6] in time [7] with her coffee-spoon : she had reached an age when the satisfied woman is at her most beautiful [8], but the lines [9] of discontent had formed [10]. When he looked at her neck he was reminded of [11] how difficult it was to unstring [12] a turkey. Is it my fault, he wondered, or hers — or was it the fault of her birth, some glandular deficiency, some inherited [13] characteristic [14] ? It was sad how when one was young, one so often mistook [15] the signs of frigidity for a kind of distinction.

"You promised we'd smoke opium," Mrs Carter said.

"Not here, darling. In Saigon. Here it's "not done [16]" to smoke."

"How conventional you are."

"There'd be only the dirtiest of coolie places [17].

---

1. **blue :** (ici) *grivois, gaulois, obscène ;* a blue joke : *une plaisanterie gauloise ;* a blue house : *un bordel.*

2. **reclining :** to recline : *(s')allonger, (s')appuyer.*

3. **floating :** to float : *flotter ;* float (n.) *flotteur, radeau.*

4. **spots :** m. à m. : *des endroits* (où s'amuser) ; spot : 1) (ici) *endroit, lieu ;* 2) *tache ;* 3) (fam.) *petite quantité ;* a spot of gin, *deux doigts de gin.*

5. **eyeing :** to eye ; *regarder, mesurer du regard, observer ;* to eye sb from head to foot : *toiser qqn.*

6. **chinked :** to chink : *(faire) tinter* (verres, pièces de monnaie...).

7. **time : △** (ici) *mesure* (musique) ; in time : *en mesure ;* to keep time : *rester en mesure ;* to beat time : *battre la mesure.*

8. **at her most beautiful : △** notez l'expression (cf. traduction).

9. **lines :** line : (ici) *ride ;* aussi wrinkle.

« Les autres s'amusent », dit Mrs Carter.

« Enfin... », répliqua son mari, « nous avons vu... »

« Le bouddha couché, le bouddha d'émeraude, les marchés sur l'eau », dit Mrs Carter. « Nous dînons et puis rentrons nous coucher. »

« Hier soir nous sommes allés *Chez Eve...* »

« Si tu n'étais pas avec *moi* », dit Mrs Carter, « tu trouverais... tu vois ce que je veux dire... de bons endroits. »

C'était vrai, se dit Carter, en toisant sa femme par-dessus les tasses à café ; ses bracelets d'esclave cliquetaient au rythme de sa petite cuiller ; elle avait atteint l'âge où une femme satisfaite est à l'apogée de sa beauté, mais les rides de l'amertume s'étaient creusées. En considérant son cou, Carter se rappela combien il était difficile de défaire les ficelles d'une dinde. Est-ce ma faute, se demanda-t-il, ou la sienne, ou était-ce de naissance, ou fallait-il incriminer une déficience glandulaire quelconque, l'hérédité... ? Il était triste de constater que quand on était jeune on prenait si souvent les signes de froideur pour une sorte de distinction.

« Tu m'as promis que nous fumerions de l'opium », dit Mrs Carter.

« Pas ici, chérie. A Saigon. Ici, "ça ne se fait pas" de fumer. »

« Comme tu es formaliste ! »

« On ne trouverait que des boîtes crasseuses pour coolies.

---

10. **formed :** ▲ to form : (ici) *se former.*

11. **reminded of :** to remind sb of sth : *rappeler qqch à qqn ;* this man reminds me of Bob : *cet homme me rappelle Bob.*

12. **to unstring :** *enlever les ficelles* (strings) *de qqch.*

13. **inherited :** ▲ to inherit (a house...) : *hériter (d'une maison...).*

14. **characteristic :** (ici n.) *caractéristique, trait distinctif.*

15. **mistook :** to mistake (mistook, mistaken) : *se tromper sur, se méprendre sur ;* I mistook you for Tim : *je t'ai pris pour Tim.*

16. **done :** ▲ it's not done : *ça ne se fait pas, ce n'est pas convenable.*

17. **the dirtiest of coolie places :** m. à m. : *le(s) plus sale(s) des endroits... ;* coolie : *travailleur, porteur (portefaix) chinois ou hindou.*

You'd be conspicuous[1]. They'd stare at[2] you." He played his winning[3] card. "There'd be cockroaches."

"I should be taken to[4] plenty of Spots if I wasn't with a husband."

He tried[5] hopefully[6]. "The Japanese strip-teasers..." but she had heard[7] all about them. "Ugly[8] women in bras[9]," she said. His irritation rose[10]. He thought of the money he had spent to take his wife with him and to ease[11] his conscience — he had been away too often without her, but there is no company more cheerless[12] then that of a woman who is not desired. He tried to drink his coffee calmly : he wanted to bite the edge of the cup.

"You've spilt your coffee," Mrs Carter said.

"I'm sorry." He got up abruptly and said, "All right. I'll fix[13] something. Stay here." He leant across the table. "You'd better[14] not be shocked," he said. "You've asked for it[15]."

"I dont't think I'm usually the one who is shocked," Mrs Carter said with a thin smile.

Carter left the hotel and walked up towards the New Road. A boy hung at his side[16] and said, "Young girl ?"

"I've got a woman of my own," Carter said gloomily[17].

"Boy ?"

---

1. **conspicuous** : *bien visible, manifeste ;* to **make oneself conspicuous** : *se faire remarquer, se singulariser.*
2. **to stare (at)** : 1) *regarder fixement ;* 2) *ouvrir de grands yeux.*
3. **winning** : (adj.) *gagnant, décisif* (coup, partie...), *de la victoire ;* to **win (won, won)** : *gagner.*
4. **taken to** : to **take (took, taken) sb to** : *emmener qqn à.*
5. **tried** : to **try** : 1) *essayer ;* 2) *éprouver, mettre à l'épreuve ;* 3) *tenter.*
6. **hopefully** : *avec espoir* (hope) ; **hopeful** : *plein d'espoir.*
7. **heard... about** : to **hear (heard, heard) about** (ou of) : *entendre parler de ;* to **hear from** : *recevoir des nouvelles de.*
8. **ugly** : *laid, repoussant ;* **plain** : *laid, sans attraits.*
9. **bra** (= brassière) : *soutien-gorge.*
10. **rose** : to **rise (rose, risen)** : 1) *se lever, s'élever, monter ;* 2) *monter, augmenter* (prix...) ; **pay rise** : *augmentation de salaire.*

Tu te ferais remarquer. On te dévisagerait. » Il joua sa meilleure carte, ajoutant : « Il y aurait des cafards. »

« On m'emmènerait dans des tas de boîtes si j'étais sans mari. »

Il suggéra, optimiste : « Les strip-teaseuses japonaises... » Mais elle savait tout là-dessus. « Des femmes affreuses en soutien-gorge », fit-elle. La colère de Carter monta. Il pensa à l'argent qu'il avait dépensé pour emmener sa femme avec lui et pour soulager sa conscience ; il était parti trop souvent sans elle, mais il n'est pas de compagnie plus déprimante que celle d'une femme qu'on ne désire plus. Il s'efforça de boire son café calmement ; il avait envie de mordre le bord de sa tasse.

« Tu as renversé ton café », dit Mrs Carter.

« Je m'excuse. » Il se leva brusquement et dit : « Parfait. Je vais arranger quelque chose. Reste ici. » Il se pencha vers elle au-dessus de la table : « Tu n'as pas intérêt à être scandalisé », dit-il. « Tu l'auras cherché. »

« Je ne pense pas que ce soit moi le plus scandalisé des deux habituellement », dit Mrs Carter avec un léger sourire.

Carter quitta l'hôtel et se dirigea vers New Road. Un jeune garçon s'accrocha à ses basques et lui dit : « Vous cherchez une fille ? »

« J'ai ma femme », dit Carter d'un air sombre.

« Un garçon ? »

---

11. **to ease :** 1) *soulager* (douleur...) ; 2) *relâcher, détendre* (cordage...) ; **ease** (n.) : 1) *bien-être, confort ;* 2) *tranquillité d'esprit ;* **ill at ease :** *mal à l'aise.*

12. **cheerless :** *morne, maussade, triste* (≠ **cheerful** : *gai, plaisant).*

13. **to fix :** 1) *fixer, établir ;* 2) *se mettre d'accord sur.*

14. **you had better :** m. à m. : *vous feriez mieux de ;* ▲ **I had better work but I had rather go out :** *je ferais mieux de travailler mais j'aimerais mieux sortir.*

15. **you've asked for it :** m. à m. : *tu l'as demandé* (notez for).

16. **hung at his side :** m. à m. : *se suspendit à son côté ;* **to hang (hung, hung) :** 1) *pendre, suspendre, accrocher ;* 2) *pendre, être suspendu.*

17. **gloomily : gloomy :** *sombre, triste, mélancolique ;* **gloom :** *mélancolie.*

103

"No thanks."

"French films ?"

Carter paused[1]. "How much ?"

They stood and haggled a while at the corner of the drab[2] street. What with[3] the taxi, the guide, the films, it was going to cost the best part of[4] eight pounds, but it was worth it[5], Carter thought, if it closed her mouth for ever from demanding[6] "Spots". He went back to fetch Mrs Carter.

They drove a long way and came to a halt[7] by a bridge over a canal, a dingy[8] lane overcast[9] with indeterminate smells. The guide said, "Follow me."

Mrs Carter put a hand on Carter's arm. "Is it safe[10] ?" she asked.

"How would I know ?" he replied, stiffening[11] under her hand.

They walked about fifty unlighted[12] yards and halted by a bamboo fence[13]. The guide knocked several times. When they were admitted it was to a tiny earth-floored[14] yard and a wooden[15] hut. Something — presumably human — was humped[16] in the dark under a mosquito-net. The owner showed them into[17] a tiny stuffy room with two chairs and a portrait of the King. The screen was about the size of a folio volume.

The first film was peculiarly unattractive and showed the rejuvenation of an elderly[18] man at the hands of two blonde masseuses.

---

1. **paused** : to pause, *faire un arrêt, une pause* (a pause).

2. **drab** : 1) (ici) *terne, morne ;* 2) *gris ou brun terne.*

3. **what with... and** : *entre... et ;* **what with one thing and another** : *entre une chose et l'autre.*

4. **the best part of** : m. à m. : *la meilleure partie de ;* c'est-à-dire : *la plus grande, la majeure partie de.*

5. **worth it** : **it's worth it** : *ça vaut la peine ;* **it's worth trying** : *ça vaut le coup d'essayer.*

6. **demanding** : △to demand : *exiger, réclamer* (comme un droit).

7. **they... came to a halt** : cf. plus bas, **they halted** ; **halt** : (n.) *halte, pause ;* **to halt** : *(s')arrêter.*

8. **dingy** ['dinʒi] : *terne, sale, d'une propreté douteuse.*

9. **overcast** : *couvert* (ciel), *bouché* (temps) ; **to overcast (overcast, overcast)** : *assombrir, obscurcir.*

104

« Non, merci »

« Des films français ? »

Carter s'arrêta. « Combien ? »

Ils restèrent à marchander un moment au coin de la rue grise. Entre le taxi, le guide, les films, la soirée allait lui coûter tout près de huit livres, mais cela valait la peine, se dit Carter, si ça lui clouait le bec pour de bon et l'empêchait de réclamer de « bons endroits ». Il rebroussa chemin pour aller chercher Mrs Carter.

Ils firent un long trajet en voiture et s'arrêtèrent près d'un pont enjambant un canal pour aboutir dans une ruelle minable remplie d'odeurs indéfinissables. Le guide leur dit : « Suivez-moi. »

Mrs Carter posa une main sur le bras de son mari. « C'est pas dangereux ? » demanda-t-elle

« Comment le saurais-je ? » répondit-il en se raidissant au contact de sa main.

Ils marchèrent environ cinquante mètres dans l'obscurité et s'arrêtèrent près d'une palissade de bambou. Le guide frappa à plusieurs reprises. Quand on leur ouvrit ils entrèrent dans une petite cour de terre battue puis dans une baraque de bois. Il y avait une forme quelconque — un homme vraisemblablement — tapie dans l'ombre, sous une moustiquaire. Le propriétaire les fit entrer dans une pièce minuscule, sans air, avec deux chaises et un portrait du roi. L'écran avait à peu près la dimension d'un in-folio.

Le premier film, particulièrement peu ragoûtant, montrait la régénération d'un vieillard entre les mains de deux masseuses blondes.

---

10. **safe :** *sûr, sans danger, qui n'offre aucun risque.*

11. **stiffening :** to stiffen : *se raidir, devenir raide* (stiff).

12. **unlighted :** *non éclairé ;* to light (lighted, ou lit, lighted ou lit) : *allumer, éclairer ;* light : *lumière.*

13. **fence :** *clôture, barrière ;* to fence : *clôturer.*

14. **earth-floored :** (adj. composé) *au sol de terre* (earth).

15. **wooden :** *en bois* (wood) ; **woollen :** *en laine* (wool), **golden :** *en or* (gold)...

16. **humped :** to hump : *donner la forme d'une bosse* (a hump) *à, voûter ;* to hump one's back : *arrondir le dos.*

17. **showed them into :** to show (showed, shown) into (a room...) : *faire entrer ;* show him in : *faites-le entrer.*

18. **elderly :** (adj.) *âgé ;* the elderly : *les personnes du 3e âge* (aussi : **seniors citizens**).

105

From the style of the women's hairdressing the film must have been made in the late [1] twenties. Carter and his wife sat in mutual embarrassment [2] as the film whirled [3] and clicked [4] to a stop.

"Not a very good one," Carter said, as though he were a connoisseur [5].

"So that's what they [6] call a blue film," Mrs Carter said. "Ugly and not exciting."

A second film started.

There was very little story [7] in this. A young man — one couldn't see his face because of the period soft hat — picked up [8] a girl in the street (her cloche hat extinguished her like a meat-cover [9]) and accompanied her to her room. The actors were young : there was some charm and excitement in the picture. Carter thought, when the girl took off her hat, I know that face, and a memory [10] which had been buried [11] for more than a quarter of a century moved [12]. A doll over a telephone, a pin-up girl of the period over the double bed [13]. The girl undressed, folding [14] her clothes very neatly [15] : she leant over to adjust the bed, exposing herself to the camera's eye and to the young man : he kept his head turned from the camera. Afterwards, she helped him in turn [16] to take off his clothes.

---

1. **late** : (adj.) *avancé* (dans le temps), *qui est tard ;* in late spring : *à la fin du printemps* ($\neq$ in early spring).

2. **embarrassment** : *gêne ;* to **embarrass** : *embarrasser, gêner.*

3. **whirled** : to whirl : 1) (ici) *filer, foncer ;* 2) *tourbillonner.*

4. **clicked** : to click : *faire un bruit sec, cliqueter ;* **the door clicked shut** : *la porte s'est refermée avec un déclic.*

5. **as though he were a connoisseur** ou **as if he was... :** were subjonctif exprime l'hypothèse ; $\triangle$ **connoisseur** (avec un « o »).

6. **they :** $\triangle$ **they, you, we** = *on* (sens général) selon le contexte.

7. **story :** (ici) *scénario, action, intrigue* (film, roman, pièce...).

8. **picked up :** to pick up : (ici) *draguer ;* **pick up** : (n.) *fille d'un soir.*

9. **extinguished her like a meat-cover :** to **extinguish** : *éteindre.*

D'après le style de coiffure des deux femmes le film avait dû être tourné à la fin des années vingt. Carter et son épouse se trouvèrent gênés l'un et l'autre quand après s'être déroulé à vive allure, le film prit fin avec un déclic.

« Pas très bien, celui-là », dit Carter comme s'il s'y connaissait.

« Alors c'est ça qu'on appelle un film porno ! » dit Mrs Carter. « Affreux et pas très passionnant. »

Un second film commença. Il y avait très peu d'histoire dans celui-ci. Un jeune homme (on ne pouvait voir son visage à cause du chapeau mou de l'époque) racolait une fille dans la rue (elle disparaissait sous son chapeau cloche comme sous un éteignoir) et la raccompagnait dans sa chambre. Les acteurs étaient jeunes ; le film n'était pas dénué de charme ni de piquant. Quand la fille enleva son chapeau, Carter se dit : « Je connais ce visage » et un souvenir qui était enfoui depuis plus d'un quart de siècle se mit à revivre. Une poupée sur le téléphone, une pin-up de ces années-là épinglée au-dessus du lit à deux places. La fille se déshabilla et plia ses vêtements avec beaucoup de soin ; elle se pencha pour arranger le lit, s'exposant à l'œil de la caméra et du jeune homme ; lui tournait le dos à la caméra. Ensuite elle l'aida à se déshabiller à son tour.

---

10. **memory :** Δ 1) (ici) *souvenir ;* 2) *mémoire.*
11. **buried :** to **bury** 1) enterrer, ensevelir ; 2) (fig.) *cacher ;* she buried her face in her hands : *elle dissimula son visage dans ses mains ;* **burial :** *enterrement, obsèques.*
12. **moved :** to **move :** *bouger, se déplacer.*
13. **double bed :** *lit à deux places ;* **single bed :** *lit à une place.*
14. **folding :** to **fold :** *(se) plier, (se) replier* (≠ **unfold :** *déplier).*
15. **neatly :** **neat :** 1) (ici) *net, bien tenu, ordonné, impeccable ;* **neat desk :** *bureau rangé ;* 2) *ordonné, soigné ;* **he's a neat worker :** *c'est un bon ouvrier méticuleux ;* 3) *élégant ;* **that was a neat answer :** *voilà une réponse bien tournée ;* 4) *sec, pur ;* **he drinks his whisky neat :** *il prend son whisky sans eau.*
16. **turn :** 1) (ici) *tour ;* **in** (ou **by**) **turn(s) :** *à tour de rôle ;* 2) *tournant, virage ;* **at the turn of the century :** *en début ou en fin de siècle.*

It was only then he remembered — that particular[1] playfulness confirmed by the birthmark on the man's shoulder.

Mrs Carter shifted[2] on her chair. "I wonder how they find the actors," she said hoarsely[3].

"A prostitute," he said. "It's a bit raw[4], isn't it ? Wouldn't you like to leave ?" he urged[5] her, waiting for the man to turn his head[6]. The girl knelt on the bed and held the youth[7] around the waist — she couldn't have been more than twenty. No, he made a calculation[8], twenty-one.

"We'll stay," Mrs Carter said, "we've paid." She laid[9] a dry hot hand on his knee.

"I'm sure we could find a better place than this."

"No."

The young man lay on his back and the girl for a moment left him. Briefly, as though by accident, he looked at the camera. Mrs Carter's hand shook on his knee. "Good God," she said, "it's you."

"It *was* me," Carter said, "thirty years ago." The girl was climbing back on to the bed.

"It's revolting," Mrs Carter replied.

"I don't remember it as revolting," Carter replied.

"I suppose you went and gloated[10], both of you."

"No, I never saw it."

---

1. **particular :** (ici) *particulier, distinct des autres, personnel ;* her particular type of humour : *son humour personnel.*
2. **shifted :** to shift : 1) (ici) *changer de place* ou *de position, bouger, remuer ;* 2) *changer ;* **the wind has shifted** : *le vent a tourné ;* 3) (fig.) *trouver des expédients.*
3. **hoarsely :** *d'une voix rauque* ou *enrouée* (**hoarse,** adj.).
4. **raw :** 1) *cru* (carottes...) ; 2) *non traité, brut ;* **raw materials :** *matières premières ;* 3) *inexpérimenté ;* 4. *sensible, à vif* (nerfs...) ; 5) *âpre, froid, humide, rigoureux* (climat).
5. **urged :** to urge [ɜ:dʒ] : *pousser, exhorter qqn à faire, recommander vivement à qqn de faire ;* **they urged him on :** *ils le talonnaient.*
6. **waiting for the man to turn his head :** ∆ proposition infinitive introduite par for après wait *(attendre).*
7. **youth :** 1) (ici) *jeune homme ;* 2) *jeunesse ;* 3) (pl.) *jeunes.*
8. **he made a calculation :** notez l'emploi de **make ;**

108

C'est seulement alors qu'il se rappela ces gestes badins de la femme, souvenir confirmé par la tache de vin sur l'épaule de l'homme.

Mrs Carter s'agita sur sa chaise. « Je me demande comment ils trouvent les acteurs », dit-elle d'une voix rauque.

« C'est une prostituée », fit-il. « C'est un peu cru, tu ne trouves pas ? Tu ne voudrais pas partir ? » dit-il avec insistance, avant que le jeune homme ne tourne la tête. La fille s'agenouilla sur le lit et le prit par la taille ; elle ne pouvait pas avoir plus de vingt ans ; non, calcula-t-il, vingt et un.

« Pas question », dit Mrs Carter. « Nous avons payé. » Elle posa une main rêche et brûlante sur le genou de son mari.

« Je suis sûr que nous pourrions trouver un meilleur endroit que celui-ci. »

« Non. »

Le jeune homme était allongé sur le dos et la fille le quitta un moment. L'espace d'une seconde, comme par accident, il regarda en direction de la caméra. La main de Mrs Carter se mit à trembler. « Mais bon Dieu ! C'est toi ! » dit-elle.

« *C'était* moi il y a trente ans », dit Carter. La fille remonta sur le lit.

« C'est révoltant », répliqua Mrs Carter.

« Je ne m'en souviens pas comme de quelque chose de révoltant », répondit Carter.

« Je suppose que vous êtes allés vous rincer l'œil tous les deux. »

« Non, je n'avais jamais vu le film. »

---

calculation : 1) (ici) *calcul ;* 2) *prévisions ;* **by my calculations,** *d'après mes calculs ;* **to calculate** : 1) *calculer ;* 2) *estimer ;* 3) *prévoir ;* **calculating machine, calculator** : *calculatrice.*
9. **to lay (laid, laid)** : *poser* (à plat), *mettre ;* △ ne pas confondre avec **to lie (lay, lain)** : *être couché* (cf. trois lignes plus bas).
10. **to gloat (on, upon)** : 1) *dévorer des yeux, jeter des regards de convoitise sur ;* 2) (fam.) *se réjouir, se régaler, jubiler.*

"Why did you do it ? I can't look at you. It's shameful[1]."

"I asked you to come away."

"Did they pay you ?"

"They paid her. Fifty pounds. She needed the money badly[2]."

"And you had your fun[3] for nothing ?"

"Yes."

"I'd never have married you if I'd known. Never."

"That was a long time afterwards."

"You still haven't said why. Haven't you any excuse ?" She stopped. He knew she was watching, leaning forward, caught up[4] herself in the heat[5] of that climax[6] more than a quarter of a century old.

Carter said, "It was the only way[7] I could help her. She'd never acted[8] in one before. She wanted a friend."

"A friend," Mrs Carter said.

"I loved her."

"You couldn't love a tart."

"Oh yes, you can. Make no mistake about that[9]."

"You queued[10] for her, I suppose."

"You put[11] it too crudely[12]," Carter said.

---

1. **shameful** : *honteux, infâme* ; **shame** : *honte* ; it's a shame ! *c'est honteux !* what a shame ! *c'est dommage !*

2. **badly :** (ici) *beaucoup, sérieusement, cruellement* ; his luck was badly out : *la chance lui faisait cruellement défaut.*

3. **fun** : *plaisir, amusement* ; to have fun : *prendre du bon temps* ; to have fun and games with one's secretary : *s'amuser avec sa secrétaire, s'envoyer sa secrétaire.*

4. **caught up** : *pris, saisi* ; the audience was caught up in a wave of enthusiasm : *le public fut saisi d'un enthousiasme irrésistible* ; to catch (caught, caught) : *attraper.*

5. **heat :** 1) *(grande) chaleur* ; 2) *excitation* ; in the heat of the argument : *dans le feu de la discussion* ; on heat : *en chaleur, en rut* ; hot : *(très) chaud.*

6. **climax :** 1) *apogée, point culminant* ; 2) *orgasme* ; come to a climax : *atteindre son point culminant* ; anticlimax : *chute (d'intérêt...)* ; *après qqch de passionnant* ; what an anticlimax ! *quelle douche froide !*

7. **way :** 1) (ici) *moyen, méthode, manière* ; there is no way out : *il n'y a pas de solution* ; 2) *chemin, route, voie, direction* ; this way : *par ici* ; which way ? *par où ? d'où ?*

110

« Pourquoi est-ce que tu as fait ça ? Je ne peux plus te regarder en face. C'est honteux ! »

« Je t'ai proposé de partir. »

« Tu as été payé pour ça ? »

« Elle a été payée. Cinquante livres. Elle avait absolument besoin d'argent. »

« Et toi tu te l'es envoyée pour rien ? »

« Oui. »

« Je ne t'aurais jamais épousé si j'avais su ça. Jamais. »

« Nous nous sommes mariés des années après. »

« Tu ne m'as toujours pas dit pourquoi tu l'as fait. Est-ce que tu as une excuse ? » Elle s'arrêta de parler. Il comprit qu'elle regardait le film et que, penchée en avant, elle était prise, elle aussi, par l'ardeur de ces transports amoureux arrivés à leur paroxysme, qui dataient de plus d'un quart de siècle.

Carter répondit : « C'était le seul moyen que j'avais de l'aider. Elle n'avait jamais joué dans un film porno auparavant. Elle avait besoin d'un ami. »

« Un ami ? » dit Mrs Carter.

« Je l'aimais. »

« Mais on ne peut pas aimer une putain. »

« Oh, que si ! C'est possible. Ne te fais pas d'illusion là-dessus. »

« Tu as fait la queue pour l'avoir, je suppose. »

« Tu dis les choses trop crûment », répondit Carter.

---

8. **acted :** to act ; 1) (ici) *jouer* (au théâtre) ; 2) *feindre, faire semblant ;* 3) *agir, se conduire ;* **actor :** *acteur ;* **actress :** *actrice.*

9. **make no mistake about that :** m. à m. : *ne faites pas d'erreur à ce sujet ;* △to make a mistake (pas to do !).

10. **queued :** to queue (up) : *faire la queue* **(the queue) ; you can't jump the queue like that !** *attends ton tour comme tout le monde !* **stand in the queue :** *faire la queue.*

11. **to put :** (ici) *exprimer, dire ;* **how shall I put it ?** *comment dire ? ;* **as Shakespeare puts it :** *comme le dit Shakespeare ;* **to put it bluntly :** *pour parler franc.*

12. **crudely :** *crûment, brutalement, sans ménagements ;* **crude :** 1) *brut ;* **crude oil :** *pétrole brut ;* 2) *grossier ;* **crude people :** *des gens frustes ;* 3) *qui manque de fini ;* **crude cabin :** *hutte rudimentaire ;* 4) *rude ;* **crude statement of facts :** *exposition brutale des faits.*

"What happened to her ?"

"She disappeared. They always disappear."

The girl leant over the young man's body and put out the light. It was the end of the film. "I have new ones [1] coming next week," the Siamese said, bowing [2] deeply [3]. They followed their guide back down the dark lane to the taxi.

In the taxi Mrs Carter said, "What was her name ?"

"I don't remember." A lie [4] was easiest.

As they turned into the New Road she broke [5] her bitter [6] silence again. "How could you have brought yourself [7]... ? It's so degrading. Suppose someone you knew — in business — recognized you."

"People don't talk about seeing things like that. Anyway, I wasn't in business in those days."

"Did it never worry you ?"

"I don't believe I have thought of it once in thirty years."

"How long did you know her ?"

"Twelve months perhaps."

"She must look pretty [8] awful by now if she's alive [9]. After all she was common [10] even then."

"I thought she looked [11] lovely," Carter said.

They went upstairs in silence. He went straight to the bathroom and locked [12] the door. The mosquitoes gathered [13] around the lamp and the great [14] jar of water.

---

1. **new ones :** m. à m. : *de nouveaux* (films) ; △ **one(s)** pronom souvent employé pour éviter la répétition d'un nom déjà utilisé : give me that blue book, not the red one.

2. **bowing :** to bow [baʊ] : *s'incliner, saluer.*

3. **deeply :** *profondément ;* **deep** : *profond ;* **depth** : *profondeur.*

4. **a lie :** *un mensonge ;* to lie : *mentir ;* a liar : *un menteur.*

5. **broke :** to break (broke, broken) : (ici) *interrompre ;* we broke our journey for a meal : *nous avons fait étape pour manger ;* **break** : *interruption, arrêt, pause, récréation.*

6. **bitter :** 1) *amer, âpre ;* 2) (fig.) *amer, douloureux, cruel ;* **bitter tears** : *des larmes amères ;* a **bitter loss** : *une perte cruelle.*

7. **brought yourself :** to bring oneself to : *se résoudre à.*

8. **pretty :** (ici) *passablement, assez, plutôt ;* **pretty** (adj.) : *joli.*

« Qu'est-ce qu'elle est devenue ? »

« Elle a disparu. Elles disparaissent toutes. »

La fille se pencha au-dessus du corps du jeune homme et éteignit la lumière. C'était la fin du film. « J'en ai d'autres qui doivent arriver la semaine prochaine », dit le Siamois en faisant une grande courbette. Suivant leur guide, ils reprirent l'allée sombre en direction du taxi.

Dans le taxi Mrs Carter demanda : « Comment s'appelait-elle ? »

« Je ne m'en souviens pas. » Un mensonge était ce qu'il y avait de plus commode.

Au moment où ils s'engagèrent dans New Road, elle interrompit de nouveau son silence chargé d'amertume. « Comment as-tu pu t'abaisser à... C'est si dégradant. Imagine que quelqu'un que tu connaissais, une relation d'affaires..., t'ait reconnu ? »

« Les gens ne disent pas qu'ils vont voir des choses comme ça. De toute façon je n'étais pas dans les affaires en ce temps-là. »

« Ça ne t'a jamais tracassé ? »

« Je ne crois pas y avoir pensé une seule fois en trente ans. »

« Tu l'as connu combien de temps ? »

« Un an peut-être. »

« Elle doit être affreuse maintenant, si elle est toujours en vie. Après tout, elle était quelconque même à l'époque. »

« Moi je la trouvais belle », dit Carter.

Ils montèrent les escaliers en silence. Il alla directement à la salle de bains et ferma la porte à clef. Les moustiques tournoyaient autour de la lampe et du grand broc d'eau.

---

9. **alive :** (adj.) *vivant, en vie ;* **more dead than alive :** *plutôt mort que vif.*

10. **common :** 1) *commun, ordinaire ;* 2) *vulgaire, trivial, sans distinction.*

11. **looked :** to look : *paraître, avoir l'air, sembler.*

12. **locked :** to lock : *fermer à clef, verrouiller ;* **lock :** (n.) *serrure.*

13. **gathered :** to gather, *se rassembler, s'attrouper ;* **gathering :** (n.) *attroupement, rassemblement.*

14. **great :** 1) (ici) *grand, haut, élevé, gros ;* 2) *grand* (homme, artiste...), *célèbre ;* 3) *important* (événement...) ; 4) (fam.) *sensass.*

As he undressed he caught glimpses[1] of himself in the small mirror : thirty years had not been kind[2] : he felt his thickness[3] and his middle age[4]. He thought : I hope to God she's dead. Please, God, he said, let her be dead. When I go back in there, the insults will start again.

But when he returned Mrs Carter was standing by the mirror. She had partly[5] undressed. Her thin bare legs reminded him of a heron waiting for fish. She came and put her arms round him : a slave bangle joggled[6] against his shoulder. She said, "I'd forgotten how nice you looked."

"I'm sorry. One changes[7]."

"I didn't mean that. I like you as you are."

She was dry and hot and implacable in her desire. "Go on," she said, "go on," and then she screamed[8] like an angry[9] and hurt bird. Afterwards she said, "It's years since that happened," and continued to talk for what seemed a long half hour excitedly at his side. Carter lay in the dark silent[10], with a feeling of loneliness[11] and guilt. It seemed to him that he had betrayed that night the only woman he loved.

---

1. **glimpses :** glimpse : 1) *vision rapide* ou *momentanée* ou *fugitive ;* to catch a glimpse of : *entrevoir ;* 2) (fig.) *aperçu ;* to glimpse at : *apercevoir, entrevoir.*

2. **kind :** 1) *bon, bienveillant ;* 2) *obligeant, amical, aimable.*

3. **thickness :** *épaisseur, gras ;* thick, *épais* (≠ thin, thinness).

4. **middle age :** *un certain âge ;* during his middle age : *quand il n'était déjà plus jeune ;* middle-aged, *d'un certain âge.*

5. **partly :** *partiellement, en partie ;* partly green, partly blue : *moitié vert, moitié bleu.*

6. **joggled :** to joggle : *secouer légèrement ;* joggle : (n.) *petite secousse.*

7. **one changes :** *on change ;* one : *on,* avec un sens très général, universel ; one should not live for oneself alone.

En se déshabillant il entrevit son corps dans la petite glace ;
les trente années ne l'avaient pas ménagé ; il se rendit
compte qu'il s'était épaissi et qu'il avait pris de l'âge.
J'espère, mon Dieu, qu'elle est morte. Mon Dieu, faites
qu'elle soit morte ! Quand je retournerai dans la chambre,
les insultes vont reprendre leur train.

Mais quand il y retourna, Mrs Carter se tenait près de la
glace. Elle avait commencé à se déshabiller. Ses jambes
nues et maigres lui firent penser à un héron en quête de
poisson. Elle s'avança et le prit dans ses bras ; un de ses
bracelets frotta contre son épaule. « J'avais oublié que tu
étais si beau », dit-elle.

« Je suis désolé. On change. »

« Ce n'est pas ce que je voulais dire. Je t'aime comme tu
es. »

Elle était sèche, brûlante, implacable, dans son désir.
« Continue », disait-elle, « continue » et puis elle poussa
un cri, tel un oiseau furieux, blessé. Ensuite elle dit : « Il y
a des années que cela n'était pas arrivé » ; et puis, allongée
près de lui, elle continua à parler avec fièvre pendant
une longue demi-heure, lui sembla-t-il. Carter demeurait
silencieux dans le noir, envahi par un sentiment de solitude
et de culpabilité. Il avait l'impression d'avoir trahi, ce soir-
là, la seule femme qu'il eût jamais aimée.

---

8. **to scream :** *pousser des cris perçants ;* **scream** : *(n.) cri
perçant.*
9. **angry :** *en colère ;* △*angry with sb, angry at sth.*
10. **silent** : 1) *silencieux, peu loquace ;* **to keep** ou **to be
silent** : *se taire, garder le silence ;* 2) *muet* (film).
11. **loneliness :** 1) *solitude ;* 2) *isolement ;* **lonely** :
1) *seul, solitaire, isolé ;* 2) *délaissé, qui se sent seul.*

115

Special Duties [1]

Mission très spéciale

Un trafic... pas très catholique... Rappelons pour mémoire la définition de l'indulgence dans la religion catholique : « Rémission par l'Église des peines temporelles que les péchés méritent. » (Petit Robert.) Au nombre des prières récitées correspondait un nombre de jours soustraits aux peines du Purgatoire, hâtant ainsi l'accès au Paradis.

William Ferraro of Ferraro & Smith, lived in a great[2] house in Montagu Square[3]. One wing was occupied by his wife who believed[4] herself to be an invalid[5] and obeyed[6] strictly the dictate that one[7] should live every day as if it were[8] one's last. For this reason her wing for the last ten years had invariably housed[9] some Jesuit or Dominican priest with a taste[10] for good wine and whisky and an emergency[11] bell in his bedroom. Mr Ferraro looked after his salvation in more independent fashion[12]. He retained[13] the firm grasp[14] on practical affairs that had enabled[15] his grandfather, who had been a fellow exile with Mazzini, to found[16] the great business[17] of Ferraro & Smith in a foreign land. God has made man in his image, and it was not unreasonable for Mr Ferraro to return the compliment and to regard[18] God as the director of some supreme business which yet[19] depended[20] for certain of its operations on Ferraro & Smith. The strength of a chain is in its weakest link, and Mr Ferraro did not forget his responsibility.

Before leaving for his office at 9.30 Mr Ferraro as a matter of courtesy would[21] telephone to his wife in the other wing. "Father Dewes speaking[22]", a voice would say.

"How is my wife ?"

"She passed a good night."

---

1. **duties :** *fonctions, occupation, tâche ;* duty : *service ;* on duty : *de service ;* off duty : *libre, pas de service.*

2. **great :** 1) (ici) *grand, gros, haut, élevé ;* 2) *grand, célèbre ;* 3) *formidable, sensass.*

3. **square :** *place publique ;* aussi circus ; seat : *place* (de théâtre...) ; room : *de la place.*

4. **believed :** to believe : *croire ;* belief : *croyance.*

5. **invalid :** (adj. et n.) ▲ 1) *invalide ;* 2) *malade.*

6. **obeyed :** ▲ to (dis)obey sb : *(dés)obéir à qqn.*

7. **one :** *on* (avec un sens très général, universel).

8. **were :** (ici) subj. exprimant l'hypothèse.

9. **house :** ▲ to house : (ici) *loger, héberger.*

10. **taste :** 1) (ici) *goût, penchant ;* 2) *goût ;* to taste : *goûter.*

11. **emergency :** *urgence ;* in an emergency : *en cas d'urgence.*

William Ferraro de la Société Ferraro et Smith habitait une imposante maison dans Montagu Square. L'une des ailes était occupée par sa femme qui se prenait pour une grande malade et se conformait strictement au précepte selon lequel on devrait vivre chaque jour de sa vie comme si c'était le dernier. C'est la raison pour laquelle ses appartements abritaient toujours depuis ces dix dernières années un prêtre, jésuite ou dominicain, porté sur le bon vin ou le whisky, doté, dans sa chambre à coucher, d'une clochette en cas d'urgence. Mr Ferraro, lui, veillait à son salut d'une manière plus indépendante. Il prenait en main les questions pratiques avec la même fermeté qui avait permis à son grand-père, ancien compagnon d'exil de Mazzini, de fonder la grande maison Ferraro et Smith dans un pays étranger. Dieu a créé l'homme à son image et il n'était pas déraisonnable de la part de Mr Ferraro de retourner le compliment et de considérer Dieu comme le P.-D.G. d'une importante firme qui n'en dépendait pas moins de Ferraro et Smith pour certaines de ses transactions. La force d'une chaîne réside dans son maillon le plus faible et Mr Ferraro ne négligeait pas ses responsabilités.

Avant de se rendre à son bureau à 9 h 30, Mr Ferraro, par courtoisie, téléphonait à sa femme dans l'autre aile.

« Le père Dewes à l'appareil », répondait une voix.

« Comment se porte mon épouse ?

— Elle a passé une bonne nuit. »

---

12. **fashion :** 1) (ici) *manière de faire* (**way, manner**) ; 2) *mode*.

13. **retained :** to retain : *conserver, garder*.

14. **grasp :** *poigne, prise, étreinte ;* to grasp : *empoigner, saisir*.

15. **enabled :** to enable : *permettre, rendre capable de* (**able to**).

16. **to found :** (v. rég.) *fonder ;* ⚠ to find (**found, found**) : *trouver*.

17. **business :** (ici) *affaire* (entreprise), *commerce*.

18. **to regard... as :** ⚠ *considérer comme, tenir pour*.

19. **yet :** *pourtant, cependant*.

20. **depended :** ⚠ to depend on : *dépendre de* (notez la préposition).

21. **would :** exprime ici l'habitude dans le passé.

22. **Father Dewes speaking :** notez l'expression (au téléphone). (Cf. traduction).

119

The conversation seldom varied. There had been a time when [1] Father Dewes' predecessor made an attempt [2] to bring Mr and Mrs Ferraro into a closer [3] relationship [4], but he had desisted when he realized how hopeless his aim was [5], and how on the few occasions when [6] Mr Ferraro dined with them in the other wing an inferior claret [7] was served at table and no whisky was drunk before dinner.

Mr Ferraro, having telephoned from his bedroom where he took his breakfast, would walk, rather as God walked in the Garden [8], through his library [9] lined with [10] the correct classics and his drawing-room, on the walls of which hung [11] one of the most expensive art collections in private hands. Where one man would treasure [12] a single [13] Degas, Renoir, Cézanne, Mr Ferraro bought wholesale [14] — he had six Renoirs, four Degas, five Cézannes. He never tired [15] of their presence, they represented a substantial saving in death-duties.

On this particular Monday morning it was also May the first. The sense [16] of spring had come punctually to London and the sparrows were noisy [17] in the dust. Mr Ferraro too was punctual, but unlike [18] the seasons he was as reliable [19] as Greenwich time. With his confidential secretary — a man called [20] Hopkinson — he went through [21] the schedule [22] for the day.

---

1. **there had been a time when :** △ emploi de when.
2. **attempt :** *tentative, effort, essai ;* **to attempt :** *tenter.*
3. **closer :** close : (ici) *proche ;* **close friend :** *ami intime.*
4. **relationship :** 1) *relation, rapport ;* 2) *parenté.*
5. **how hopeless his aim was :** m. à m. : *combien son but était sans espoir ;* **to aim at :** *viser, avoir pour but.*
6. **on the few occasions when :** △ notez on et when.
7. **claret :** *vin rouge de Bordeaux, bordeaux rouge.*
8. **the Garden** = the Garden of Eden : *le jardin d'Eden.*
9. **library :** ▲ *bibliothèque ;* **bookshop :** *librairie.*
10. **lined with :** *couvert, tapissé de, bordé (d'arbres...).*
11. **hung :** to hang (hung, hung) : *pendre, suspendre.*
12. **to treasure :** *garder précieusement ;* **a treasure :** *un trésor.*
13. **single :** *seul, unique ;* **not a single one :** *pas un(e) seul(e).*
14. **wholesale :** (adj.) *en gros ;* **I got it wholesale :** *je l'ai*

La conversation variait rarement. Il y avait eu une époque où le prédécesseur du père Dewes avait tenté de rapprocher Mr et Mrs Ferraro, mais il y avait renoncé quand il s'était rendu compte que ses efforts étaient vains et que, les rares fois où Mr Ferraro dînait avec eux dans l'autre aile, on servait à table un bordeaux de qualité inférieure, sans vous donner de whisky avant le dîner.

Après avoir téléphoné depuis sa chambre où il prenait son petit déjeuner, Mr Ferraro, un peu comme Dieu au paradis terrestre, se promenait dans sa bibliothèque tapissée des classiques d'usage, puis dans son salon aux murs duquel était accrochée l'une des collections privées les plus riches. Alors que l'on estimait comme un trésor un seul Degas, un seul Renoir ou un Cézanne, Mr Ferraro, lui, achetait en gros ; il possédait six Renoir, quatre Degas, cinq Cézanne. Il ne s'en lassait jamais ; ils représentaient une économie considérable sur les droits de succession.

Ce lundi matin-là se trouvait être 1er mai. Les effluves du printemps s'étaient ponctuellement répandus sur Londres et les moineaux s'ébattaient bruyamment dans la poussière. Mr Ferraro lui aussi était ponctuel mais, contrairement aux saisons, il était aussi précis que l'heure de Greenwich. Avec son secrétaire particulier, un homme du nom de Hopkinson, il passa en revue le programme de sa journée.

---

eu au prix de gros ; **wholesale dealer :** *grossiste ;* **retail :** (adv.) *au détail ;* **retail dealer, retailer :** *détaillant.*

15. **tired :** to tire of : *se lasser de ;* **tired :** *fatigué.*

16. **sense :** (ici) *impression, sensation* (généralement de qqch de physique).

17. **noisy :** 1) *bruyant ;* 2) *tapageur, turbulent ;* **noisily :** 1) *bruyamment ;* 2) *d'une façon criarde ou tapageuse ;* (≠ **noiselessly**).

18. **unlike :** *à la différence de, contrairement à.*

19. **reliable :** *sûr, fiable, sérieux, digne de confiance ;* (≠ **unreliable**) ; to rely on, to count on : *compter sur.*

20. **called :** to call : *appeler ;* **what do you call that in English ?** *comment dites-vous cela en anglais ?*

21. **went through :** through : (ici) *d'un bout à l'autre de, dans toute l'étendue de, pendant toute la durée de ;* **the policeman went through his clothes :** *l'agent de police fouilla partout dans ses vêtements.*

22. **schedule :** 1) *liste, inventaire ;* 2) *horaire ;* **ahead of schedule :** *en avance ;* **on schedule :** *à l'heure.*

It was not very onerous, for Mr Ferraro had the rare quality of being able to delegate responsibility. He did this the more readily because he was accustomed to make unexpected checks, and woe betide[1] the employee who failed[2] him. Even his doctor had to submit to a sudden counter-check from a rival consultant. "I think", he said to Hopkinson, "this afternoon I will drop in[3] to Christie's[4] and see how Maverick is getting on[5]". (Maverick was employed as his agent in the purchase[6] of pictures.) What better could be done on a fine May afternoon than check on Maverick ? He added, "Send in Miss Saunders", and drew forward a personal file which even Hopkinson was not allowed to handle[7].

Miss Saunders moused[8] in. She gave the impression of moving close to the ground[9]. She was about thirty years old with indeterminate hair and eyes of a startling[10] clear blue which gave her otherwise[11] anonymous face a resemblance to a holy[12] statue. She was described in the firm's books as "assistant confidential secretary" and her duties were "special" ones. Even her qualifications were special : she had been head girl[13] at the Convent of Saint Latitudinaria, Woking, where she had won in three successive years[14] the special prize for piety — a little triptych of Our Lady with a background[15] of blue silk, bound[16] in Florentine leather and supplied[17] by Burns Oates & Washbourne.

---

1. **to betide** : *arriver (à) ;* employé seulement dans (**may**) **woe betide you if...** : *que malheur vous arrive si... ;* **woe** : *affliction.*

2. **failed** : to fail sb : *manquer à ses engagements envers qqn.*

3. **to drop in** : *faire une visite à l'improviste.*

4. **Christie** : célèbre hôtel des ventes à Londres ; **action sale** : *vente aux enchères.*

5. **getting on** : to get (got, got) on : *réussir, arriver, faire son chemin.*

6. **purchase** ['pɜ:tʃis] : *achat ;* to purchase : *acheter.*

7. **to handle** : *manier, manipuler ;* **hand** : *main.*

8. **moused** : to mouse about : *rôder çà et là ;* **mouse** (pl. **mice**) : *souris.*

9. **close to the ground** : *tout près du sol.*

122

Celui-ci n'était pas très chargé car Mr Ferraro avait une qualité rare, celle de consentir à déléguer ses pouvoirs. Il le faisait d'autant plus volontiers qu'il procédait souvent à des contrôles inattendus et malheur à l'employé qui manquait à ses devoirs ! Même son docteur devait, à l'improviste, accepter un contre-examen exécuté par un de ses rivaux. « Je crois, dit-il à Hopkinson, que cet après-midi je vais passer chez Christie's pour voir comment ça marche avec Maverick. » (Il employait Maverick comme agent pour l'achat de ses tableaux de maître.) Qu'y avait-il de mieux à faire par un bel après-midi du mois de mai que de surveiller Maverick ? Il ajouta : « Faites entrer miss Saunders », et sortit un dossier confidentiel que Hopkinson lui-même n'était pas autorisé à compulser.

Miss Saunders entra, telle une petite souris. Elle donnait l'impression de marcher à ras de terre. Elle avait environ trente ans, des cheveux d'une couleur imprécise et des yeux d'un bleu clair étonnant qui faisaient ressembler à une statue de saint son visage banal par ailleurs. Elle figurait dans les registres de la société comme « secrétaire particulière adjointe » et ses fonctions étaient « particulières ». Ses qualifications elles-mêmes étaient « particulières » : elle avait été la meilleure élève de l'école religieuse de Saint-Latitudinaria, à Woking, où elle avait obtenu trois fois de suite le prix spécial de piété, un petit triptyque de la Vierge sur fond de soie bleue, monté sur cuir de Florence et fourni par Burns Oates & Washbourne.

---

10. **startling :** *saisissant, étonnant ;* **to startle :** *faire tressaillir ;* **start :** *tressaillir.*
11. **otherwise :** *autrement, sous d'autres rapports, à part cela.*
12. **holy :** (adj.) *saint(e), sacré ;* **the Holy Bible.**
13. **head girl :** (aussi **head boy**) excellent élève de terminale (**upper sixth (form)**) chargé de certaines responsabilités.
14. **three successive years :** ou **three years in succession, three years running, three years in a row.**
15. **background :** *fond, arrière-plan ;* aussi **backcloth.**
16. **bound :** **to bind (bound, bound) :** 1) (ici) *relier ;* 2) *lier, attacher.*
17. **supplied :** **to supply :** *fournir* ▲ **they supply us with milk :** *ils nous fournissent le lait* (notez la préposition).

She also had a long record[1] of unpaid[2] services as a Child of Mary.

"Miss Saunders", Mr Ferraro said, "I find no account[3] here of the indulgences to be gained in June."

"I have it here, I was late home last night as the plenary indulgence at St Etheldreda's entailed[4] the Stations of the Cross."

She laid a typed[5] list on Mr Ferraro's desk : in the first column the date, in the second the church or place of pilgrimage[6] where the indulgence was to be gained, and in the third column in red ink[7] the number of days saved from the temporal punishments[8] of Purgatory. Mr Ferraro read it carefully.

"I get the impression, Miss Saunders," he said, "that you are spending too much time on the lower brackets[9]. Sixty days here, fifty days there. Are you sure you are not wasting[10] your time on these ? One indulgence of 300 days will compensate for many such[11]. I noticed just now that your estimate for May is lower than your April figures[12], and your estimate for June is nearly down to the March level. Five plenary indulgences and 1,565 days — a very good April work. I don't want you to slacken[13] off."

"April is a very good month for indulgences, sir. There is Easter.

---

1. **record** : (ici) *dossier* ; **service record** : *état de service* ; **have a clean record** : *avoir un casier judiciaire vierge.*
2. **unpaid** : *non rétribué* ; **to work unpaid** : *travailler à titre bénévole* ; **to pay (paid, paid) for sth** : *payer qqch.*
3. **account** : (ici) *compte rendu* ; **to give an account of** : *faire le compte rendu de ou un exposé sur.*
4. **entailed** : **to entail** : *entraîner, amener, nécessiter, occasionner.*
5. **typed** : **to type** : *taper à la machine* ; **typist** : *dactylo* ; **shorthand typist** : *sténodactylo* ; **typewriter** : *machine à écrire.*
6. **pilgrimage** : **go on a pilgrimage** : *aller en pèlerinage* ; **pilgrim** : *pèlerin.*
7. **in red ink** : *à l'encre rouge* ; **in pencil** : *au crayon* ; ▲ **in.**

Elle avait aussi à son actif une longue liste de services bénévoles, rendus en qualité d'enfant de Marie.

« Miss Saunders, dit Mr Ferraro. Je ne trouve ici aucune mention des indulgences à gagner en juin.

— J'ai ça ici, monsieur. Je suis rentrée tard hier soir car les indulgences à Saint-Etheldreda comportaient le Chemin de Croix. »

Elle déposa une liste dactylographiée sur le bureau de Mr Ferraro : dans la première colonne figurait la date, dans la seconde, l'église ou le lieu de culte où il y avait les indulgences à gagner et dans la troisième colonne, à l'encre rouge, le nombre de jours soustraits aux peines temporelles du purgatoire. Mr Ferraro lut avec soin.

« J'ai l'impression, miss Saunders, dit-il, que vous consacrez trop de temps aux petites indulgences. Soixante jours par-ci. Cinquante jours par-là. Êtes-vous sûre que vous ne gaspillez pas votre temps ? Une seule indulgence de trois cents jours équivaut à plusieurs petites. Je notais à l'instant que vos estimations pour le mois de mai étaient inférieures aux chiffres d'avril et que vos estimations pour juin étaient presque descendues au niveau du mois de mars. Cinq indulgences plénières et 1565 jours — très bonne prestation en avril. Je ne veux pas de relâchement, miss Saunders.

— Avril est un mois très favorable pour les indulgences, monsieur. Il y a Pâques.

---

8. **punishment(s)** : *punition(s), châtiment(s)* ; **to punish** : *punir.*

9. **bracket(s)** : *classe, groupe, tranche* ; **the lower income bracket** : *la tranche des petits revenus.*

10. **wasting... on** : △ **to waste time... on** : *gaspiller du temps... en.*

11. **many such** = **many indulgences such** as those of sixty or fifty days ; **such** : *tel, pareil, semblable.*

12. **figure(s)** : ▲ *chiffre(s)* ; **sales figure** : *chiffre de vente* ; **unemployment figures** : *nombre de chômeurs.*

13. **to slacken (off)** : 1) (ici) *se relâcher, se détendre* ; 2) *se ralentir* ; 3) *diminuer* ; **slack** : *mou, faible, indolent.*

In May we can depend[1] only on the fact that it is Our Lady's month. June is not very fruitful[2], except at Corpus Christi. You will notice a little Polish church in Cambridgeshire..."

"As long as[3] you remember, Miss Saunders, that none of us is getting younger[4]. I put a great deal of[5] trust[6] in you, Miss Saunders. If I were less occupied here, I could attend to[7] some of these indulgences myself. You pay great attention[8], I hope, to the conditions."

"Of course I do, Mr Ferraro."

"You are always careful to be in a State of Grace[9] ?"

Miss Saunders lowered[10] her eyes. "That is not very difficult in my case, Mr Ferraro."

"What is your programme today ?"

"You have it there, Mr Ferraro."

"Of course. St Praxted's, Canon Wood. That is rather a long way to go. You have to[11] spend the whole afternoon on a mere[12] sixty days' indulgence[13] ?"

"It was all I could find for today. Of course there are always the plenary indulgences at the Cathedral. But I know how you feel[14] about not repeating[15] during the same month."

"My only point of superstition", Mr Ferraro said. "It has no basis[16], of course, in the teaching of the Church."

---

1. **to depend... on** : (notez la prép.) *dépendre de, devoir compter sur, n'avoir d'autre ressource que* (qqn ou qqch).
2. **fruitful** : 1) *fructueux* ; 2) *fécond, fertile* ≠ **fruitless** : 1) *stérile, infructueux* ; 2) *inutile, vain* (tentative...) ; **fruit** : [fru:t] (le plus souvent employé comme collectif indénombrable, au sing.) *fruit* ; **I want to buy some fruit** : *je veux acheter des fruits.*
3. **as long as** ou **so long as** : *tant que.*
4. **getting younger** : to get + adj. = *devenir* ; **to get old** : *se faire vieux* ; to get (got, got ou (U.S.) gotten).
5. **a great deal of** ou **a good deal of** : *beaucoup de* ; aussi **plenty of, a lot of, lots of.**
6. **trust** : (n.) *confiance* ; **on trust** : *de confiance, les yeux fermés* ; **trustworthy** : *digne de confiance* ; **to trust** : *faire confiance à.*
7. **to attend to** : *s'occuper de* ; **are you being attended to ?** *on s'occupe de vous ?* ; **to attend to one's business** : *vaquer à ses affaires.*

126

En mai on peut seulement tabler sur le fait que c'est le mois de Marie. Juin n'est pas très bon, sauf à Corpus Christi. Vous remarquerez une petite église polonaise dans le Cambridgeshire...

— Tant que vous ne perdez pas de vue, miss Saunders, qu'aucun de nous se ne fait jeune. J'ai grande confiance en vous, miss Saunders. Si j'étais moins pris ici, je pourrais m'occuper moi-même de certaines de ces indulgences. Vous faites bien attention, j'espère, aux conditions.

— Bien sûr que oui, Mr Ferraro.

— Vous prenez toujours garde d'être en état de grâce ? » Miss Saunders baissa les yeux.

« Ce n'est pas très difficile dans mon cas, Mr Ferraro.

— Quel est votre programme aujourd'hui ?

— Vous l'avez ici, Mr Ferraro.

— Ah oui. Saint-Praxted, à Canon Wood. C'est loin, ça, pour y aller. Il faut absolument sacrifier tout un après-midi pour une simple indulgence de soixante jours ?

— C'est tout ce que j'ai pu trouver pour aujourd'hui. Bien sûr, il y a toujours les indulgences plénières à la cathédrale. Mais je sais que vous ne tenez pas à renouveler une indulgence au cours du même mois.

— C'est ma seule superstition, dit Mr Ferraro. Elle n'est nullement fondée sur l'enseignement de l'Église, bien sûr.

---

8. **to pay attention to :** *faire attention à ;* to pay (paid, paid) : *payer.*

9. **state of grace :** *état de grâce,* c.-à-d. *sans péché* (sin).

10. **lowered :** to lower : *baisser, abaisser ;* low : *bas.*

11. **to have to :** substitut de **must** : *devoir,* employé quand la contrainte est extérieure ; **I'll have to go before six o'clock or the shop will be closed.**

12. **mere :** *pur, simple ;* it's a mere scratch : *c'est une simple égratignure ;* the mere thought of it : *rien que d'y penser.*

13. **sixty days' indulgence :** Δ génitif pour exprimer la durée, la distance : a week's holiday, a mile's walk.

14. **to feel (felt, felt) :** *sentir, ressentir.*

15. **about not repeating :** m. à m. : *au sujet de ne pas répéter* (repeat) ; repeating : nom verbal ou gérondif en -ing.

16. **basis** ['beɪsɪs] pl. **bases** ['beɪsiːz] : *base* (surtout au fig.) ; on that basis : *dans ces conditions.*

127

"You wouldn't like an occasional[1] repetition for a member of your family, Mr Ferraro, your wife... ?"

"We are taught[2], Miss Saunders, to pay first attention to our own souls. My wife should be looking after her own[3] indulgences — she has an excellent Jesuit adviser[4] — I employ you to look after mine."

"You have no objection to Canon Wood ?"

"If it is really the best you can do. So long as it does not involve[5] overtime."

"Oh no, Mr Ferraro. A decade[6] of the Rosary, that's all."

After an early[7] lunch — a simple one in a City[8] chop-house[9] which concluded with some Stilton[10] and a glass of excellent port — Mr Ferraro visited Christie's. Maverick was satisfactorily[11] on the spot[12] and Mr Ferraro did not bother[13] to wait for the Bonnard and the Monet which his agent had advised him to buy. The day remained warm and sunny, but there were confused sounds from the direction of Trafalgar Square which reminded[14] Mr Ferraro that it was Labour Day. There was something inappropriate[15] to the sun and the early[16] flowers under the park trees in these processions[17] of men without ties carrying dreary[18] banners covered with[19] bad lettering.

---

1. **occasional :** (adj.) *qui a lieu de temps en temps, rare, espacé ;* **occasionally :** *de temps en temps, à l'occasion ;* only very occasionally : *presque jamais, rarement.*

2. **we are taught :** passif idiomatique ; aussi avec **give, offer, buy, sell, ask, show...** Dan was given a record player by his father.

3. **own :** *propre, personnel ;* with my own eyes : *de mes propres yeux.*

4. **adviser :** *conseiller ;* legal adviser : *conseiller juridique ;* **to advise :** *conseiller, donner des conseils ;* **advice :** (avec un « c ») *conseils, avis ;* a piece (ou a word) of advice : *un conseil.*

5. **to involve :** *entraîner comme conséquence, impliquer, supposer.*

6. **decade** ['dekeɪd] : 1) (ici) *dizaine* (rosaire) ; 2) *décennie.*

7. **early :** (adj.) 1) *matinal, de bonne heure ;* 2) *précoce, prématuré ;* at an early age : *tout jeune ;* early retirement : *pré-retraite.*

128

— Vous ne voudriez pas un renouvellement, de temps en temps, pour un membre de votre famille, Mr Ferraro, votre femme... ?

— On nous enseigne à prendre d'abord soin de notre âme. Que ma femme s'occupe de ses propres indulgences ; elle a un excellent conseiller, un jésuite ; moi je vous prends à mon service pour vous occuper des miennes.

— Vous n'avez rien contre Canon Wood ?

— Si c'est vraiment ce que vous pouvez faire de mieux. Tant que ça n'entraîne pas d'heures supplémentaires.

— Oh, non, Mr Ferraro. Une dizaine de rosaires, c'est tout. »

Après avoir pris son déjeuner de bonne heure, un repas simple dans une gargote de la City, qui se termina par du Stilton et un verre d'excellent porto, Mr Ferraro se rendit chez Christie's. Maverick était sur les lieux comme il se doit et Mr Ferraro ne prit pas la peine d'attendre le Bonnard et le Monet que son agent lui avait conseillé d'acheter. La journée demeurait tiède et ensoleillée mais des bruits confus venaient de la direction de Trafalgar Square, qui rappelèrent à Mr Ferraro que c'était la Fête du Travail. Il y avait quelque chose qui jurait avec le soleil et les premières fleurs du parc sous les arbres, dans ces cortèges d'hommes sans cravates portant de tristes banderoles couvertes de lettres mal formées.

---

8. **the City :** la City de Londres, centre des affaires.

9. **chop-house :** *petit restaurant* (populaire) ; **chop :** *côtelette.*

10. **Stilton :** Stilton, Cheddar : célèbres fromages anglais.

11. **satisfactorily :** *de façon satisfaisante* (**satisfactory**).

12. **spot :** *endroit, lieu ;* **beauty spot :** *site touristique.*

13. **to bother :** *ennuyer, tracasser ;* **don't bother :** *ne t'en fais pas.*

14. **reminded :** △ to remind sb of sth : *rappeler qqch à qqn.*

15. **inappropriate :** *inopportun, mal à propos* (remarque...) ; *inopportun, mauvais* (moment) ; *impropre* (mot) (≠ **appropriate**).

16. **early :** (adj.) *premier, du début* (ici *de la saison*) ; cf. p. 132, note 7.

17. **procession :** △ 1) *cortège, défilé ;* 2) *procession.*

18. **dreary :** *lugubre, morne, désolé, triste.*

19. **covered with :** △ notez la prép. ; aussi **covered in.**

129

A desire came to Mr Ferraro to take a real holiday, and he nearly told his chauffeur [1] to drive to Richmond Park. But he always preferred, if it were possible, to combine business with pleasure [2], and it occurred [3] to him that if he drove out now to Canon Wood, Miss Saunders should be arriving about the same time, after her lunch interval [4], to start the afternoon's work.

Canon Wood was one of those new suburbs built around an old estate [5]. The estate was a public park, the house, formerly [6] famous as the home of a minor Minister who served under Lord North [7] at the time of the American rebellion, was now a local museum, and a street had been built on the little windy hill-top once a hundred acre [8] field : a Charrington coal agency, the window [9] dressed [10] with one large nugget [11] in a metal basket, a Home & Colonial Stores, an Odeon cinema, a large Anglican church. Mr Ferraro told his driver to ask the way to the Roman Catholic church.

"There isn't one here", the policeman said.

"St Praxted's [12] ?"

"There's no such place [13]", the policeman said.

Mr Ferraro, like a Biblical character, felt a loosening [14] of the bowels.

"St Praxted's, Canon Wood."

---

1. **chauffeur :** *chauffeur* (de maître) ; **driver :** *chauffeur.*
2. **to combine business with pleasure :** *combiner, joindre les affaires avec le plaisir ;* **business :** (ici) *affaires, occupation, devoir ;* **business hours :** *heures d'ouverture.*
3. **occurred :** to occur : *arriver, se passer, survenir ;* **has it ever occurred to you ?** *est-ce que cela vous est jamais venu à l'esprit ? ;* **occurrence :** *événement ;* **it's an everyday occurrence :** *cela arrive tous les jours, ça n'a rien d'extraordinaire.*
4. **interval :** 1) *intervalle de temps ;* 2) *entracte* (théâtre...).
5. **estate :** *terre, propriété ;* **country house and estate for sale :** *à vendre château et domaine ;* **estate agent :** *agent immobilier.*
6. **formerly :** *autrefois ;* **former :** *précédent, antérieur ;* **in former times :** *autrefois.*
7. **served under Lord North :** △ under : *sous les ordres de.*

Mr Ferraro fut pris du désir de s'accorder un vrai jour de congé et il faillit dire à son chauffeur de le conduire à Richmond Park. Mais il préférait toujours, dans la mesure du possible, joindre l'utile à l'agréable et il lui vint à l'esprit que s'il partait maintenant pour Canon Wood, miss Saunders arriverait à peu près en même temps que lui, après la pause du déjeuner, pour entamer le travail de l'après-midi.

Canon Wood était une de ces nouvelles banlieues, bâties autour d'un ancien domaine. Le domaine était désormais un jardin public ; la maison, connue jadis comme la résidence d'un ministre mineur qui avait servi sous le commandement de Lord North à l'époque de la Révolution américaine, était transformée en musée régional ; une rue avait été percée sur le sommet venté d'une petite colline occupée autrefois par un champ d'un demi-hectare : une succursale des charbons de Charrington avec, en devanture, un gros boulet dans un panier métallique, une boutique de produits exotiques et de pays, un cinéma *Odéon*, une grande église anglicane. Mr Ferraro dit à son chauffeur de demander sa route pour l'église catholique.

« Il n'y en a pas ici », répondit l'agent de police.

— Saint-Praxted ?

— Il n'y a pas d'église de ce nom », dit l'agent.

Mr Ferraro, pareil à un personnage biblique, sentit se relâcher ses entrailles.

« Saint-Praxted, à Canon Wood.

---

8. **acre :** *acre,* soit environ *40 ares* ou à peu près *4 000 m²*.

9. **window** = shop-window : *vitrine, devanture.*

10. **dressed :** to dress : (ici) *décorer* (arbre de Noël...) ; **window dressing :** *l'art de l'étalage ;* **window dresser :** *étalagiste.*

11. **nugget** ['nʌgɪt] : *pépite* (d'or...).

12. **St Praxted's** (church) : de même : I went to John's (house) ; she went to the baker's (shop).

13. **there's no such place :** m. à m. : *il n'y a pas d'endroit tel ;* such : *pareil, semblable ;* no such thing : *rien de semblable ;* such is life : *c'est la vie ;* as such : *en tant que tel.*

14. **loosening :** to loosen : *(se) desserrer, (se) détendre, (se) relâcher ;* loose : [lu:s] 1) *défait, lâche ;* 2) *relâché* (mœurs...).

131

"Doesn't exist, sir", the policeman said. Mr Ferraro drove slowly back towards the City. This was the first time he had checked on Miss Saunders — three prizes for piety had won his trust. Now on his homeward way [1] he remembered that Hitler had been educated [2] by the Jesuits, and yet hopelessly [3] he hoped.

In his office he unlocked the drawer and took out the special file. Could he have mistaken [4] Canonbury for Canon Wood ? But he had not been mistaken [5], and suddenly a terrible doubt [6] came to him how often in the last three years Miss Saunders had betrayed her trust. (It was after a severe [7] attack of pneumonia three years ago that he had engaged her — the idea had come to him during the long insomnias of convalescence.) Was it possible that not one of these indulgences had been gained ? He couldn't believe that. Surely [8] a few of that vast total of 36,892 days must still be valid. But only Miss Saunders could tell him how many. And what had she been doing with her office time — those long hours of pilgrimage ? She had once taken a whole week-end at Walsingham.

He rang for [9] Mr Hopkinson, who could not help remarking [10] on the whiteness [11] of his employer's face. "Are you feeling quite [12] well, Mr Ferraro ?"

"I have had a severe shock. Can you tell me where Miss Saunders lives ?"

---

1. **on his homeward way :** m. à m. : *sur le chemin de la maison ;* **homeward :** (adj.) *de retour, qui ramène au logis* ou *au pays* **(home)** ; **way :** (ici) *chemin, route, voie, direction ;* **on the way :** *en route, chemin faisant ;* **which way ?** *par où ?*
2. **educated :** ▲ 1) **to be educated at :** *faire ses études à ;* 2) *instruit, cultivé, qui a fait ses études.*
3. **hopelessly :** Δ **hope :** *espoir ;* **hopeless :** (adj.) *qui n'a plus d'espoir, désespéré ;* **hopelessly :** (adv. de manière) *sans espoir.*
4. **mistaken :** **to mistake (mistook, mistaken) for :** *se tromper, se méprendre sur ;* **I mistook you for your brother :** *je t'ai pris pour ton frère.*
5. **mistaken :** Δ (adj.) 1) (ici) *dans l'erreur ;* **I was mistaken about him :** *je me suis trompé sur son compte ;* 2) *erroné.*
6. **doubt** [daut] : 1) *doute ;* **no doubt :** *sans doute ;* 2) *incer-*

132

— Ça n'existe pas, monsieur », dit l'agent de police. Mr Ferraro revint lentement vers la City. C'était la première fois qu'il surveillait miss Saunders. Trois prix de piété avaient gagné sa confiance. Maintenant, sur le chemin du retour, il se souvenait qu'Hitler avait fait ses études chez les jésuites et cependant, contre tout espoir, il espérait.

Arrivé dans son bureau, il ouvrit le tiroir et sortit le dossier très spécial. Se pouvait-il qu'il eût confondu Canonbury et Canon Wood ? Mais non, il ne s'était pas trompé et soudain, terrifié, il se posa des questions sur le nombre de fois où, durant ces trois dernières années miss Saunders avait trahi la confiance qu'il mettait en elle. (C'est après une violente crise de pneumonie, trois ans plus tôt, qu'il l'avait engagée à son service ; l'idée lui en était venue au cours de ses insomnies, pendant sa convalescence.) Se pouvait-il que pas une seule de ces indulgences n'eût été gagnée ? Il ne pouvait pas croire ça. Tout de même, une fraction de cet énorme total de 36.892 jours devait encore compter. Mais combien, seule miss Saunders pouvait le lui dire. Et qu'avait-elle donc pu faire de ses heures de bureau, de ces longues périodes de dévotion ? Elle avait même une fois passé un week-end entier à Walsingham.

Il téléphona pour faire venir Mr Hopkinson qui ne put s'empêcher de mentionner la pâleur du visage de son patron. « Vous ne vous sentez pas mal, Mr Ferraro ?

— Je viens d'avoir un grand choc. Pouvez-vous me dire où habite miss Saunders ?

---

titude ; **I've my doubts whether she'll come or not :** *je ne suis pas sûr qu'elle vienne ;* **to doubt :** 1) *douter ;* 2) *mettre en doute.*

7. **severe** [sɪ'vɪə] : 1) (ici) *violent, aigu* (douleur...) ; 2) *sévère, strict ;* 3) *rigoureux, rude* (temps).

8. **surely :** *sûrement, avec sûreté, à coup sûr ;* **sure :** *sûr.*

9. **he rang for :** notez la construction ; **to ring (rang, rung)** : (ici) *téléphoner ;* **to ring (up) the doctor :** *téléphoner au médecin ;* **for** marque le désir d'avoir, de se procurer ; **to look for :** *chercher.*

10. **remarking :** **to remark :** ▲ (ici) *faire des commentaires ;* **did he remark on your new dress ?**

11. **witheness :** 1) *blancheur ;* 2) *pâleur,* (fig.) ; 3) *innocence.*

12. **quite** [kwaɪt] : *tout à fait ;* ▲ **quiet** ['kwaɪət] : *silencieux, calme.*

"She lives with an invalid mother near Westbourne Grove[1]."

"The exact address, please."

Mr Ferraro drove into the dreary wastes[2] of Bayswater : great family houses had been converted into private hotels or fortunately[3] bombed into car parks[4]. In the terraces[5] behind dubious girls leant against the railings, and a street band blew[6] harshly[7] round a corner. Mr Ferraro found the house, but he could not bring himself to[8] ring the bell. He sat crouched in his Daimler waiting for something to happen. Was it the intensity of his gaze that brought Miss Saunders to an upper[9] window, a coincidence, or retribution ? Mr Ferraro thought at first that it was the warmth of the day that had caused her to be so inefficiently[10] clothed, as she slid[11] the window a little wider open[12]. But then an arm circled her waist, a young man's face looked down into the street, a hand pulled a curtain across with the familiarity of habit[13]. It became obvious to Mr Ferraro that not even the conditions for an indulgence had been properly fulfilled.

If a friend could have seen Mr Ferraro that evening mounting the steps of Montagu Square, he would have been surprised at the way he had aged[14].

---

1. **grove :** (en tant que nom commun) *petit bois, bosquet, bocage.*

2. **wastes :** (nom pl.) 1) *désert, solitude ;* 2) *terrain inculte, vague.*

3. **fortunately :** 1) *heureusement ;* 2) *par bonheur* (≠ unfortunately).

4. **bombed into car parks :** (to) bomb [bɔm] : (nom et verbe) *bombe, bombarder ;* into marque la transformation, le résultat d'un changement ; to turn lead into gold : *changer le plomb en or.*

5. **terrace :** ▲ 1) *rangée de maisons* identiques attenantes les unes aux autres, *rue ;* 2) *terrasse, terre-plein, plateforme.*

6. **blew :** to blow (blew, blown) : *souffler* (dans les instruments à vent, ici).

7. **harshly :** harsh : (ici) *discordant, rauque, rude* (à l'oreille).

8. **to bring himself to :** bring (brought, brought) oneself

134

— Elle vit avec sa mère infirme, près de Westbourne Grove.

— Son adresse exacte, je vous prie. »

Mr Ferraro pénétra dans le morne désert de Bayswater : de grosses maisons bourgeoises avaient été converties en hôtels-pensions de famille ou, Dieu merci, bombardées et remplacées par des parkings. Dans les rues, à l'arrière, des filles aux allures louches étaient penchées sur les grilles et à un carrefour, un orchestre d'instruments à vent jetait ses notes discordantes au tournant d'une rue. Mr Ferraro trouva la maison mais il ne put se résoudre à tirer la sonnette. Il était tapi dans sa Daimler, attendant que quelque chose se passe. Etait-ce l'intensité de son regard qui fit apparaître miss Saunders à une fenêtre du haut, ou une coïncidence, ou le châtiment ? Mr Ferraro crut d'abord que c'était la chaleur du jour qui expliquait la tenue si légère qu'elle arborait en ouvrant un peu plus la fenêtre. Mais alors un bras lui entoura la taille ; le visage d'un jeune homme se pencha vers la rue, une main tira un rideau avec la facilité qu'engendre l'habitude. Il apparut évident aux yeux de Mr Ferraro que même les conditions requises pour obtenir une indulgence n'avaient pas été convenablement remplies.

Si un ami avait vu ce soir-là Mr Ferraro gravir les degrés de Montagu Square, il aurait été surpris de constater combien il avait pris de l'âge.

---

to : *se résoudre à ;* I can't bring myself to speak to him.

9. **upper** : *supérieur, du dessus, d'en haut ;* **the upper classes of society** : *l'aristocratie* (*≠* **lower**).

10. **inefficiently** : *inefficacement ;* (**in**)**efficient** : *(in)efficace.*

11. **slid** : to slide (slid, slid) : *(faire) glisser ;* il s'agit d'une fenêtre à guillotine (**sash window**).

12. **wider open** : **wide open** : *grand ouvert ;* **wide** : (ici) *largement, tout grand.*

13. **habit** : ▲ *habitude ;* **he has got into the habit of smoking** : *il a pris l'habitude de fumer.*

14. **surprised at the way (in which) he had aged** : m. à m. : *surpris de la façon dont il avait vieilli ;* ▲ notez la préposition **at** (**surprised at**) et l'effacement de **in which** ; **to age** : *vieillir ;* **to age well** : *vieillir bien* (personne), *s'améliorer en vieillissant ;* **age** : (n.) 1) *âge ;* 2) *vieillesse* (aussi **old age**).

135

It was almost as though he had assumed[1] during the long afternoon those 36,892 days he had thought to have saved during the last three years from Purgatory. The curtains were drawn, the lights were on, and no doubt Father Dewes was pouring out the first of his evening whiskies in the other wing. Mr Ferraro did not ring the bell, but let himself quietly[2] in. The thick carpet[3] swallowed[4] his footsteps[5] like quick-sand. He switched on no lights : only a red-shaded[6] lamp in each room had been lit ready for his use[7] and now guided his steps. The pictures in the drawing-room reminded him of death-duties : a great Degas bottom like an atomic explosion mushroomed[8] above a bath : Mr Ferraro passed on into the library : the leather-bound classics reminded him of dead authors. He sat down in a chair and a slight pain in his chest reminded him of his double pneumonia. He was three years nearer death than when Miss Saunders was appointed[9] first. After a long while Mr Ferraro knotted[10] his fingers together in the shape[11] some people use[12] for prayer[13].

---

1. **assumed** : to assume : (ici) *se charger de, assumer* (responsabilité).

2. **quietly** : *silencieusement, sans faire de bruit* (cf. p. 137 note 12).

3. **carpets** : carpet : *tapis ;* **fitted carpet** ou **wall to wall carpet** : *moquette ;* **to be on the carpet** : *être sur le tapis* (question).

4. **swallowed** : to swallow : 1) *avaler ;* 2) *engloutir, faire disparaître.*

5. **footstep(s)** : *pas, bruit(s)* ou *trace(s) de pas.*

6. **red-shaded** : *à abat-jour* (**shade**) *rouge ;* comparez **black-hatted** : *au chapeau noir,* **blue-eyed, white-haired...**

7. **lit ready for his use** : m. à m. : *allumée, prête pour son usage ;* **to light** (**lighted** ou **lit, lighted** ou **lit**) : *allumer ;* **use** [ju:s] : 1) (ici) *usage, emploi ;* **what's the use ?** *à quoi bon ?*

8. **mushroomed** : to mushroom : *pousser comme un champignon* (**a mushroom**), *se multiplier, proliférer.*

9. **appointed** : to appoint : *nommer, désigner, choisir ;* **he was appointed manager** : *on l'a nommé directeur ;* **appointment** : *nomination.*

10. **knotted** : to knot : *faire des nœuds, nouer ;* **knot** : *nœud.*

On aurait pu croire que durant ce long après-midi il avait vieilli de ces 36.892 jours qu'il avait pensé gagner sur le purgatoire au cours des trois dernières années. Les rideaux étaient tirés, le père Dewes était en train de se verser le premier whisky de la soirée. Mr Ferraro ne tira pas sur la sonnette mais entra discrètement. Ses pas s'enfonçaient dans l'épaisse moquette comme dans des sables mouvants. Il n'alluma pas la moindre lumière : seule une lampe à abat-jour rouge avait été branchée dans chaque pièce, prête à l'accueillir, et guidait maintenant ses pas. Les tableaux du salon lui rappelèrent les droits de succession ; un gros postérieur de Degas formait comme un champignon atomique au-dessus d'une baignoire. Mr Ferraro passa ensuite dans la bibliothèque ; les classiques reliés sur cuir lui firent songer à des auteurs défunts. Il s'assit sur une chaise et une légère douleur dans sa poitrine lui rappela sa double pneumonie. Il était de trois ans plus près de la mort qu'à l'époque où il avait engagé miss Saunders. Au bout d'un long moment Mr Ferraro joignit ses doigts dans cette attitude que certains adoptent pour prier.

---

11. **shape** : *forme ;* **in the shape of** : *en forme de.*
12. **to use** [ju:z] : (verbe ici) *utiliser, se servir de, employer ;* I **use it as a hammer** : *ça me sert de marteau.* NB le verbe ne se prononce pas comme le nom **use** [ju:s] cf. p. 140, note 7.
13. **prayer** : *prière ;* to **pray** : *prier ;* **let us pray to God** : *prions Dieu.*

137

With [1] Mr Ferraro it was an indication [2] of decision. The worst [3] was over [4] : time lengthened [5] again ahead [6] of him. He thought : "Tomorrow I will set about [7] getting a really reliable [8] secretary."

---

1. **with :** (ici) *chez.* Notez cet emploi : **it's a habit with him :** *c'est une habitude chez lui.*

2. **indication :** *indication, indice, signe ;* **to indicate :** 1) *indiquer ;* 2) *faire savoir ;* 3) *dénoter.*

3. **the worst :** superlatif irrégulier de **bad ;** comparatif : **worse (than) ;** Δ ne pas confondre avec **worth** : 1) *qui vaut, valant ;* 2) *qui mérite (digne) ;* **it's worth it :** *ça vaut le coup.*

4. **over :** (ici) *fini ;* **it's all over between us :** *tout est fini entre nous ;* **the meeting is over :** *la réunion est terminée.*

5. **lengthened :** **to lengthen :** *(s')allonger ;* **length :** *longueur ;* **long :** *long(ue) ;* comparez : **to strengthen :** *(se) fortifier, s'affermir ;* **strength :** *force ;* **strong :** *fort.*

6. **ahead :** 1) *en avant, devant* (dans le temps) ; 2) *en avance* (en temps) ; **to be ahead of one's time :** *être en avance sur son époque.*

7. **to set (set, set) about :** *entreprendre, se mettre à.*

8. **reliable :** (adj.) *sur qui on peut compter ;* **to rely on :** *compter sur* (aussi **to count on**).

Chez Mr Ferraro c'était le signe d'une prise de décision. Le pire était passé : le temps s'allongeait de nouveau devant lui. « Demain, se dit-il, je vais me mettre à la recherche d'une secrétaire vraiment digne de confiance. »

The Innocent [1]

Innocence

Un retour dans le pays de l'enfance, plein de désenchantement.

It was a mistake to take [2] Lola there. I knew it the moment [3] we alighted from [4] the train at the small country station. On an autumn evening one remembers more of childhood [5] than at any other time of year, and her bright veneered [6] face, the small bag which hardly pretended [7] to contain our things for the night, simply didn't go with [8] the old grain warehouses across [9] the small canal, the few lights up the hill, the posters of an ancient [10] film. But she said, "Let's go into the country," and Bishop's Hendron was, of course, the first name which came into my head. Nobody would know me there now, and it hadn't occurred [11] to me that it would be I who remembered.

Even the old porter touched a chord. I said, "There'll be a four-wheeler [12] at the entrance," and there was, though at first I didn't notice it, seeing the two taxis and thinking, "The old place [13] is coming on [14]". It was very dark, and the thin autumn mist, the smell of wet leaves and canal water were deeply familiar.

Lola said, "But why did you choose this place ? It's grim." It was no use explaining to her why it wasn't grim to [15] me, that that sand heap by [16] the canal had always been there (when I was three I remember thinking it was what other people meant by the seaside).

---

1. **innocent** ['ɪnəsnt] : (adj. et nom) *innocent ;* **innocence** : *l'innocence ;* in all **innocence** : *en toute innocence.*
2. **to take (took, taken) :** (ici) *emmener ;* I'll take you to the tube station : *je vais vous emmener à la station de métro.*
3. **moment :** ⚠ the moment he arrived : *dès (aussitôt) qu'il arriva.*
4. **alighted from :** to alight from the train : *descendre du train ;* aussi to get off the train (≠ to get on ou to board the train).
5. **childhood :** *enfance ;* de même **manhood :** *l'âge d'homme ;* **adulthood** ; *l'âge adulte...*
6. **veneered :** to veneer : 1) *plaquer* (du bois) ; 2) *vernisser ;* 3) *masquer* (la nature...) *sous un vernis d'élégance...*
7. **pretended :** ⚠ to pretend : 1) ici, dans un sens ironique, *avoir la prétention de, faire semblant, feindre ;* 2) *prétendre, affirmer.*

142

Ce fut une erreur d'y emmener Lola. Je le compris dès l'instant où nous descendîmes du train, dans la petite gare de campagne. Un soir d'automne, on se souvient davantage de son enfance qu'à n'importe quelle époque de l'année et son visage fardé, rutilant, le petit sac qui pouvait à peine contenir nos affaires pour la nuit, ne cadraient tout simplement pas avec les anciens entrepôts à grains situés de l'autre côté du petit canal, les rares lampadaires qui jalonnaient la colline, les affiches d'un très vieux film. Mais elle avait dit : « Allons à la campagne », et Bishop's Hendron fut, naturellement, le premier nom qui me sauta à l'esprit. Personne ne me reconnaîtrait là-bas maintenant, et il ne m'était pas venu à l'idée que ce serait moi qui me souviendrais.

Même le vieux porteur toucha la corde sensible. J'avais dit : « Il y aura un fiacre à quatre roues à l'entrée », et il y en avait un bel et bien, même si je ne le remarquai pas tout d'abord en voyant les deux taxis et en me disant : « Le vieux patelin fait des progrès. » Il faisait très sombre et la brume d'automne, légère, l'odeur des feuilles mouillées et de l'eau du canal m'étaient profondément familières.

Lola dit : « Mais pourquoi as-tu choisi cet endroit ? C'est sinistre. » Il était inutile de lui expliquer pourquoi ce n'était pas sinistre à mes yeux, que ce tas de sable près du canal avait toujours été là (quand j'avais trois ans je me souviens d'avoir cru que c'était ça que les autres voulaient dire quand ils parlaient du bord de la mer).

---

8. **to go with** : ou **be in harmony** ou **be in keeping with**.
9. **across** : △ **across the street** : *de l'autre côté de la rue*.
10. **ancient** ['eɪnʃənt] : 1) *ancien, antique ;* **ancient Rome** : *la Rome antique ;* 2) *vieux et démodé*.
11. **occurred** : to occur [ə'kɜ:] : *arriver, se passer ;* **has it ever occurred to you ?** *est-ce que cela vous est jamais venu à l'esprit ?*
12. **four-wheeler** : *fiacre à quatre roues ;* **wheel** : *roue ;* de même **four-seater** : *voiture à quatre places ;* **seat** : *place, siège*.
13. **place** : ▲ (ici) *endroit ;* **square, circus** : *place* (publique) ; **room** : *de la place* (de l'espace).
14. **coming on** : to come on : *faire des progrès*.
15. **to** : (ici) *pour ;* **it was a big surprise to me**.
16. **by** : (ici) *près de ;* aussi **near, beside ; close by, hard by** : *tout près de*.

143

I took the bag (I've said it was light ; it was simply a forged[1] passport of respectability) and said we'd walk. We came up over the little humpbacked[2] bridge and passed the alms-houses[3]. When I was five I saw a middle-aged[4] man run into one to commit suicide[5] ; he carried a knife and all the neighbours pursued him up the stairs. She said, "I never thought the country was like *this.*" They were ugly alms-houses, little grey stone boxes, but I knew them as I knew nothing else[6]. It was like listening to music, all that walk.

But I had to say something to Lola. It wasn't her fault that she didn't belong here[7]. We passed the school, the church, and came round into the old wide High Street[8] and the sense[9] of the first twelve years of life. If I hadn't come, I shouldn't have known that sense would be so strong, because those years hadn't been particularly happy or particularly miserable[10] ; they had been ordinary years, but now with the smell of wood fires, of the cold striking[11] up from the dark damp paving stones[12], I thought I knew what it was that held me. It was the smell[13] of innocence.

I said to Lola, "It's a good inn, and there'll be nothing here, you'll see, to keep us up[14]. We'll have dinner and drinks and go to bed." But the worst[15] of it was that I couldn't help wishing that I were[16] alone.

---

1. **forged :** ▲ to forge : (ici) *contrefaire, falsifier, faire un faux ;* forger : *faussaire ;* forgery : *contrefaçon, falsification.*

2. **humpbacked :** (adj.) *bossu ;* a humpback : *un bossu.*

3. **alms-house :** *hospice, asile ;* alms [a:mz] : *aumône ;* to give alms : *faire l'aumône.*

4. **middle-aged :** *d'âge mûr, entre deux âges ;* ▲ broad-shouldered : *aux épaules larges ;* dark-haired : *aux cheveux bruns ;* blue-eyed : *aux yeux bleus ;* humpbacked (note 2) : adj. composés.

5. **commit suicide :** ▲ notez l'expression (de même commit murder, commit a crime).

6. **else :** *autre, d'autre, de plus ;* nobody else : *personne d'autre ;* nowhere else : *nulle part ailleurs ;* what else ? *quoi d'autre ?*

7. **to belong here :** (ici) *être (originaire) d'ici ;* « I belong

144

Je pris le sac (j'ai signalé qu'il était léger ; ce n'était rien de plus qu'un faux passeport de respectabilité) et je dis que nous ferions le chemin à pied. Nous franchîmes le petit pont en dos d'âne et passâmes devant l'hospice. A l'âge de cinq ans j'avais vu un homme entre deux âges entrer précipitamment dans une des maisons pour se suicider ; il portait un couteau et tous les voisins le poursuivaient dans les escaliers. Lola dit : « Je n'aurais jamais cru que c'était ça la campagne. » Les pavillons de l'asile étaient laids, petites boîtes de pierre grise, mais je les connaissais comme je ne connaissais rien d'autre. C'était comme si j'écoutais de la musique, pendant tout le trajet.

Mais il fallait bien parler à Lola. Ce n'était pas de sa faute si elle n'était pas d'ici. Nous passâmes devant l'école, l'église, pour déboucher dans la Grand-Rue, vieille et large, quand je fus envahi par le souvenir des douze premières années de ma vie. Si je n'étais pas venu, je n'aurais pas su que ce souvenir était si vivace, car ces années n'avaient pas été spécialement heureuses ou spécialement malheureuses, ce furent des années comme les autres, mais maintenant, avec l'odeur des feux de bois, du froid vif qui montait des pavés sombres et humides, je crus comprendre ce qui me retenait. C'était le parfum de l'innocence.

Je dis à Lola : « C'est une bonne auberge et ici, tu verras, il n'y aura rien pour nous faire veiller. Nous allons dîner, boire quelque chose et nous coucher. » Mais le pire, c'était que je ne pouvais m'empêcher de souhaiter être seul.

---

to Glasgow » : « *Je suis de Glasgow* » (célèbre chanson écossaise).
8. **high street** ou **main street** : *grand-rue, rue principale.*
9. **sense** : (ici) *impression, sensation* (de qqch de physique), *sentiment* (de qqch de moral).
10. **miserable** : ▲ *très malheureux, triste.*
11. **striking** : to strike (struck, struck) : *frapper, donner des coups.*
12. **paving stone(s)** : *pavé(s)* ; cobblestone : *petit pavé rond.*
13. **smell** : *odeur* ; to smell (smelt, smelt) : *sentir.*
14. **up** : (adv. ici) *levé, debout* ; he was up at five : *il était debout à cinq heures* ; to sit up late : *veiller tard.*
15. **the worst** : m. à m. : *le pire* (superlatif de **bad** : *mauvais, méchant* ; comparatif : **worse**).
16. **were** : (ici) subj. avec **wish**, exprimant l'hypothèse ; I wish you did it : *j'aimerais que vous le fassiez.*

145

I hadn't been back all these years ; I hadn't realized how well I remembered the place. Things I'd quite forgotten, like that sand heap, were coming back with an effect of pathos and nostalgia. I could have been very happy that night in a melancholy [1] autumnal way, wandering about the little town, picking up [2] clues [3] to that time of life when [4], however miserable we are [5], we have expectations. It wouldn't be the same if I came back again, for then there would be the memories of Lola, and Lola meant [6] just [7] nothing at all. We had happened [8] to pick [9] each other up at a bar the day before and liked each other. Lola was all right, there was no one I would rather spend the night with, but she didn't fit in with [10] *these* memories. We ought to have gone to Maidenhead. That's country too.

The inn was not quite where I remembered it. There was the Town Hall, but they [11] had built a new cinema with a Moorish dome and a café [12], and there was a garage which hadn't existed in my time [13]. I had forgotten too the turning to the left up a steep villaed [14] hill.

"I don't believe that road [15] was there in my day," I said.

"Your day ?" Lola asked.

"Didn't I tell you ? I was born here."

---

1. **melancholy :** ▲ (ici adj.) *mélancolique ;* (n.) *mélanco-lie.*

2. **picking up :** to pick up : (ici) *découvrir, dénicher, trouver, apprendre ;* to pick up a bargain : *trouver une occasion ;* I picked up a bit of news about him : *j'ai appris qqch sur lui.*

3. **clues :** clue : *indice, indication, fil directeur ;* to find the clue to sth : *découvrir la clef de qqch ;* I haven't a clue : *je n'en ai pas la moindre idée.*

4. **that time of life when :** notez l'emploi (logique) de when.

5. **however miserable we are :** *aussi malheureux que nous soyons ;* however hard he works : *il a beau travailler.*

6. **meant :** to mean (meant, meant) : 1) (ici) *avoir de l'importance* (pour) ; 2) *signifier, vouloir dire ;* 3) *avoir l'intention de.*

7. **just :** (ici) *tout à fait ;* **just the thing !** *tout à fait ce qu'il faut !*

146

Je n'étais pas revenu depuis toutes ces années ; je ne m'étais pas rendu compte à quel point je me souvenais de l'endroit. Des détails que j'avais complètement oubliés, comme ce tas de sable, me revenaient, chargés d'émotion et de nostalgie. J'aurais pu être heureux ce soir-là, d'une manière mélancolique, automnale, à errer dans la petite ville, à la recherche de souvenirs de cette période de la vie où, aussi malheureux que nous soyons, nous avons des espérances. Ce ne serait pas la même chose si je revenais, car alors il y aurait le souvenir de Lola et Lola n'était absolument rien pour moi. Nous nous étions trouvés par hasard la veille, dans un bar, et nous nous étions plu. Lola était parfaite, il n'y avait personne avec qui j'aurais préféré passer la nuit, mais elle n'avait aucune place dans de tels souvenirs. Nous aurions dû aller à Maidenhead. Ça aussi, c'est la campagne.

L'auberge n'était pas située exactement là où je la revoyais. Il y avait bien l'hôtel de ville, mais on avait construit un nouveau cinéma avec un dôme mauresque et un salon de thé, et il y avait un garage qui n'existait pas de mon temps. J'avais également oublié le tournant à gauche, qui conduisait à une pente raide couverte de pavillons.

« Je crois qu'il n'y avait pas cette rue quand j'habitais ici, dis-je.

— Quand tu habitais ici ? demanda Lola.

— Je ne t'ai pas dit ? Je suis né ici.

---

8. **happened :** △ **to happen (to)** : *avoir la bonne* ou *la mauvaise chance (de)* ; **I happened to see him** : *je l'ai vu par hasard.*

9. **to pick up :** (ici) *draguer* ; **pickup** : (n.) *fille d'un soir.*

10. **to fit in with :** *cadrer, concorder, aller avec* ; cf. **to go with** p. 147 note 8.

11. **they :** **they, we, you** : équivalents de *on*, selon le contexte.

12. **café** (G.B.) : *café-restaurant* (sans boissons alcoolisées).

13. **in my time :** ou voir plus bas **in my day** : *à mon époque, de mon temps.*

14. **villaed : villa** (ici), *pavillon* (de banlieue).

15. **road :** 1) (ici) *rue* ; 2) *route* ; **road block** : *barrage routier.*

"You must get a kick[1] out of bringing me here," Lola said. "I suppose you used to think of[2] nights like this when you were a boy."

"Yes," I said, because it wasn't her fault. She was all right. I liked her scent. She used[3] a good shade[4] of lipstick[5]. It was costing[6] me a lot, a fiver[7] for Lola and then all the bills and fares[8] and drinks, but I'd have thought it money well spent anywhere else in the world.

I lingered[9] at the bottom of that road. Something was stirring[10] in the mind[11], but I don't think I should have remembered what, if a crowd[12] of children hadn't come down the hill at that moment into the frosty[13] lamplight, their voices sharp and shrill, their breath fuming[14] as they passed under the lamps. They all carried linen bags, and some of the bags were embroidered with[15] initials. They were in their best clothes[16] and a little self-conscious[17]. The small girls kept to themselves[18] in a kind of compact beleaguered[19] group, and one thought of hair ribbons and shining shoes and the sedate[20] tinkle[21] of a piano. It all came back to me : they had been to a dancing lesson, just as I used to go, to a small square house with a drive of rhododendrons half-way up the hill.

---

1. **kick :** (ici) *plaisir, excitation ;* he does it for kicks : *il le fait pour le plaisir, parce que ça l'excite.*
2. **to think of :** *penser à ;* △ notez la préposition of.
3. **used to :** exprime une habitude du passé désormais abandonnée.
4. **shade :** *nuance (couleur…).*
5. **lipstick :** *(bâton de) rouge à lèvres.*
6. **costing :** to cost (cost, cost) : *coûter ;* cost (n.) : *coût ;* costly : *coûteux.*
7. **fiver :** (fam.) billet de 5 livres ou de 5 dollars.
8. **fare :** *prix du billet (train…), de la course (taxi).*
9. **lingered :** to linger : *traîner, s'attarder ;* to linger over a meal : *rester longtemps à table, manger sans se presser.*
10. **stirring :** to stir : *(se) remuer, bouger.*
11. **mind :** *cerveau, esprit, intelligence.*
12. **crowd :** 1) *foule ;* 2) *groupe, bande ;* 3) (fam.) *grand nombre de.*
13. **frosty :** *glacé, glacial, de gelée ;* frost : *gelée, gel.*
14. **fuming :** to fume : *exhaler des vapeurs, fumer.*

148

— Ça doit t'émoustiller de m'emmener ici, dit Lola. Je suppose que tu devais imaginer des nuits comme celle-ci quand tu étais gamin ?

— Oui », dis-je, car elle n'y était pour rien. Elle était parfaite. Son parfum me plaisait. Elle avait un beau rouge à lèvres. Le week-end me coûtait une fortune, cinq livres pour Lola, plus toutes les notes, les billets de train, les boissons, mais j'aurais estimé que c'était de l'argent bien employé dans n'importe quel autre coin du monde.

Je m'attardais au bas de cette rue. Un souvenir remuait dans ma tête mais je ne pense pas que j'aurais su le démêler, si une bande d'enfants qui descendaient le raidillon à ce moment-là n'était apparue dans la lumière glacée, poussant des cris aigus et stridents, l'haleine fumante, alors qu'ils passaient sous les lampadaires. Ils portaient tous des sacs de toile et certains de ces sacs étaient brodés à leurs initiales. Ils arboraient leurs plus beaux habits et ils étaient un peu empruntés. Les petites filles restaient entre elles, pressées les unes contre les autres comme une bande d'assiégés et cela évoquait des rubans dans des cheveux, des souliers brillants, le son grêle et tranquille d'un piano. Tout me revint à la mémoire : ils étaient allés à leur leçon de danse, tout comme moi autrefois, dans une petite maison carrée avec une allée de rhododendrons située à mi-pente.

---

15. **embroidered with :** to embroider : *broder ;* **embroidery** : *broderie.*
16. **in their best clothes :** m. à m. : *dans leurs meilleurs vêtements ;* in his (Sunday) best : *sur son trente et un, endimanché.*
17. **self-conscious :** *timide, gêné, intimidé.*
18. **kept to themselves :** △ she keeps to herself : *elle fuit la compagnie, elle fait bande à part, elle se tient à l'écart.*
19. **beleaguered :** ou besieged (cf. p. 158 note 9) : *assiégé.*
20. **sedate** [sɪ'deɪt] : *posé, rassis, calme.*
21. **tinkle :** *tintement ;* to tinkle : (v.) *faire tinter, tinter.*

149

More than ever I wished that Lola were not with me, less than ever did she fit, as I thought "something's missing [1] from the picture", and a sense of pain glowed [2] dully [3] at the bottom of my brain.

We had several drinks at the bar, but there was half an hour before they would agree to serve dinner [4]. I said to Lola, "You don't want to drag [5] round his town. If you don't mind [6], I'll just slip [7] out for ten minutes and look at a place I used to know." She didn't mind. There was a local [8] man, perhaps a schoolmaster, at the bar simply longing [9] to stand [10] her a drink. I could see how he envied me, coming down with her like this from town [11] just for a night.

I walked up the hill. The first houses were all new. I resented [12] them. They hid such things as fields and gates I might have remembered. It was like a map which had got wet in the pocket and pieces had stuck together ; when you opened it there were whole patches [13] hidden [14]. But half-way up, there the house really was, the drive ; perhaps the same old lady was giving lessons. Children exaggerate age. She may not in those days have been more than thirty-five. I could hear the piano. She was following the same routine.

---

1. **missing :** 1) (ici) *manquant ;* there's some money missing from the till : *il manque de l'argent dans la caisse ;* 2) *disparu ;* there are three climbers missing : *trois alpinistes sont portés disparus.*
2. **glowed :** to glow : *brûler sans flammes* (braises...) ; aussi au figuré : my heart glows for you : *mon cœur brûle pour vous.*
3. **dully :** *sourdement ;* dull : *vague, sourd* (douleur, son...).
4. **before they would agree to serve dinner :** m. à m. : *avant qu'ils consentent à servir le dîner ;* to agree with : *être d'accord avec.*
5. **to drag :** *se traîner, avancer lentement et avec difficulté.*
6. **to mind :** *trouver à redire à, voir un inconvénient à ;* do you mind my smoking ? *ça ne vous dérange pas que je fume ?*
7. **to slip :** *se glisser, se faufiler.*
8. **local :** (adj.) *du quartier, du coin, du pays, de la*

150

Plus que jamais je souhaitais que Lola ne fût pas avec moi (plus que jamais elle détonnait), pendant que je me disais : « Quelque chose manque au tableau », et une douleur sourde brûlait au fond de mon cerveau.

Nous prîmes plusieurs consommations au bar de l'auberge mais nous avions une demi-heure devant nous avant de pouvoir dîner. Je dis à Lola : « Tu ne tiens pas à déambuler dans les rues de la ville. Si ça ne te fait rien, je vais m'éclipser dix minutes pour aller voir un endroit que je connaissais autrefois. » Elle n'y vit aucun inconvénient. Il y avait au bar un homme du coin, un instituteur peut-être, qui mourait tout simplement d'envie de lui offrir un verre. Je me rendais bien compte qu'il me jalousait d'être descendu avec elle de Londres, comme ça, juste pour une nuit.

Je gravis la pente. Les premières maisons étaient toutes neuves. Je leur en voulais d'être là. Elles cachaient ce dont j'aurais pu me souvenir, tel que des champs, des barrières. C'était comme une carte qui s'était mouillée dans une poche et dont les morceaux s'étaient collés les uns aux autres, quand on l'ouvrait il y avait des parties entières qui étaient invisibles. Mais à mi-côte, il y avait bel et bien la maison et l'allée ; peut-être était-ce la même vieille dame qui donnait des leçons. Les enfants grossissent l'âge des grandes personnes. Peut-être n'avait-elle pas plus de trente-cinq ans à l'époque. J'entendis le piano. Elle suivait la même routine.

---

région ; **local** : (n.) 1) *personne du coin, du pays ·* 2) *café du coin.*
9. **longing :** to long : *désirer fortement, avoir très envie.*
10. **to stand** : to stand sb a drink : *payer à boire à qqn.*
11. **town** : △ (ici) *Londres.*
12. **resented :** to resent : *s'offenser de, être froissé* ou *indigné de ;* I resent your tone : *votre ton me déplaît.*
13. **patches :** patch : 1) (ici) *petite superficie, parcelle* (de terre), *plaque* (de glace), *plaque* (de verglas), *nappe* (de brume), *tache* (de couleur) ; 2) *pièce* (sur un vêtement) ; 3) *rustine* (sur une chambre à air).
14. **hidden :** *caché ;* hidden meaning : *sens caché ;* to hide (hid, hidden), *cacher.*

Children under [1] eight, 6-7 p.m. Children eight to thirteen, 7-8. I opened the gate [2] and went in a little way [3]. I was trying to remember.

I don't know what brought it back [4]. I think it was simply the autumn, the cold, the wet frosting [5] leaves, rather than the piano, which had played different tunes in those days. I remembered the small girl as well as one remembers anyone without a photograph to refer to [6]. She was a year older than I was : she must have been just on the point of eight. I loved her with an intensity I have never felt since, I believe, for anyone. At least I have never made the mistake of laughing at children's love. It has a terrible inevitability of separation because there *can* be no satisfaction. Of course one invents tales [7] of houses on fire [8], of war and forlorn [9] charges which prove one's courage in her eyes, but never of marriage. One knows without being told that can't happen, but the knowledge [10] doesn't mean that one suffers less. I remembered all the games [11] of blind [12]-man's buff at birthday parties when I vainly hoped to catch her, so that I might have the excuse to touch and hold her, but I never caught her ; she always kept out of my way [13].

But once a week [14] for two winters I had my chance : I danced with her.

---

1. **under :** (ici) *au-dessous de (inférieur à) ;* in under two weeks : *en moins de deux semaines.*
2. **gate :** 1) *portail, porte* (jardin) ; 2) *portillon, barrière.*
3. **way :** (ici) *distance ;* a little way off : *pas très loin ;* it's a long way from here : *c'est loin d'ici.*
4. **brought back :** this brings back memories : *cela me rappelle des souvenirs ;* to bring (brought, brought) : *apporter.*
5. **frosting :** to frost : *geler* (cf. p. 152 note 13).
6. **to refer to** [rɪ'fɜ:] : *se reporter à.*
7. **tales :** tale : 1) *conte, récit ;* fairy tale : *conte de fée ;* 2) *légende ;* 3) *mensonge, histoire fausse ;* cf. to tell (told, told) : *raconter.*
8. **on fire :** *en feu ;* ▲ notez la préposition on.
9. **forlorn** [fə'lɔ:n] : (littéraire) *abandonné, délaissé, malheureux, triste ;* forlorn hope : *cause perdue d'avance.*

Les enfants de moins de huit ans, entre six et sept heures du soir. Les enfants de huit à treize ans, de sept heures à huit heures. J'ouvris le portail et fis quelques pas. J'essayai de me souvenir.

Je ne sais ce qui ramena les choses à la surface. Je crois que c'est simplement l'automne, le froid, les feuilles mouillées de givre, plutôt que le piano qui avait joué des airs différents en ce temps-là. Je me souvins de la petite fille aussi bien qu'on se souvient de quelqu'un sans recourir à une photographie. Elle avait un an de plus que moi ; elle devait être tout près de ses huit ans. Je l'aimais avec une passion que je n'ai jamais éprouvée pour personne depuis, je crois. Au moins je n'ai jamais commis l'erreur de me moquer des amours enfantines. Elles sont vouées à la séparation terrible et inéluctable, car elles ne peuvent aboutir. Bien sûr, on invente des histoires de maisons en flammes, de guerres et de charges désespérées pour prouver son courage aux yeux de la bien-aimée, mais jamais de mariage. On sait, sans qu'on vous le dise, que cela ne peut pas se produire, mais de le savoir ne signifie pas que l'on souffre moins pour autant. Je me remémorai toutes les parties de colin-maillard aux fêtes d'anniversaire au cours desquelles j'espérais en vain l'attraper afin d'avoir une excuse pour la toucher et la tenir dans mes bras, mais je ne l'attrapais jamais ; elle se tenait toujours hors de mon atteinte.

Mais une fois par semaine, pendant deux hivers, une chance me fut offerte : je dansais avec elle.

---

10. **knowledge** [ˈnɔledʒ] : 1) *connaissance ;* **to (the best of) my knowledge** : *à ma connaissance, autant que je sache* (**to know, knew, known** : *savoir*) ; 2) *savoir, connaissance.*

11. **game** : 1) (ici) (sport) *partie ;* 2) *jeu ;* **ball game** : *jeu de ballon ;* **card game** : *jeu de cartes ;* 3) *sport ;* **Olympic Games.**

12. **blind** : (adj.) *aveugle ;* **a blind man** : *un aveugle ;* **the blind** : *les aveugles* (en général) (≠ **the sighted** : *les voyants*).

13. **way** : (ici) *chemin, route, voie, direction ;* **am I in your way ?** *je vous gêne ? ;* **to get out of the way** : *se ranger.*

14. **once a week** : notez cet emploi de **a** *(par) ;* **once** : *une fois ;* **twice** : *deux fois ;* puis **three times, four times...** etc.

153

That made it worse (it was cutting off [1] our only [2] contact) when she told me during one of the last lessons of the winter that next year she would join [3] the older class [4]. She liked me too, I knew it, but we had no way [5] of expressing it. I used to go to her birthday parties and she would [6] come to mine, but we never even ran home [7] together after the dancing class. It would have seemed odd ; I don't think it occurred to us. I had to join my own boisterous teasing [8] male companions, and she the besieged [9], the hustled [10], the shrilly indignant sex [11] on the way down the hill.

I shivered there in the mist and turned my coat collar up [12]. The piano was playing a dance from an old C. B. Cochran revue. It seemed a long journey to have taken to find only Lola at the end of it. There *is* something about [13] innocence one is never quite resigned to lose. Now when I am unhappy about a girl, I can simply go and buy [14] another one. Then the best I could think of was to write some passionate message and slip [15] it into a hole [16] (it was extraordinary how I began to remember everything) in the woodwork [17] of the gate. I had once told her about the hole, and sooner or later [18] I was sure she would put in her fingers and find the message. I wondered what the message could have been.

---

1. **cutting off** : to cut (cut, cut) off : *couper, isoler ;* to cut off somebody's supplies : *couper les vivres à qqn.*
2. **only** : (adj.) *seul, unique ;* an only child : *un enfant unique.*
3. **to join** : *se joindre à, entrer dans* (club...), *s'affilier à.*
4. **the older class** : s'agissant de deux (séries de) pers. ou d'objets, l'anglais emploie le comparatif ; **Mary's the more fashionable of the two.**
5. **way** : (ici) *moyen, méthode, manière, façon ;* that's the right way to go about it : *c'est la bonne façon de s'y prendre.*
6. **would** : exprime ici une habitude du passé.
7. **ran home** : to run (ran, run) home : *rentrer en courant* (chez soi). ∆ pas de prép. avec **home** et les v. de mouvement.
8. **teasing** : *taquin ;* to tease : *taquiner, tourmenter, faire enrager.*
9. **besieged** : ou **beleaguered** (p. 153 note 19), *assiégé.*

Cela rendit plus douloureux (notre seul contact était coupé) le moment où elle m'annonça, au cours d'une des dernières leçons de l'hiver, que l'année suivante elle passerait dans la classe des grands. Elle m'aimait, elle aussi, mais nous n'avions aucun moyen d'exprimer notre amour. J'allais à ses fêtes d'anniversaire et elle venait aux miennes mais nous ne rentrâmes même pas une seule fois ensemble à la maison après la leçon de danse. Cela aurait paru bizarre ; je ne pense pas que cela nous vint seulement à l'esprit. Je devais rejoindre mes camarades, mâles tapageurs et taquins, et elle, ses compagnes, filles assiégées, pressées les unes contre les autres, qui poussaient des cris stridents d'indignation en descendant la rue.

Je grelottais là dans la brume et relevai le col de mon pardessus. Le piano jouait une danse extraite d'une vieille revue de music-hall de C.B. Cochran. J'avais le sentiment d'avoir parcouru une route bien longue pour ne trouver que Lola au bout. Il y a, nul doute, quelque chose dans l'innocence qu'on ne se résigne jamais à perdre tout à fait. Aujourd'hui, quand je suis malheureux à cause d'une femme, je peux tout simplement aller m'en acheter une autre. En ce temps-là, je ne pus imaginer rien de mieux que d'écrire un message passionné et de le glisser dans une fissure que j'avais remarquée dans le bois du portail (c'est extraordinaire comme je commençais à me souvenir de tout). Je lui avais parlé un jour de cette fissure et j'étais certain que tôt ou tard elle y passerait les doigts et qu'elle trouverait le message. Je me demandai ce qu'avait pu en être le contenu.

---

10. **hustled : hustle :** *se dépêcher, se bousculer ;* **hustle and bustle :** *tourbillon d'activité.*
11. **sex :** *sexe ;* **the fair sex :** *le sexe faible, le beau sexe.*
12. **to turn... up :** *relever* (col...), *retrousser* (manches...).
13. **about :** (ici) *dans, chez ;* **there's something strange about him :** *il y a quelque chose d'étrange chez, en lui.*
14. **go and buy :** △ emploi de **and** ; de même avec l'impératif : **come and see me ; go and get it.**
15. **to slip :** *glisser, introduire furtivement.*
16. **hole :** 1) (ici) *trou ;* 2) *tanière ;* 3) (fam.) *bled.*
17. **woodwork :** *boiserie, charpente ;* **framework :** *ossature, charpente.*
18. **sooner or later :** *tôt ou tard* (notez l'expression avec les comparatifs).

155

One wasn't able to express much, I thought, in those days ; but because the expression was inadequate [1], it didn't mean that the pain was shallower [2] than what one sometimes suffered [3] now. I remembered how for days I had felt [4] in the hole and always found the message there. Then the dancing lessons stopped. Probably by the next winter I had forgotten.

As I went out of the gate I looked to see if the hole existed. It was there. I put in my finger, and, in its safe shelter from the seasons [5] and the years, the scrap [6] of paper rested [7] yet [8]. I pulled [9] it out and opened it. Then I struck a match, a tiny [10] glow [11] of heat [12] in the mist and dark. It was a shock to see by its diminutive flame a picture of crude [13] obscenity. There could be no mistake ; there were my initials below the childish inaccurate [14] sketch [15] of a man and woman. But it woke fewer memories than the fume of breath, the linen bags, a damp leaf, or the pile of sand. I didn't recognize it ; it might have been drawn by a dirty-minded [16] stranger on a lavatory wall. All I could remember was the purity, the intensity, the pain of that passion.

---

1. **inadequate** [ɪ'nædɪkwɪt] : 1) (ici) *insuffisant, inadapté ;* 2) *incompétent ;* n. correspondant : **inadequacy** [ɪ'nædɪkwɪsɪ].

2. **shallower :** m. à m. : *plus superficiel(le) ;* **shallow :** 1) *peu profond* (rivière...) ; 2) (fig.) *superficiel, frivole.*

3. **suffered :** to suffer from : *souffrir de* (△ prép. **from**).

4. **felt :** to feel (felt, felt) : (ici) *tâter, palper ;* **to feel for :** *chercher à tâtons.*

5. **in its safe shelter from the seasons :** m. à m. : *dans son abri sûr protégé des saisons* (protected from) ; **safe :** (ici) *sûr, sans danger, sans risque ;* **shelter :** 1) *abri, couvert ;* to take shelter : *s'abriter ;* under shelter : *à l'abri ;* 2) (fig.) *asile, refuge.*

6. **scrap :** *morceau, fragment, bout, reste inutile.*

7. **rested :** to rest : (ici) *appuyer* ou *reposer* (sur), *rester ;* notez cet emploi de **to rest ;** aussi **to rest :** *se reposer ;* **rest :** (n.) *repos.*

8. **yet :** (ici) *encore (maintenant) ;* they have a few days yet : *ils ont encore quelques jours ;* not just yet : *pas pour l'instant.*

On n'était pas à même d'exprimer grand-chose, me dis-je, à cet âge-là, mais si les moyens d'expression étaient inadaptés, cela ne voulait pas dire que la souffrance était moins profonde que celle qu'on éprouve parfois plus tard. Je me souvins que des jours durant j'avais passé la main dans la fente et trouvé le message toujours à sa place. Puis les leçons de danse prirent fin. L'hiver suivant j'avais probablement tout oublié.

En sortant par le portail je jetai un coup d'œil pour voir si la fente existait encore. Elle y était bel et bien. J'y mis le doigt et, en lieu sûr, malgré le passage des saisons et des ans, le petit bout de papier demeurait là. Je le sortis et le dépliai. Puis je craquai une allumette, mince flamme chaude au milieu de la brume et des ténèbres. J'eus un choc en voyant dans la faible lueur un dessin d'une grossière obscénité. On ne pouvait s'y méprendre ; il y avait mes initiales sous le dessin d'enfant qui représentait de manière inexacte un homme et une femme. Mais il remua moins de souvenirs en moi que les haleines qui fumaient, les sacs de toile, une feuille humide ou le tas de sable. Je ne le reconnus pas ; il aurait pu être tracé sur un mur de W.C. par un inconnu aux idées lubriques. Tout ce qui me revint à la mémoire, ce fut la pureté, l'intensité de cette passion et la souffrance qui l'accompagna.

---

9. **pulled :** to pull : *tirer* (≠ **to push :** *pousser*).

10. **tiny :** *tout petit, minuscule* (cf. **diminutive** plus loin).

11. **glow :** *lueur rouge* (cf. p. 154 note 2) ; **glow worm :** *ver luisant.*

12. **heat :** *(grande) chaleur* (adj. **hot**) ; **warmth :** *chaleur, tiédeur* (adj. : **warm**).

13. **crude :** *grossier, rude, sans ménagements.*

14. **inaccurate** [ɪˈnækjurɪt] : *imprécis, inexact* (≠ **accurate**).

15. **sketch : ▲** 1) *croquis, esquisse* ; 2) (fig.) *ébauche, aperçu.*

16. **dirty-minded :** m. à m. : *à l'esprit* (**mind**) *sale* (cf. p. 148 note 4).

I felt at first as if I had been betrayed. "After all," I told myself, "Lola's not so much out of place here." But later that night, when Lola turned away from me and fell asleep [1], I began to realize [2] the deep innocence of that drawing [3]. I had believed [4] I was drawing something with a meaning [5] and beautiful ; it was only now after thirty years of life that the picture seemed obscene.

---

1. **asleep :** *endormi ;* to be sound asleep : *dormir d'un sommeil profond ;* to fall asleep, to go to sleep : *s'endormir.*
2. **to realize** ['rɪəlaɪz] : 1) *se rendre compte, prendre conscience de ;* she doesn't realize things : *elle est inconsciente ;* 2) *réaliser (projet, ambition, rêve...).*
3. **drawing :** (n.) *dessin ;* **drawing board** : *planche à dessin ;* to draw (drew, drawn) : 1) *dessiner ;* 2) *tirer.*
4. **believed :** to believe : *croire ;* I believe so : *je crois que oui ;* I believe not : *je ne crois pas ;* **believer** : *croyant, adepte ;* **belief** : *croyance, confiance, foi ;* beyond belief : *incroyable ;* to the best of my belief : *autant que je sache.*
5. **meaning :** (n.) *sens, signification ;* **meaning** (adj.) : *significatif, éloquent, entendu ;* a meaning smile : *un sourire entendu ;* to mean (meant, meant) : *signifier, vouloir dire.*

J'eus d'abord l'impression d'avoir été trahi. « Après tout, me dis-je, Lola a presque sa place ici. » Mais plus tard, ce soir-là, quand Lola se détourna de moi et s'endormit, je commençai à comprendre toute la profonde innocence de mon dessin. J'avais cru dessiner quelque chose de beau et qui avait un sens ; c'est seulement alors, au bout de trente ans de vie, que l'image me paraissait obscène.

VOCABULAIRE
A TRAVERS LES NOUVELLES

Voici environ 1 500 mots rencontrés dans les nouvelles, suivis de leur traduction et d'un chiffre de page qui renvoie au contexte.

A

a good deal (of), *beaucoup (de)*, **24**

a great deal of, *beaucoup de*, **130**

above, *au-dessus*, **84**

abrupt, *brusque, précipité*, **28**

abruptly, *brusquement*, **106**

absorbed in, *absorbé par*, **56**

abstain from, *s'abstenir de*, **86**

abstract, *abstrait*, **36**

accompany, *accompagner*, **110**

account, *compte-rendu*, **128**

accurate, *précis*, **22**

accustomed to, *accoutumé à*, **126**

acre, *acre (= 40 ares ou 4 000 m² environ)*, **134**

act, *agir*, **26**

act, *jouer (au théâtre)* **114**

add, *ajouter*, **30, 50, 126**

adhere, *adhérer, s'attacher*, **96**

adjust, *ajuster, arranger*, **110**

admire, *admirer*, **26**

admit, *admettre*, **108**

adress, *s'adresser à*, **66**

adventure, *aventure*, **32**

advise, *conseiller*, **132**

adviser (n.), *conseiller*, **132**

afterwards (adv.), *après, ensuite*, **44, 110**

again, *de nouveau*, **44**

against, *contre*, **52**

age (v.), *vieillir*, **22, 88**

age, *vieillesse*, **72, 88**

agency, *agence*, **134**

agree, *être d'accord*, **26**

ahead, *en avant, devant* **80**

ahead of, *devant*, **142**

aim, *but*, **124**

airport, *aéroport*, **28**

alight from, *descendre (de train...)*, **146**

alight, *allumé*, **22**

alive, *en vie*, **116**

all the same, *malgré tout*, **36**

allow, *autoriser, permettre*, **40, 126**

all-in wrestling, *catch*, **60**

alms, *aumône*, **148**

alms-house, *hospice*, **148**

alone, *seul*, **148**

alone (leave, left, left), *laisser en paix*, **34**

aloud, *à haute voix*, **50**

alter, *(se) changer*, **94**

altruistic (adj.), *altruiste*, **60**

among, *parmi, entre (plusieurs)* **76**

angrily, *avec colère*, **78**

angry (with), *en colère (contre)*, **118**

anxious to, *tenir à*, **54**

anyway, *de toute façon*, **58, 78, 116**

apartment (amér.), *appartement*, **26**

apologetically, *en manière d'excuse*, **20**

apologize, *s'excuser*, **20**

appear, *apparaître*, **68**

apple, *pomme*, **56**

appoint, *nommer*, **140**

approach, *approcher de*, **64**

architect, *architecte*, **44**

area, *domaine, champ (d'activité)*, **26**

argument, *discussion, dispute*, **40**

arm, *bras*, **108**

arrive (at, in), *arriver à*, **52**

as for (me…) *quant à (moi…)*, **26**

as long as, *tant que*, **130**

as though, as if, *comme si*, **22**

ash, *cendre*, **72**

ashamed of (be), *avoir honte de*, **36**

asleep, *endormi*, **46**

astonish, *étonner*, **50**

astonishment, *étonnement*, **76**

at last, *enfin*, **68**

at least, *au moins*, **34**

at once, *à la fois*, **30**

at once, *immédiatement*, **66**

at random, *au hasard*, **50**

attempt, *tentative*, **124**

attend to, *s'occuper de*, **130**

attendant, *gardien*, **60**

August Bank Holiday, *long week-end (1er lundi d'août)*, **44**

avoid, *éviter*, **50**

aware of, *conscient de*, **28, 48, 96**

awe, *effroi mêlé de respect ou d'admiration*, **68**

awful, *affreux*, **116**

awkwardly, *gauchement*, **24**

B

back door, *porte de derrière*, **66**

back (n.), *arrière*, **64, 76, 96**

back (v.), *(faire) reculer*, **94**

back, *de retour*, **30**

back, *dos*, **80, 112**

back, *fond, arrière*, **60**

background, *arrière-plan*, **126**

backward, *vers l'arrière*, **80**

badge, *insigne, symbole, marque*, **16**

badly, *beaucoup, sérieusement*, **114**

balance (v.), *équilibrer*, **92**

bamboo, *bambou*, **108**

band, *orchestre, harmonie, fanfare*, **138**

bangle, *bracelet*, **104**

banister, *rampe (d'escalier)*, **66**

banner, *banderole*, **132**

bare, *nu*, **118**

barrier, *barrière*, **16**

barrow, *brouette*, **60**

barrow-boy, *marchand de quatre-saisons*, **60**

basement, *sous-sol*, **68**

basis, *base*, **130**

basket, *panier*, **134**

bath, *baignoire*, **68, 96, 140**

bathroom, *salle de bains*, **68, 116**

bay (hold at), *tenir en échec*, **34**

bead, *grain (de chapelet), perle (de verroterie)*, **38**

beat, *ronde (police)*, **64**

because of, *à cause de*, **18**

become, became, become, *devenir*, **16, 26, 70**

begin, began, begun, *commencer*, **22, 66**

behaviour, *façon de se comporter, d'agir*, **16**

beleaguer, *assiéger*, **152**

believe, *croire*, **16, 22, 116, 122, 136**

bell, *cloche*, **122**

bell, door-bell, *sonnette*, **52**

belong to, *appartenir à* **48, 54**

belong (here), *être originaire (d'ici)*, **148**

below, *en dessous*, **68**

bench, *banc*, **16**

beside, *à côté (de), près de*, **40, 80, 94**

besiege, *assiéger*, **158**

betray, *trahir*, **118, 162**

bet, bet ou betted, bet ou betted, *parier*, **60**

betting, *pari*, **60**

between, *entre (deux)*, **96**

beyond, *au-delà (de), plus loin*, **46, 60**

bill, *note, facture*, **34, 152**

bind, bound, bound, *(re)lier*, **126, 140**

bird, *oiseau*, **18**

birth, *naissance*, **104**

birthmark, *tache de vin*, **112**

bite, bit, bitten, *mordre*, **106**

bitter, *amer*, **116**

blanket, *couverture*, **92**

blare, *beugler, retentir*, **18**

blast, *souffle, explosion,* **46. 82**
bleeding, *sacré, foutu,* **50**
blind-man's buff, *colin-maillard,* **156**
blitz, *bombardement (aérien),* **46. 74**
blow, blew, blown, *souffler,* **138**
blue film, *film X,* **104**
boar, *sanglier,* **54**
bob (argot), *shilling,* **74**
bogies, *flics,* **76**
boisterous, *tapageur, bruyant,* **158**
bomb (n.), *bombe,* **46**
bomb, *bombardement,* **138**
bother, *(se) tracasser,* **68. 132**
bottle, *bouteille,* **68**
bottom, *bas,* **152**
bottom, *fond,* **48**
bottom, *postérieur,* **140**
bounce, *faire rebondir (balle),* **50**
bounce, *(re)bondir,* **94**
bow, *s'incliner, saluer,* **116**
bowels, *entrailles,* **134**
bra, *soutien-gorge,* **106**
bracket(s), *classe, groupe, tranche,* **128**
brake, *frein,* **94**
brandy, *eau-de-vie, cognac,* **34**
break in, broke, broken, *entrer par effraction,* **52**
break, broke, broken, *casser, interrompre,* **20. 96. 116**
breath, *haleine,* **152**
breathe, *respirer,* **76**
breeding (good breeding), *bonnes manières, savoir-vivre,* **20**
breeze, *brise,* **16**
bride (n.), *pot-de-vin,* **50**
bridge, *pont,* **108. 148**
bring ourself to, brought, brought, *se résoudre à,* **116**
bring somebody, brought, brought, *emmener qqn,* **152**
bring, brouhgt, brought, *apporter,* **32. 62**
brink, *bord,* **26**
British (adj.), *Britannique,* **22**
Britisher (n.), *Britannique,* **22**
brood, *broyer du noir, ruminer, bouder,* **44. 72**

brown, *brun,* **38**
build, built, built, *bâtir,* **84. 134. 150**
builder, *entrepreneur,* **48**
bun, *petit pain au lait,* **92**
bundle, *liasse (papiers), paquet,* **72**
burglar, *cambrioleur,* **90**
burn (n.), *brûlure,* **38**
burn, burnt ou burned, burnt ou burned, *brûler,* **72**
bury, *enfouir, cacher,* **110**
business, *affaire, entreprise,* **122**
business, *les affaires,* **134**
but, *sauf, excepté,* **46. 78**
butter (v.), *beurrer,* **92**
butterfly, *papillon,* **34**
buy, bought, bought, *acheter,* **28. 132.**
by, *près de,* **118**

C

cab, *cabine,* **94**
café (G.B.), *café-restaurant (sans boissons alcoolisées),* **150**
calculation, *calcul,* **112**
call, *appeler, nommer,* **24. 60. 84. 110. 124**
candle, *bougie,* **90**
car park, *parking,* **46. 138**
card, *carte à jouer,* **106**
care (about), *se soucier (de), s'intéresser (à),* **46**
care for, *s'occuper de,* **68**
careful, *soigneux,* **24**
carefully, *avec soin, soigneusement,* **20. 128**
carpentry, *menuiserie,* **90**
carpet, *tapis, moquette,* **140**
carry, *porter,* **18. 46. 84. 148**
carry, *adopter, voter (motion),* **60**
carry along, *emporter (courant…),* **28**
carry out, *effectuer, exécuter,* **50**
carve, *découper (viande…),* **68**
case, *affaire, procès,* **52**
catch, caught, caught, *attraper,* **84**

163

catch glimpses of, caught, caught, *apercevoir*, 118

caution, *prudence*, 18

cautiously, *prudemment*, 80

cellar, *cave*, 66

century, *siècle*, 110

chance, *hasard*, 16

chap (fam.), *type*, 54

character, *personnage*, 134

chauffeur, *chauffeur (de maître)*, 134

cheat, *tricher*, 50

check (n.), *contrôle*, 126

check (n.), *frein, ce qui empêche ou arrête (qqch.)*, 96

check, *réfréner*, 94

cheerless, *morne*, 106

cheese, *fromage*, 28

cherish, *caresser (illusion, espoir)*, 16

chest, *poitrine*, 140

china, *(objets de) porcelaine*, 68

chink, *(faire) tinter (verres)*, 104

chip, *couper en lamelles*, 90

chisel, *ciseau (à bois...)*, 62, 90

choose, chose, chosen, *choisir*, 28, 146

chop-house, *(petit) restaurant (populaire)*, 132

church, *église*, 128, 148.

churlish, *mal élevé, grossier*, 24

circle, *cercle*, 20

circle, *entourer*, 138

City (the), *la Cité (quartier de la finance à Londres)*, 136

claim, *prétendre, avancer*, 36, 46

clamp, *serrer, bloquer*, 44

claret, *bordeaux rouge*, 124

clear, *clair*, 126

clear (v.), *débarrasser*, 76

clear off, *décamper*, 78

clerk, *employé de bureau*, 44

click (n.), *bruit sec, déclic*, 52

click, *faire un bruit sec*, 110

climax, *apogée*, 114

climb, *grimper*, 64, 70, 84, 94

cling, clung, clung, *s'accrocher (à)*, 26

clip, *couper (avec des ciseaux)*, 66

close, *près, proche*, 36, 124

close, (v.), *fermer*, 52, 108

close by, *tout près de*, 28

close to, *tout près de*, 66, 80, 126

clothe, *habiller*, 138

clothes, *vêtements*, 110

cloud, *nuage*, 16

clue, *indice*, 150

coal, *charbon*, 134

coat-tail(s), *basques, pan(s) d'un habit*, 26

cockroach, *cafard (insecte)*, 106

coffee, *café (boisson)*, 34

coil, *rouleau (de corde...)*, 66

collapse, *s'effondrer*, 76

collection, *quête*, 62

column, *colonne*, 128

combine, *allier*, 134

come on, *faire des progrès*, 146

comfortable, *confortable*, 30

command (n.), *ordre, commandement*, 18

commit suicide, *se suicider*, 148

common (adj.), *général, universel*, 48

common (adj.), *quelconque*, 116

common (n.), *communal*, 44

companion, *compagnon*, 52

compensate, *compenser*, 128

complete (v.), *achever*, 70

completely, *complètement*, 34

concern (v.), *concerner*, 90

conclude with, *se terminer par*, 132

conductor, *receveur (bus)*, 50

confidence, *confiance*, 24

confidential, *de confiance (personne)*, 124

confine, *limiter*, 46

confuse, *troubler profondément*, 88

conspicuous, *bien visible, manifeste*, 106

contain, *contenir*, 146

continue, *continuer*, 118

coolie, *coolie, travailleur, porteur*, 104

corkscrew, *tire-bouchon*, 54

cost, cost, cost, *coûter*, 108, 152

cost price, *prix coûtant*, 48

164

count, *compter*, **72, 80**

counter-check, *contre-examen*, **126**

court, (n.), *cour, tribunal*, **52**

courtesy, *courtoisie*, **122**

cover with, *couvrir de*, **132**

cowardice, *lâcheté*, **36**

crack, *fêler, casser*, **68**

crack, *fente, fissure*, **28, 90**

crash (n.), *effondrement*, **86**

crash, *fracas, collision*, **94**

creak, *craquer*, **66**

cripple, *estropier*, **48**

cross, *croix*, **128**

crouch, *se tapir*, **138**

crowd, *groupe*, **152**

crowded (with), *encombré (de)*, **74**

crown (with), *couronner (de)*, **40**

crude, *grossier, rude*, **160**

crudely, *crûment*, **114**

crumb, *miette*, **20**

cry (n.), *cri*, **88**

curl, *boucle de cheveux*, **40**

current (n.), *courant*, **28**

curtain, *rideau*, **64, 138**

curve, *faire une courbe*, **66**

cut off, *cut, cut couper, isoler*, **158**

D

dado, *lambris (de mur)*, **46**

damage, *dégâts*, **70, 96**

damage, *endommager*, **66**

damp course, *couche isolante*, **90**

damp (adj.), *humide* **90, 148** ; (n.), *humidité*, **90**

dance (v.), *danser*, **36**

dangerous, *dangereux*, **52**

dare, *oser*, **36, 96**

dark (adj.), *sombre*, **116, 146**

dark, *obscurité, ténèbres*, **86, 160**

daunt, *décourager, intimider*, **56, 94**

dead (adj.), *mort*, **22, 118**

dealing, *commerce, opérations*, **86**

death, *la mort*, **34**

death-duties, *droits de succession*, **124, 140**

decade, *dizaine*, **132**

decorator, *peintre (en bâtiment)*, **48**

deeply, *profondément*, **116, 146**

defiance, *défi*, **44**

deficiency, *déficience*, **104**

degrading, *dégradant*, **116**

delegate, *déléguer*, **126**

demand, *exiger*, **108**

demolish, *démolir*, **66**

depend on, *dépendre de*, **122, 130**

deposit, *déposer*, **20**

depressingly, *de façon déprimante*, **28**

describe, *décrire*, **22, 126**

desist, *cesser (de)*, **124**

desk, *bureau (meuble)*, **128**

desperately, *désespérément*, **92**

destroy, *détruire*, **56**

destroyer, *destructeur*, **70**

destructor (n.), *destructeur*, **44**

deviation, *dérogation (loi)*, **52**

dictate (n.), *injonction, ordre*, **122**

different from, *différent de*, **38**

dig, dug, dug, *creuser*, **76**

dimly, *vaguement, faiblement*, **60**

din, *vacarme*, **18**

dine, *dîner (v.)*, **30**

dingy, *terne, sale*, **108**

dirty, *sale*, **104**

disappear, *disparaître*, **116**

discontent, *mécontentement*, **104**

discover, *découvrir*, **60**

discovery, *découverte*, **34**

disperse, *se disperser*, **50**

distinguished, *distingué*, **24**

disturb, *troubler, déranger*, **56**

dither, *trembler, frémir*, **88**

doll, *poupée*, **110**

double bed, *lit à deux places*, **110**

doubt, *doute*, **136**

drab, *terne, morne*, **56, 108**

drag, *se traîner*, **154**

draw, drew, drawn, *tirer*, **64, 126, 140**

draw, drew, drawn, *dessiner*, **160**

165

drawer, *tiroir*, 68, 136
drawing, *dessin*, 162
drawing-room, *salon*, 124, 140
draw lots, drew, drawn, *tirer au sort*, 52
dream (n.), *rêve*, 56, 80
dreary, *lugubre, morne*, 132, 138
dress, *robe*, 26
dress, *décorer (vitrine...)*, 134
dresser, *buffet de cuisine, vaisselier*, 96
dressing-table, *coiffeuse*, 38
dribble, *dribbler*, 60
drink (n.), *boisson, consommation*, 36
drink, drank, drunk, *boire*, 40, 106, 124
drive, *allée privée*, 152
drive, drove, driven, *pousser (psychologiquement)*, 60
drive, drove, driven, *aller en voiture, conduire*, 36, 108
driver, *chauffeur*, 88, 96, 134
drop, *goutte*, 40, 74
drop, *laisser tomber (qqch)*, 50, 66, 74
drop, *tomber (vent)*, 16
drop in, *faire une visite à l'improviste*, 126
drunken, *d'ivrogne*, 88
dry, *sec*, 76, 112
dubious, *aux allures louches*, 138
dully, *sourdement*, 154
dust, *poussière*, 64, 124
duties, *fonctions*, 122

E

ear, *oreille*, 38
early (adj.), *de bonne heure*, 16, 132
earth-floored, *au sol de terre*, 108
ease (v.), *soulager (conscience)*, 108
ease (at), *à l'aise (psychologiquement)*, 24
Easter, *Pâques*, 128
edge, *(re)bord*, 26, 82, 92, 106
educated, *instruit, qui a fait des études*, 136

elbow, *coude*, 28, 84
elderly, *âgé*, 108
elsewhere, *ailleurs, autre part*, 30
embarrassment, *gêne*, 110
embroider, *broder*, 152
emerald, *émeraude*, 104
emergency, *urgence*, 122
employ, *employer*, 132
employ, *employer, utiliser*, 18, 90
employee, *employé*, 126
empty, *vide*, 16
enable, *permettre, rendre capable de*, 122
encounter, *rencontre*, 16
end in, *se terminer par*, 62
enemy, *ennemi*, 34, 90
engage in, *s'engager dans*, 90
engage, *engager (à son service)*, 136
engine, *moteur*, 94
engrave, *graver*, 24
enjoy, *aimer, apprécier*, 50
enjoy oneself, *s'amuser*, 104
entail, *entraîner, amener*, 128
entrance, *entrée*, 146
entwine, *entrelacer*, 24
envy, *envier*, 154
experience (v.), *connaître, éprouver, (difficultés)*, 34
escape (n.), *évasion, fuite*, 32
escape (v.), *échapper à*, 48, 70
escape (from), *s'échapper (de)*, 24
establish, *affermir, asseoir (pouvoir)*, 46
estate, *domaine*, 134
estimate, *estimation*, 128
eve (n.), *veille*, 44
even (if), *même (si)*, 20, 126
evergreens, *arbres ou plantes à feuilles persistantes*, 64
except, *sauf*, 44
exchange (v.), *échanger*, 36
excite (v.), *exciter*, 38
excitement, *agitation, surexcitation*, 30
exciting, *passionnant*, 110
exclaim, *s'exclamer*, 18, 26
excuse (n.), *excuse, prétexte*, 44

166

excuse (v.), *excuser*, **24**

exhilaration, *joie débordante*, **76**

exile (n.), *exilé*, **122**

exist, *exister*, **136, 150**

expect, *s'attendre (à)*, **30**

expectations, *espérances*, **150**

expensive, *cher*, **124**

expertly, *habilement*, **20**

explain, *expliquer*, **50, 146**

expose, *(s')exposer*, **110**

express, *exprimer*, **158**

extinguish, *éclipser*, **110**

eye (v.), *regarder, mesurer du regard*, **104**

F

face (n.), *visage*, **40**

face (v.), *se tenir devant, faire face à*, **36**

fact (n.), *fait*, **44**

fail somebody, *manquer à ses engagements envers qqn*, **126**

faint (adj.), *léger (son...)*, **88**

faint (v.), *s'évanouir*, **86**

faint, *léger, insignifiant*, **18**

fair, *juste*, **76**

fall, fell, fallen, *tomber*, **46, 74, 96**

fall asleep, fell, fallen, *s'endormir*, **162**

fame, *renommée, réputation*, **60**

famous, *célèbre*, **134**

fan-light, *imposte*, **82**

far, *loin*, **28**

fare, *prix d'un billet*, **152**

fashion, *manière de faire*, **122**

fast (asleep...), *profondément, fermement*, **46**

fat (adj.), *gras*, **58**

fault, *faute*, **104**

fear, *crainte*, **64**

feature, *trait (du visage)*, **18**

feel, felt, felt, *avoir le sentiment (que)*, **24**

feel, felt, felt, *se sentir (mal...)*, **64, 118**

feel for, felt, felt, *chercher à tâtons*, **24**

feeling (n.), *sentiment*, **118**

feel like, felt, felt, *avoir envie de*, **86**

fence, *clôture*, **108**

fetch, *chercher*, **94**

fickleness, *inconstance*, **60**

field, *champ*, **154**

figure, *chiffre*, **128**

file, *dossier*, **126**

fill (with), *remplir de*, **76**

find out, found, found, *découvrir (vérité, secret)*, **56**

find, found, found, *trouver*, **18, 22**

fine, *beau*, **126**

finger, *doigt*, **160**

fire, *incendie*, **156**

fireplace, *cheminée, âtre*, **46**

firm (adj.), *ferme*, **122**

firmly, *fermement*, **32**

first, *d'abord*, **16**

fit, *convenir à, aller à*, **18**

fit in with, *aller avec*, **150**

fiver (fam.), *billet de 5 livres ou 5 dollars*, **152**

fix, *fixer, établir, arranger (qqch)*, **78, 106**

flake, *flocon, paillette, écaille*, **96**

flamboyant, *éclatant*, **30**

flat, *appartement*, **36**

flicker (of light), *brève lueur*, **58**

flight, *vol (d'oiseau)*, **94**

float, *flotter*, **54, 72, 104**

flood, *inondation*, **68**

floor, *étage*, **26, 70**

floor, *sol, plancher*, **72**

floorboard, *latte de plancher*, **66, 74**

flying, *violent (coup de pied...)*, **60**

fold, *plier*, **110**

follow, *suivre*, **84, 108**

fond of (be), *aimer beaucoup*, **22**

foot (plur. feet), *pied (30, 48 cm)*, **16**

foot, (plur.) feet, *pied*, **56**

footstep, *pas*, **94, 140**

for, *car*, **20**

foreign (adj.), *étranger (au pays)*, **20, 122**

forge, *falsifier*, **148**

forget, forgot, forgotten, *oublier*, **118**

167

forlorn, *abandonné, délaissé,* **156**
form (v.), *se former,* **52, 104**
former (adj.), *ancien,* **44**
formerly, *autrefois,* **134**
forty, *quarante,* **22**
forward, *en avant, vers l'avant,* **94, 126**
found, *fonder,* **122**
four-wheeler, *fiacre à quatre roues,* **146**
free, *gratuit,* **50**
free, *libre,* **28**
freely, *librement,* **20**
frog, *grenouille,* **44**
front (n.), *devant,* **78**
frost, *geler,* **156**
frosty, *glacé, glacial,* **152**
fruitful, *fructueux,* **130**
fulfil, *remplir,* **138**
fume, *exhaler des vapeurs,* **152**
funk, *frousse,* **50**
fun, *plaisir,* **72**
funny, *drôle, amusant,* **96**
funny, *étrange,* **30**
furniture, *meubles,* **70**
further, *autre, supplémentaire,* **34**
fury, *fureur,* **76**

G

gain, *gagner,* **128**
game, *partie (jeu),* **50, 156**
garden (the), *le jardin d'Eden,* **124**
gate, *barrière,* **154**
gather, *se rassembler,* **52, 60**
gaze (n.), *regard fixe,* **44, 56, 138**
gaze (at, on), *regarder fixement,* **78**
gentle, *doux,* **16**
genuine, *authentique,* **32**
get, got, got, *obtenir,* **32**
get on, got, got, *réussir,* **126**
get up, got, got, *se lever,* **106**
get + adj., got, got, *devenir,* **24**
ghost, *fantôme,* **32**
giggle (n.), *petit rire nerveux,* **38**

give, gave, given, *donner,* **16**
glad, *content,* **30**
glass, *verrerie,* **68**
gleam, *luire, jeter une lumière faible ou passagère,* **80**
glimpse, *vision rapide ou momentanée,* **118**
gloat (on at), *dévorer des yeux,* **112**
gloomily, *d'un air sombre,* **62, 106**
glow, *brûler sans flammes,* **154**
glow, *lueur rouge,* **160**
glumly, *d'un ton, d'un air maussade,* **48**
go on, went, gone, *continuer,* **118**
gold, *or,* **24**
government, *gouvernement,* **22**
grandfather, *grand-père,* **22, 122**
grasp (n.), *poigne, prise,* **122**
grasp, *saisir, empoigner,* **18**
gravel, *gravier,* **18**
graveyard, *cimetière,* **64**
great, *grand (de grande taille),* **36**
great, *grand, gros, élevé,* **122**
green, *vert,* **16**
grey, *gris,* **148**
grim, *sinistre,* **146**
ground, *sol,* **52, 76, 126**
ground-floor, *rez-de-chaussée,* **66**
grow to, grew, grown, *finir par (faire),* **16**
grown-up (adj. et n.), *adulte,* **60**
guilt, *culpabilité,* **118**
gun, *canon,* **74**
gut, *vider un poisson,* **92**

H

habit, *habitude,* **138**
hacksaw, *scie à métaux,* **62**
haggle, *marchander,* **108**
hairdressing, *coiffure,* **110**
half (n.), *moitié,* **86**
halt, *halte, pause,* **108**
halve, *réduire de moitié,* **90**
hammer, *marteau,* **62**
hammer, *marteler,* **90**

hand (v.), *passer, distribuer,* 50
handle, *manier,* 126
handsomely, *élégamment,* 18
hang, hung, hung, *pendre, suspendre,* 20, 106, 124
happen, *arriver (événement),* 30, 64
happen (to), *avoir la bonne ou mauvaise chance (de),* 150
happy-go-lucky, *insouciant,* 66
hardly, *à peine,* 66, 74
harm, *tort, dommage,* 86
harshly, *de manière discordante,* 138
hate (n.), *haine,* 72
hate (v.), *haïr,* 72
head waiter, *maître d'hôtel,* 34
headline, *titre (de journal),* 60
heap, *tas,* 146
hear, heard, heard, *entendre,* 38, 60, 88
hear about, heard, heard, *entendre parler de,* 106
heat, *chaleur,* 114, 160
heave, *(sou)lever (avec effort),* 66
heavily, *lourdement,* 88
heavy, *lourd,* 30
heel, *se pencher dangereusement,* 74
heel, *talon,* 54
hell, *enfer,* 54
help !, *au secours !,* 80
hesitate, *hésiter,* 22
hide, hid, hidden, *cacher,* 52, 154
High-Street, *Grand Rue,* 148
hill, *colline,* 94, 134, 146
hinge, *gond,* 70
hit, hit, hit, *frapper,* 88, 94
hive, *ruche,* 66
hoarsely, *d'une voix rauque ou enrouée,* 112
hold, held, held, *(re)tenir,* 112, 148
hold out, held, held, *tendre, présenter,* 40
hold up, held, held, *soutenir,* 54
hole, *trou,* 88, 158
hollow (out), *évider,* 78
hollowness, *creux,* 60
holy (adj.), *saint,* 126

homeward, *en direction de la maison,* 136
hooey, *chiqué, blague,* 72
hoot, *hululer,* 94
hoot of laughter, *éclat de rire,* 56
hope (v.), *espérer,* 36, 118
hope, *espoir,* 106
hopeful, *plein d'espoir,* 16
hopefully, *avec espoir ou optimisme,* 52, 106
hopeless (adj.), *sans espoir,* 124
hopelessly (adv.), *sans espoir,* 136
hound, *chien courant,* 54
hour, *heure (60 minutes),* 34
house (v.), *loger,* 122
housebreaker, *démolisseur,* 58
hump, *donner la forme d'une bosse,* 108
humpbacked, *bossu,* 148
hurriedly, *à la hâte,* 52
hurry (up), *se dépêcher,* 74, 82
hurt (n.), *blessure (physique ou morale),* 32
hurt, hurt, hurt, *blesser, faire mal,* 88, 118
husband, *époux, mari,* 30, 106
hustle, *bousculer,* 158
hut, *cabane,* 108

I

idea, *idée,* 56
illuminate, *illuminer,* 36
in common, *en commun,* 16
in sight, *en vue,* 16
in spite of, *en dépit de* 74
inaccurate, *imprécis,* 160
inadequate, *insuffisant,* 160
inappropriate, *inopportun,* 132
incendiary, *bombe incendiaire,* 46
inch, *pouce (2,54 cm),* 92
inclined to, *enclin à,* 16
indeed, *vraiment,* 54
indeterminate, *indéterminé,* 108
inefficiently, *inefficacement,* 138
inherit (a house), *hériter (d'une maison),* 104
ink, *encre,* 128
inn, *auberge,* 148

169

inner (adj.), *intérieur*, **90**
inscribe, *inscrire, graver*, **30**
inside, *à l'intérieur*, **18, 78**
insult (n.), *insulte*, **118**
intentional, *voulu*, **32**
interested in (be), *s'intéresser à*, **24**
interval, *intervalle de temps*, **134**
intimacy, *intimité*, **30**
invalid (n. et adj.), *invalide, malade*, **122**
investigate, *enquêter sur*, **88**
involve, *entraîner comme conséquence*, **132**

J

jacket, *veste, veston*, **26**
jagged, *déchiqueté, dentelé, ébréché*, **46, 82**
jar (of water), *broc d'eau*, **116**
jealousy, *jalousie*, **32, 54**
jerk, *secousse*, **86**
joggle, *secouer légèrement*, **118**
join, *se joindre à*, **158**
joint (n.), *joint*, **90**
joist, *solive*, **74**
joke, *plaisanterie*, **92**
journey, *voyage*, **158**
jug, *taule, prison*, **58**
just (adj.), *juste*, **54**

K

keep, kept, kept, *garder*, **44, 72**
keep off, kept, kept, *tenir éloigné de*, **64**
key, *clef*, **88**
kick, *donner un coup de pied à*, (n.) *coup de pied*, **18, 60**
kick, *plaisir*, **152**
kid, *gosse*, **58**
kill, *tuer*, **38**
kind, *bon, bienveillant*, **118**
kind, *sorte*, **20, 70**
kindly (adv.), *avec bienveillance*, **26**
knee, *genou*, **112**
kneel (down), knelt, knelt, *s'agenouiller*, **72, 112**
knock, *frapper*, **80, 108**
knot, *nouer*, **140**

know, knew, known, *savoir, connaître*, **24**
knowledge, *connaissance, savoir*, **156**

L

Labour Day, *fête du travail*, **132**
lack (of), *manque, absence, défaut de*, **20**
land, *pays, terre*, **122**
landscape, *paysage*, **94**
lane, *ruelle*, **64, 88, 108**
lap, *clapoter*, **16**
lapse into, *tomber dans (habitudes, silence...)*, **22**
large, *grand*, **134**
last, *dernier*, **20, 46, 122**
last night, *hier soir*, **104, 128**
late (adj.), *avancé (dans le temps), qui est tard*, **110**
late, *en retard*, **16, 50, 128**
laugh (n. et v.), *rire*, **36, 44, 80**
laugh at, *se moquer de*, **156**
leaf (pl. leaves), *feuille*, **156**
leak (v.), *fuir, faire eau*, **78**
lean, leant ou leaned, leant ou leaned, *se pencher*, **46, 106, 110, 138**
learn, learnt ou learned, learnt ou learned, *apprendre*, **28**
leather, *cuir*, **126, 140**
leave (n.), *autorisation*, **86**
leave, left, left, *quitter, laisser*, **18, 32, 106**
leg, *patte (d'animal)*, **20**
lengthen, *(s')allonger*, **142**
let in, let, let, *laisser, faire entrer, permettre*, **60, 62, 118**
let out, let, let, *lâcher (cri)*, **90**
level, *niveau*, **128**
library, *bibliothèque*, **124, 140**
lick, *lécher*, **52**
lie (n.), *mensonge*, **116**
lie, lay, lain, *être touché*, **112**

170

lie, lay, lain down, *s'allonger*, **38**

life, *la vie*, **26**

lifetime, *(toute une) vie*, **34**

lift, *soulever*, **26**

light, *léger*, **148**

light, *lumière*, **70, 116**

light, lit ou lighted, lit ou lighted, *allumer*, **72, 96**

limp, *boiter*, **82**

line, *ride*, **104**

lined with, *couvert, tapissé de*, **124**

linen, *toile*, **152**

linger, *s'attarder*, **152**

link, *maillon*, **122**

lip, *lèvre*, **52**

lipstick, *(bâton de) rouge à lèvres*, **52**

live, *habiter, vivre*, **28, 122**

local (adj.), *du coin*, **154**

lock (v.), *fermer à clef*, **36, 68, 116**

loneliness, *solitude*, **118**

lonely, *isolé*, **88**

long, *désirer fortement*, **154**

loo (fam.), *petit coin, w.c.*, **84**

look (n.), *coup d'œil*, **80**

look, *paraître*, **116**

look after, *prendre soin de*, **122, 132**

look for, *chercher*, **66, 68**

looking-glass, *miroir*, **16**

look like, *ressembler (à)*, **34**

loose, *lâche, desserré*, **86**

loosen, *(se) desserrer*, **134**

lorry, *camion*, **60, 88, 94**

lose, lost, lost, *perdre*, **16**

lot, *sort*, **52**

loud, *fort (bruit)*, **66**

lout, *butor, rustre*, **18**

lovely, *beau, (très) joli(e)*, **18, 116**

low, *bas*, **84**

lower, *baisser*, **130**

luck, *chance*, **64**

luckily, *heureusement, par bonheur*, **40**

lumber, *marcher lourdement*, **64**

lurch, *faire une embardée*, **18**

M

main, *principal*, **64**

make, made, made, *faire, fabriquer*, **122**

map, *carte (géographie)*, **154**

mark, *cible*, **18**

market, *marché*, **48, 104**

marry somebody, *épouser quelqu'un*, **16, 114**

match, *allumette*, **160**

matter (no), *aucune importance*, **22**

matter (v.), *avoir de l'importance*, **76**

mattress, *matelas*, **72**

mean (adj.), *avare*, **48**

mean, meant, meant, *avoir de l'importance pour*, **150**

mean, meant, meant, *signifier, vouloir dire*, **32, 52, 94, 118**

meaning, *signification*, **162**

measure (v.), *mesurer*, **34**

meet, met, met, *se réunir*, **62**

meet, met, met, *rencontrer*, **44**

melancholy, *mélancolique*, **150**

member, *membre*, **132**

memory, *souvenir*, **110, 150**

mere, *pur, simple*, **130**

middle age, *âge mûr, un certain âge*, **34, 118**

middle-aged, *d'âge mûr*, **16, 148**

mimic (v.), *singer*, **80**

mind (v.), *faire attention à*, **82**

minor (adj.), *mineur*, **134**

mirror, *miroir*, **118**

miserable, *très malheureux*, **148**

miss (v.), *ne pas trouver*, **72**

miss, *manquer, rater (occasion)*, **32**

miss, *regretter l'absence de*, **40**

missing, *manquant, absent*, **74, 154**

mistake, *erreur*, **146**

mistake for, mistook, mistaken, *se tromper sur*, **104, 136**

mist, *brume*, **146**

mix, *mélanger*, **40**

mockery, *moquerie*, **44**

model (v.), *poser comme modèle*, **36**

moment, *instant, moment*, **22**

money, *argent*, **106**

171

month, *mois,* 130

mood, *humeur,* 40

moodily, *d'un air maussade,* 68

mortar, *mortier,* 90

mosquito, *moustique,* 108

mosquito-net, *moustiquaire,* 108

mouse (about), *rôder çà et là,* 126

mouth, *bouche,* 44, 108

move, *bouger, se déplacer, se mouvoir,* 20, 70, 78, 94, 110, 126

mud, *boue,* 82

mudguard, *garde-boue,* 60

muffle, *amortir (son),* 94

museum, *musée,* 134

mushroom, *pousser comme un champignon,* 140

mutual, *mutuel, réciproque,* 110

N

nail, *clou,* 62, 90

narrow (adj.), *étroit,* 48

narrow, *devenir plus étroit,* 20

narrowly, *de justesse,* 82

near (adj.), *proche,* 96

nearly, *presque,* 70, 128, 134

neatly, *avec beaucoup de soin,* 110

neck, *cou,* 20, 104

need, *avoir besoin de,* 62, 114

neighbour, *voisin(e),* 44, 148

neither, *ni l'un(e) ni l'autre,* 16

newcomer, *nouveau venu,* 44

next (adj.), *ensuite,* 66

next, next to, *à côté de,* 74

next, *prochain, suivant,* 38, 116

nod, *faire signe que oui (de la tête),* 72

noise, *bruit,* 90, 92

noisy, *bruyant,* 124

nonsense, *sottises,* 82

note (banknote), *billet de banque,* 72

notice (v.), *remarquer, s'apercevoir de,* 18, 36, 88, 128

notice, *observation, attention,* 70

nugget, *pépite,* 134

number, *nombre, numéro,* 36, 128

O

obey somebody, *obéir à qqn,* 18, 122

obvious, *évident,* 138

occasional, *qui a lieu de temps en temps,* 132

occasionally, *de temps en temps,* 16

occur to somebody, *venir à l'esprit de qqn,* 134, 146

odd, *bizarre,* 158

of course, *évidemment,* 130

office, *bureau (pièce),* 122, 136

old age, *vieillesse,* 34

once, *autrefois, jadis,* 96, 134

once, *un jour, une fois,* 28, 116

one, *on,* 24

only (adj.), *seul, unique,* 34, 118

open, *(s')ouvrir,* 52, 28

openly, *ouvertement,* 24

opposite, *opposé,* 54

order (v.), *commander (au restaurant),* 30, 32

order, *ordre,* 62

organize, *(s')organiser,* 58

ornament, *objet décoratif, bibelot,* 68

otherwise, *autrement, sinon,* 44, 126

Our Lady, *Notre Dame (la Vierge Marie),* 130

outer (adj.), *extérieur,* 74

outside, *à l'extérieur de, devant,* 40

over (adj.), *fini, achevé,* 34

overcast, *couvert (ciel), bouché (temps),* 108

overtake, overtook, overtaken, *rattraper,* 76

overtime, *heures supplémentaires,* 132

over, *plus de,* 22

owl, *hibou,* 94

own, *propre, personnel,* 20

owner, *propriétaire,* 108

P

packet, *paquet,* 50

pain, *douleur,* 140

painful, *douloureux,* 66

paint (v.), *peindre,* 36

paint, *peinture*, **26, 60**
painting, *tableau (peinture)*, **36**
pair, *paire*, **50**
panel, *panneau (porte...)*, **58, 66**
panelling, *boiseries*, **54**
paper, newspaper, *journal*, **60**
parable, *parabole*, **86**
park, *parc*, **134**
parody (v.), *parodier*, **54**
part, *partie*, **96**
partly, *en partie*, **118**
passage, *couloir*, **68**
pass, *réussir à (examen)*, **34**
passer-by, *passant*, **92**
pastry, *pâte, patisserie*, **96**
patch, *petite superficie*, **154**
path, *allée (jardin)*, **18, 84**
pause (v.), *faire un arrêt, une pause*, **78, 108**
pavement, *trottoir*, **82**
paving stone, *pavé*, **148**
pay, paid, paid, *payer*, **34, 112**
pay attention to, paid, paid, *faire attention à*, **60, 130**
peace, *paix*, **16**
peculiarly, *particulièrement*, **108**
peer, *scruter*, **84, 90**
people (plur.), *gens*, **16, 104**
perambulator, pram, *landau*, **16**
perfect, *parfait*, **36**
perturb, *perturber*, **50**
phrase, *tour de phrase*, **18**
pick up, *draguer (une fille)*, **110, 150**
pick up, *ramasser, soulever*, **20, 50, 74, 150**
picture, *tableau (image, peinture)*, **36, 126**
piety, *piété*, **126**
pilgrimage, *pèlerinage*, **128, 136**
pillage (v.), *piller, mettre à sac*, **70**
pillow, *oreiller*, **38, 68**
pinch, *faucher, chiper*, **50**
pipe, *tuyau*, **48**
place, *endroit*, **128, 134, 146**
plan (n.), *projet*, **46**
plaster, *plâtre*, **68**
platform, *quai (gare)*, **46**

playfulness, *badinage, humeur enjouée*, **112**
plead, *supplier*, **78, 92**
pleasure, *plaisir*, **24, 134**
plenary, *plénière*, **128**
plumbing, *plomberie*, **48**
point out, *faire remarquer*, **46**
Polish, *Polonais*, **130**
ponder, *considérer, peser*, **62**
ponder, *méditer*, **88**
poor, *pauvre*, **32**
port, *porto*, **132**
possess, *posséder*, **20**
pound, *livre (sterling)*, **108**
pour, *verser*, **140**
practical, *pratique*, **122**
practice, *pratique, habitude*, **76**
prayer, *prière*, **140**
predecessor, *prédécesseur*, **124**
prefer, *préférer*, **134**
present (adj.), *actuel*, **44**
present, *cadeau*, **24**
preserve, *conserver*, **78**
presumably, *vraisemblablement*, **108**
pretty (adv.), *passablement, assez*, **116**
pretty, *joli*, **16**
pride, *orgueil*, **20, 76**
priest, *prêtre*, **122**
private, *privé*, **124**
prize, *prix, récompense*, **126**
proceed to (action...), *passer à (l'action)*, **38**
procession, *cortège*, **132**
progress, *marche en avant*, **30**
promise, *promettre*, **104**
properly, *convenablement*, **138**
property, *propriété*, **48**
propose, *soumettre, proposer (motion...)*, **46, 58**
protest (n.), *protestation*, **40**
protest (v.), *protester*, **76**
prove, *prouver*, **58**
puberty, *puberté*, **62**
puddle, *flaque*, **80**
pull, *tirer*, **94, 160**
pull down, *démolir*, **56**
punctual, *ponctuel*, **64**
punctually, *ponctuellement*, **124**
puncture (v.), *crever (pneu), perforer*, **38**

173

punishment, *châtiment*, **128**
purchase, *vente*, **126**
purgatory, *purgatoire*, **128**
pursue, *poursuite*, **148**
push, *pousser*, **80, 88**
put, put, put, *mettre*, **88**
put, put, put, *exprimer, dire*, **114**
put out, put put, *éteindre*, **116**
put out, put put, *tendre (main)*, **24**
put up, put, put, put, *mettre aux voix*, **58**
puzzle (v.), *intriguer, rendre perplexe*, **50**

Q

quarter, *quart*, **66**
queue, *faire la queue*, **114**
quick, *rapide*, **80**
quickly, *rapidement*, **20**
quick-sand, *sables mouvants*, **140**
quiet (be), *se taire*, **44**
quiet, *tranquille*, **88**
quite, *tout à fait*, **22**

R

race (v.), *faire une course*, **74**
railing(s), *grille, balustrade*, **138**
raise, *(sou)lever*, **56, 62, 70**
random (adj.), *fait au hasard ; at random, au hasard*, **18**
rank, *rang, rangée*, **30**
raw, *cru*, **112**
reach, *atteindre*, **60, 90, 104**
read, read, read, *lire*, **128**
readily, *volontiers*, **126**
readjust (to), *se réadapter (à)*, **30**
real, *réel, vrai*, **20, 54, 134**
realize, *se rendre compte*, **90, 124, 150**
rear (adj.), *de derrière, arrière*, **60, 64**
reason, *raison*, **44, 122**
reassure, *rassurer*, **20, 92**
rebuke, s.o. for something, *reprocher qqch à qqn*, **94**
recede, *s'éloigner*, **94**
recline, *(s')allonger*, **104**

recognize, *reconnaître*, **116, 160**
record, *dossier*, **128**
recruit (n.), *recrue*, **44**
red, *roux*, **40**
refer to, *faire allusion à, parler de, se reporter à*, **44, 156**
refuse bin, *poubelle*, **20**
regard (v.), *considérer (comme)*, **122**
regular, *en règle*, **86**
relationship, *relation, rapport*, **124**
reliable, *sûr, fiable*, **124, 142**
relic, *vestige*, **46**
relief, *soulagement*, **56**
reluctant to, *peu disposé à*, **18**
remain, *rester, demeurer*, **34, 46, 92, 132**
remains, *restes*, **96**
remark, *(faire) remarquer, dire*, **20, 136**
remember, *se souvenir de*, **52**
remind somebody of something, *rappeler qqch à qqn*, **22, 104, 118, 132**
repeat, *répéter*, **130**
reply, *répondre*, **20, 104**
reply, *réponse*, **86**
reproachfully, *d'un ton, d'un air de reproche*, **38**
require, *demander*, **44**
resemble somebody, *ressembler à qqn*, **16**
resent, *s'offenser de*, **154**
resist, *résister à*, **34**
respond, *réagir*, **94**
responsibility, *responsabilité*, **122**
rest, *reposer sur*, **160**
restaurant sofa, *banquette de restaurant*, **30**
restive, *rétif*, **74**
retain, *conserver, garder, retenir*, **54, 122**
retreat (v.), *se retirer*, **74**
retribution, *châtiment*, **138**
return (v.), *rendre (invitation)*, **122**
return (v.), *retourner, revenir*, **20, 38, 60**
reverse, *faire marche arrière (voiture)*, **74**
reward, *récompenser*, **28**

174

ribbon, *ruban*, 152
ride (n.), *trajet (en bus, voiture...)*, 50
riding-whip, *cravache*, 18
right (n.), *droit*, 82
right (on your), *à votre droite*, 84
ring, *bague, alliance*, 24, 38
ring, rang, rung, *sonner*, 52
ring up, rang, rung, *téléphoner*, 136
rip, *déchirer*, 66, 70
rise, rose, risen, *monter, augmenter*, 106
rise, rose, risen, *se lever*, 18
road, *rue*, 64, 150
roll, *petit pain*, 92
roll, *rouler*, 16
roof, *toit*, 78, 94
rope, *corde*, 80, 96
rubble, *gravats*, 76, 94
rule, *règle*, 44
rumble (n.), *grondement sourd*, 74
rumble, *gronder (comme le tonnerre)*, 94
run, ran, run, *organiser, diriger*, 60
run, ran, run, *courir*, 78
ruse, *ruse, stratagème*, 26

S

sacrifice (v.), *sacrifier*, 50
sad, *triste*, 18, 104
sadly, *tristement*, 26, 54
sadness, *tristesse*, 34
safe, *sûr, sans danger*, 108, 160
safety, *sécurité*, 60
salvation, *salut*, 122
same (as), *même (que)*, 22
sand, *sable*, 146
satisfactorily, *de manière satisfaisante*, 132
satisfy, *satisfaire*, 104
sausage, *saucisse*, 92
sausage-roll, *friand*, 92
save, *économiser*, 140
save (from), *sauver (de)*, 82, 128
saving, *économie*, 124
savings, *économies*, 72
saw, *scie*, 62

saw, sawed, sawn ou sawed, scier, 74, 92
say, said, said, *dire*, 24
scarlet (adj.), *écarlate*, 36
scatter, *éparpiller, disséminer*, 18
scent, *parfum*, 152
schedule, *liste, inventaire*, 124
scorn, *dédain*, 52
scoundrel, *gredin, scélérat*, 18
scout, *éclaireur*, 90
scrap, *bout (de papier...)*, 160
scrape, *gratter*, 60, 66, 82, 90
scream, *pousser des cris perçants*, 118
screen, *écran*, 108
screw (v.), *visser*, 38
screw-driver, *tournevis*, 62, 90
sea, *mer*, 22
search, *fouiller*, 20, 96
search, *recherche*, 70
seaside, *bord de mer*, 146
seaside resort, *station balnéaire*, 22
season, *saison*, 124, 160
seat, *siège*, 94
sedate, *posé, calme*, 152
see, saw, seen, *voir*, 24
see somebody home, *raccompagner qqn chez lui*, 34
see to, saw, seen, *s'occuper de*, 80
seem, *sembler*, 26, 82
seldom, *rarement*, 88, 124
self-conscious, *gêné, intimidé*, 152
send, sent, sent, *envoyer*, 92
send in, sent, sent, *faire entrer*, 126
sense, *impression*, 66, 124, 148
sense, *sens, signification*, 26
sensitive, *sensible*, 18
separate, *séparé*, 16, 22
seriousness (n.), *sérieux*, 70
serve, *servir*, 22, 134
set, set, set, *coucher (soleil)*, 16
set about + ing, set, set, *se mettre à*, 142
severe, *violent (douleur...)*, 136
shade, *abat-jour*, 140
shade, *nuance (couleur)*, 152

175

shadow, *ombre*, **60, 74**

shake, shook, shaken, *trembler, être ébranlé*, **80, 112**

shallow, *peu profond*, **160**

shambles, *pagaille*, **70**

shame, *honte*, **44**

shameful, *honteux, infâme*, **114**

shape, *forme*, **140**

share, *partager*, **32, 56, 72**

sharp, *aigu, pointu*, **90, 152**

sharp (adv.), *exactement*, **62**

sharply, *vivement, attentivement*, **82**

shatter, *briser, fracasser*, **46, 78**

shed, *remise*, **48**

sheet, *drap*, **68**

shelter, *abri*, **160**

shift, *changer de place ou de position*, **112**

shine, shone, shone, *briller*, **152**

shiver, *trembler*, **158**

shock, *choquer*, **106**

shoot out, shot, shot, *sortir comme une flèche, jaillir*, **84**

shore, *étai*, **94**

short (adv.), *brusquement, vivement*, **82**

shoulder, *épaule*, **18, 112**

shout, *crier*, **80, 96**

show, showed, shown, *montrer*, **50, 82**

show into, showed, shown, *faire entrer dans* **108**

shrill, *strident*, **152**

shutter, *volet*, **70**

shut, shut, shut, *fermer*, **38**

side, *côté*, **28, 118**

side wall, *mur latéral*, **46**

sign, *signe*, **50**

signal for, *demander d'un signe*, **66**

signifiance, *importance*, **92**

silk, *soie*, **126**

silky, *soyeux*, **16**

single, *seul, unique*, **54, 124**

single bed, *lit à une place*, **36**

singly, *un à un*, **70**

sink, sank, sunk, *s'enfoncer, sombrer, couler (navire)*, **24, 74**

sit, sat, sat, *être assis*, **16**

sit down, sat, sat, *s'asseoir*, **88**

site, *emplacement*, **46, 82, 92**

sit, sat, sat up, *se mettre sur son séant*, **38**

size, *dimension*, **108**

sketch, *esquisse*, **160**

skill, *habileté, adresse*, **20**

skirting, *plinthe*, **70**

skirting-board, *plinthe*, **66**

sky, *ciel*, **16**

slack, *mou, ballant*, **20**

slacken (off), *se relâcher*, **128**

slam, *claquer (porte)*, **88**

slave, *esclave*, **104**

sledge-hammer, *masse à deux mains*, **62**

sleep, slept, slept, *dormir*, **40, 64, 70, 92**

slide, slid, slid, *(faire) glisser*, **80, 138**

slight, *léger, insignifiant*, **140**

sling, slung, slung, *jeter (par dessus...), (sur l'épaule)*, **18**

slip, *introduire furtivement, glisser*, **158**

slip, *se faufiler*, **154**

slot, *fente*, **74**

slot machine, *machine à sous*, **74**

slowly, *lentement*, **36, 136**

smash, *briser*, **48, 66, 70, 96**

smell, *odeur*, **108**

smell, smelt, ou smelled, smelt ou smelled, *sentir*, **38**

smile (n.), *sourire*, **24**

smoke, *fumer*, **104**

smuggle, *passer (qqch) clandestinement*, **64**

snatch, *saisir*, **50**

sob, *sangloter*, **96**

soft, *faible, efféminé, sans énergie*, **72**

soft, *mou, tendre*, **66**

soft hat, *chapeau mou*, **110**

softly, *doucement*, **36, 88**

soil (v.), *salir*, **82**

solicitous (about), *préoccupé de*, **26**

somehow, *d'une façon ou d'une autre*, **58**

soul, *âme*, **132**

sound like, *ressembler à (à l'ouïe)*, **90**

sound, *paraître, sembler (au*

176

son), 18

space, *espace*, 76

sparrow, *moineau*, 124

spend, spent, spent, *dépenser*, 106, 152

spend, spent, spent, *passer (du temps)*, 128, 150

spill, spilt, spilt, *répandre, renverser*, 106

spin, spun ou span, spun, *filer, aller vite*, 76

spin, spun ou span, spun, *filer (laine...)*, 38

spirit (of adventure...), *esprit (d'aventure)*, 32

spoon, *cuillère*, 104

spot, *endroit*, 104, 132

spray, *écume, embrun*, 16

spread, spread, spread, *étendre*, 38

spring, *printemps*, 124

square, *place publique*, 122

squat, *s'accroupir*, 70

stage, *étape*, 34

staircase, *escalier*, 26, 54

stairs, *escaliers*, 148

stand, stood, stood, *se tenir debout*, 60, 80

stand down, stood, stood, *démissionner, se désister*, 58

stare at, *regarder fixement*, 56, 106

start, *commencer*, 60, 110, 134

startle, *faire tressaillir*, 46

startling, *saisissant, surprenant*, 30, 126

star-shaped, *en forme d'étoile*, 48, 88

starve, *mourir de faim*, 92

state, *état*, 130

statement, *déclaration, exposé*, 44

stay, *rester*, 88, 106, 112

steal, stole, stolen, *voler*, 72

stealthy, *furtif*, 90

steep, *raide (pente)*, 150

sternly, *d'un ton sévère*, 92

stick, stuck, stuck, *(se) coller*, 82, 154

stick up, stuck, stuck, *dépasser, sortir*, 46

stiffen, *se raidir*, 108

still, *encore, toujours (continuation)*, 24, 96

stir, *(se) remuer*, 152

stone, *pierre*, 60, 86, 148

stop (n.), *arrêt*, 110

store, *boutique, magasin*, 134

storm, *orage*, 78

stormy, *orageux*, 64

story, *scénario, action, intrigue*, 110

straight (adv.), *directement, droit*, 36, 116

strange, *étrange*, 28

stranger (n.), *inconnu*, 24

strawberry, *fraise*, 34

stray, *errer, s'égarer*, 64

streak, *raie, bande*, 70

strength, *force*, 122

stretch, *s'étendre*, 80

strike, struck, struck, *frapper*, 148

strike home, struck, struck, *frapper juste*, 80

strip (of), *dépouiller (de)*, 70

strip-teaser, *stripteaseuse*, 106

stroke of luck, *coup de chance*, 64

stroll, *flâner*, 54

strong, *fort*, 28

struggle, *lutter, se débattre*, 18

strut, *étai, support*, 46, 96

stuff (fam.), *chose(s), truc, affaire(s), machins*, 56, 62

stuffy, *privé d'air, renfermé (qui sent le)*, 108

stumble, *trébucher*, 84

submit, *se soumettre*, 126

substantial, *considérable*, 124

substitute (v.), *remplacer*, 44

suburb, *banlieue*, 134

succeed, *réussir*, 26

successfully, *avec succès*, 34

suck out, *sucer, aspirer*, 48

sudden (adj.), *soudain*, 96, 126

suddenly, *soudain, soudainement*, 28, 54, 94, 136

suffer from, *souffrir de*, 46

suffocate, *étouffer*, 82

sugar-castor, *sucrier*, 34

suggest, *suggérer*, 18, 30

suit (somebody), *convenir à (qqn)*, 32

177

summer, *été*, 16, 44
sun, *soleil*, 16, 24, 64
sunny, *ensoleillé*, 132
supply, *fournir*, 126
support (n.), *soutien*, 44
support (v.), *soutenir*, 46, 84, 94
suppose, *supposer*, 32
sure, *sûr, certain*, 40
surely, *sûrement, certainement*, 18, 60
surname, *nom de famille*, 48
surprise, *surprendre*, 24
surprising, *surprenant*, 48
surrender, *rendre, livrer (forteresse...)*, 24
swallow, *avaler*, 140
swap, *troquer*, 70
swarm, *essaim*, 66
swathe, *lange, bandelette*, 92
swear, swore, sworn, *jurer*, 78
swing, swung, swung, *se balancer, osciller*, 86
swirl, *tourbillon*, 64
switch (n.), *interrupteur*, 72
switch on, *allumer*, 140
swivel, *pivoter*, 20

T

tactlessly (adv.), *sans tact*, 58
take, took, taken, *prendre*, 50
take off, took, taken, *enlever (vêtements)*, 38, 110
take place, took, taken, *avoir lieu*, 50
take to, took taken, *emmener (qqn)*, 106
tale, *conte*, 156
talk, *parler*, 24
tall, *grand*, 18
tap, *robinet*, 76
tart, *putain*, 114
task, *tâche*, 92
taste (for), *goût, penchant (pour)*, 122
taste (of, like), *avoir un goût de*, 40
teach, taught, taught, *enseigner*, 132
teaching, *enseignement*, 130
tear up, tore, torn, *déchirer en mille morceaux*, 68
teasing, *taquin*, 158

teen-aged, *adolescent (adj.)*, 18
telephone (v.), *téléphoner*, 122
tell, told, told, *dire*, 22
tempt, *tenter*, 54
terrace, *rangée de maisons attenantes et identiques, rue*, 46, 138
thick, *épais*, 140
thickness, *épaisseur*, 118
thief, *voleur*, 72
think, thought, thought, *croire, penser (que)*, 22, 32
think (of), thought, thought, *penser (à)*, 104
thin, *léger (brume)*, 146
thin, *mince, maigre*, 18, 48, 106, 118
third, *troisième*, 128
thoroughly, *entièrement, à fond*, 72
though, *bien que*, 30
thought (n.), *pensée*, 52
thrash (about, around), *se débattre*, 20
through, *à travers*, 36
thunder, *tonnerre*, 74
tidily, *avec soin*, 20
tie (v.), *attacher*, 96
tie, *cravate*, 132
tightly, *hermétiquement*, 44
time, *période, époque*, 124, 150
tinkle, *tintement*, 152
tiny, *tout petit, minuscule*, 108, 160
tire of, *se lasser de*, 124
tired, *fatigué*, 64
tiring, *fatigant*, 90
tomb, *tombe*, 64
tone, *ton, nuance (d'une couleur)*, 36
tongue, *langue*, 20
top, *sommet*, 38, 70, 134
top hat, *chapeau haut de forme*, 54, 96
touch, *(se) toucher*, 26, 34
towards, *vers, en direction de*, 36, 106
town hall, *mairie*, 150
tranquil, *tranquille et serein*, 34
tread (on), trod, trodden, *marcher sur, fouler*, 52
treasure (v.), *garder précieusement*, 124

treat (v.), *traiter*, **36**
trolley, *table roulante*, **30**
true, *vrai*, **24, 66**
trust, *confiance*, **130, 136**
trust, *se fier à*, **82**
truth, *vérité*, **22**
try, *essayer*, **50, 94**
try, *juger*, **52**
tune, *air (de musique)*, **156**
turkey, *dinde*, **104**
turn (v.), *tourner*, **72, 88, 110**
turn away from, *se détourner de*, **162**
turning (n.), *tournant*, **150**
turn into, *se transformer en*, **38**
turn on, *brancher (eau, gaz…)*, **76**
turn on, *ouvrir (robinet…)*, **68**
turn out, *vider (tiroir…)*, **68**
turn up, *arriver*, **64**
turn up, *relever (col…)*, **158**
turn (n.), *tour*, **32, 110**
twenties (the), *les années vingt*, **110**
twice, *deux fois*, **40**
twin, *jumeau, jumelle*, **40**
twist, *tordre, tortiller*, **96**
type, *taper à la machine*, **128**

U

ugly, *(très) laid*, **18, 106, 148**
umbrella, *parapluie*, **18**
unable to, *incapable de*, **20**
underground (the), *le métro*, **46**
undertaker, *entrepreneur de pompes funèbres*, **34**
undress (v.), *se déshabiller*, **38, 110**
uneasily, *mal à l'aise*, **58**
unexpected, *inattendu*, **126**
unfortunately, *malheureusement*, **26**
unintentionally, *involontairement*, **30**
unleash, *lâcher (chien)*, **54**
unlighted, *non éclairé*, **108**
unlike, *à la différence de*, **124**
unlock, *ouvrir*, **76, 96, 136**
unnoticed, *inaperçu*, **16**
unpaid, *non rétribué*, **128**
unpredictable, *imprévisible*, **46**

unreasonable, *déraisonnable*, **86, 122**
unseasonably, *hors de saison*, **20**
unstring, *enlever les ficelles de qqch*, **104**
until, till, *jusqu'à*, **44**
unwary, *imprudent, sans méfiance*, **50**
unwilling to (be), *ne pas vouloir*, **56**
upper, *du haut, supérieur*, **138**
upwards, *vers le haut*, **72**
urge, *pousser (qqn à faire qqch)*, **112**
urgency, *urgence*, **66**
use (n.), *emploi, utilisation*, **54**
use (v.), *utiliser*, **36, 84, 88, 152**
use, *usage*, **140**

V

valuable, *précieux*, **78**
vary, *varier*, **124**
vegetables, *légumes*, **48**
veneer, *vernisser*, **146**
vertigo, *vertige*, **28**
voice, *voix*, **28**
vote (v.), *voter*, **46, 74**

W

waist, *taille*, **112, 138**
wait for, *attendre*, **112**
wake, woke ou waked, woken ou waked, *(se) réveiller*, **64, 160**
walk (n.), *marche*, **30**
wall, *mur*, **36, 124**
wander, *errer*, **66, 68, 150**
want, *avoir besoin de*, **62**
war, *guerre*, **156**
warehouse, *entrepôt*, **146**
warmth, *chaleur, tiédeur*, **138**
warning, *avertissement*, **34, 64**
wash-basin, *lavabo*, **68**
waste, *désert, solitude*, **138**
waste, *gaspiller*, **44, 128**
watch, *montre*, **16**
watch, *regarder, observer, surveiller*, **30, 78, 92, 114**
waver, *vaciller*, **90**
wax, *cire*, **38**
way, *chemin, direction*, **52, 134**

179

way, *façon, manière, moyen, méthode,* **20, 66, 78, 114**
way in, *moyen d'entrer,* **56**
weak, *faible,* **122**
weaken, *(s')affaiblir,* **90**
wear, wore, worn, *porter (vêtements),* **54**
weather, *le temps (qu'il fait),* **20**
web, *toile d'araignée,* **38**
well (n.), *puits,* **76**
wet, *humide,* **64, 78, 146**
wet paint, *peinture fraîche,* **26**
while (n.), *espace de temps, moment,* **88, 140**
while, *pendant que,* **38**
whip, *saisir brusquement,* **88**
whirl, *filer, foncer, tourbillonner,* **110**
whistle (n.), *(coup de) sifflet,* **76**
whistle (v.), *siffler,* **62, 80**
whole, *entier,* **130, 154**
wholesale, *en gros,* **124**
why, *eh bien !, mais !,* **74**
wide, *large,* **148**
wife, *épouse, femme,* **28, 122**
wild, *insensé,* **64**
win, won, won, *gagner,* **106, 126**
wind, *vent,* **16**
window (= shop-window), *vitrine,* **134**
window-frame, *châssis de fenêtre,* **48**
windy, *venté,* **134**
wine, *vin,* **32, 122**
wine-waiter, *sommelier,* **32**
wing, *aile,* **20, 122**
winning, *gagnant, décisif (coup, partie),* **106**
winter, *hiver,* **160**

wire, *fil (électrique),* **66**
wisdom, *sagesse,* **36, 88**
wise, *sage, prudent,* **64**
wish, *souhaiter,* **22**
witness (n.), *témoin,* **38**
woe, *malheur, affliction,* **126**
wonder (v.), *se demander,* **36, 104, 112**
wood, *bois,* **66, 148**
wooden, *en bois,* **46, 94**
woodwork, *boiserie,* **158**
word, *mot,* **44**
work, *faire avancer petit à petit,* **92**
work, *marcher, fonctionner,* **72**
world, *monde,* **44**
worm, *ver,* **56**
worry, *(s')inquiéter,* **54, 80, 88, 116**
worry (at), *attaquer, harceler,* **90**
worth it (it is), *ça vaut la peine,* **108**
worthy of, *digne de,* **54**
wrestle with, *lutter contre,* **60**
wrestling, *lutte,* **60**
wring, wrung, wrung, *tordre,* **20**
wrong, *mauvais, mal,* **40**

Y

yard, *cour,* **108**
yard, *yard (91,44 cm),* **108**
yell (n.), *hurlement,* **90, 94**
yell (v.), *hurler,* **80**
yellow, *jaune,* **36**
yelp (n.), *jappement,* **38**
yet, *cependant,* **18**
youth, *jeune homme,* **112**

www.pocket.fr
Le site qui se lit comme un bon livre

↗ **Informer**
Toute l'actualité de Pocket,
les dernières parutions
collection par collection,
les auteurs, des articles,
des interviews,
des exclusivités.

↗ **Découvrir**
Des 1ers chapitres
et extraits à lire.

↗ **Choisissez vos livres
selon vos envies :**
thriller, policier,
roman, terroir,
science-fiction...

POCKET

Il y a toujours un Pocket à découvrir
sur www.pocket.fr

Impression réalisée sur Presse Offset par

BRODARD & TAUPIN

GROUPE CPI

30387 – La Flèche (Sarthe), le 29-07-2005
Dépôt légal : août 1987
Suite du premier tirage : août 2005

POCKET – 12, avenue d'Italie - 75627 Paris cedex 13
Tél. : 01.44.16.05.00

Imprimé en France